Daniel Easterman

Né à Belfast en 1949, spécialiste du monde arabe et de l'Islam, Daniel Easterman a enseigné à l'université de Newcastle. Il est l'auteur de nombreux romans parmi lesquels *K* (1999), *Incarnation* (2000), *Minuit en plein jour* (2002) et *Morocco* (paru initialement chez Belfond sous le titre *Maroc* en 2004). Il se consacre désormais à la littérature avec un succès qui se confirme de roman en roman et lui vaut d'être reconnu comme un maître du thriller international.

MOROCCO

DANIEL EASTERMAN

MOROCCO

*Traduit de l'anglais
par Bernard Gilles*

BELFOND

Titre original :
MAROC
publié par HarperCollins Publishers, Londres.

Cet ouvrage a été initialement publié
sous le titre *Maroc*

Ce livre est une œuvre de fiction. Les
noms, les personnages et les événements
sont le fruit de l'imagination de l'auteur.
Toute ressemblance avec des personnes
réelles, vivantes ou mortes, des événements ou des lieux, serait pure coïncidence.

*Pour Beth, parce que tu le mérites.
Et, plus encore, parce que tu vaux mieux
que le monde entier.*

DANS LA VILLE AUX FLÈCHES DE RÊVE

PROLOGUE

Marrakech, novembre 1942.

Les interrogatoires avaient duré longtemps : Abd el-Krim et la femme qui l'avait accueilli étaient méconnaissables après les passages à tabac. Elle n'avait eu le temps ni de détruire les papiers qu'il avait apportés, ni de les brûler, ni de les avaler, mais elle n'avait pas parlé, ne leur avait pas donné un seul nom. Abd el-Krim, lui, s'était effondré et leur avait donné tous les noms qu'il connaissait, c'est-à-dire ceux de ses amis et de sa famille… mais quels autres aurait-il pu citer ?

On les emmena. Aux fenêtres de la maison d'en face, les rideaux s'écartèrent furtivement avant de retomber. Deux voitures attendaient. Dans chacune, à l'avant, un officier de la Gestapo. Abd el-Krim et la femme furent poussés sans ménagement à l'arrière de la première voiture et la portière claqua sur eux. Les deux véhicules démarrèrent dans un grondement de moteurs.

Ils roulèrent pendant une demi-heure environ. Abd el-Krim ne pouvait rien dire, mais était en proie à un sentiment de culpabilité. En tombant aux mains de ses ravisseurs, il avait aperçu un visage, celui de Mbarak, qu'il ne connaissait pas très bien. Il avait envie de

s'excuser auprès de la femme, mais ses lèvres boursou-
flées ne laissaient filtrer aucun mot.

Les voitures s'immobilisèrent sur une étroite route de
campagne, le long d'un champ, quelque part dans les
contreforts de l'Atlas. Soudain, Abd el-Krim éprouva
une violente nausée, se plia en deux pour vomir, mais ne
put émettre qu'une toux rauque. La femme l'aida à se
redresser.

— N'ayez pas peur, dit-elle.

— Déshabillez-vous. Vous, madame, et le garçon
aussi. Venez, venez.

Ils se déshabillèrent comme on le leur avait ordonné.
Pour elle, la nudité ne signifiait plus rien. Une seule fois,
Abd el-Krim tourna la tête, la vit nue et la trouva très
belle, malgré son visage tuméfié et ses mains qui
saignaient.

On les conduisit derrière une rangée d'arbres et on les
mit côte à côte. La nuit était presque tombée et un vent
froid soufflait des collines. La femme eut alors un geste
qu'Abd el-Krim aurait jusque-là jugé impensable, étant
donné les circonstances. Elle lui prit la main et l'étreignit fortement. Il la serra à son tour, bien qu'il ne connût
pas son nom, qu'elle fût chrétienne et nue.

— Redressez-vous ! cria celui qui semblait être le
chef des policiers.

Abd el-Krim leva les yeux et vit quatre autres policiers braquer leurs armes sur lui et sur la femme.
Allaient-ils les tuer pour un petit paquet ? Pour son
ignorance ?

Il mourut avant que le bruit de la première détonation
eût atteint ses oreilles. Comme elle lui tenait la main, la
femme fut entraînée dans sa chute, et elle crut qu'elle
avait été touchée. Elle attendit la douleur que les balles
auraient dû provoquer en la blessant, mais rien ne se

produisit. Alors elle attendit la mort, se disant qu'elle surviendrait avant la douleur, puis elle se dit qu'elle était déjà morte, bien qu'elle fût encore consciente de ce qui l'entourait.

Quelqu'un la saisit par le poignet, et quelqu'un d'autre lui arracha la main de celle d'Abd el-Krim. L'un des hommes en uniforme de la Gestapo la remit sur ses pieds.

— Vous, lança-t-il. Habillez-vous. Vous venez avec nous.

— Vous pouvez aussi bien m'abattre ici, dit-elle, têtue. Vous n'arriverez jamais à me faire parler.

— Quand on en aura fini avec vous, vous ferez n'importe quoi pour avoir le droit de parler.

1

Oxford, mars 2002.

D'une certaine façon, songeait Nicholas, le soleil appartient au passé. Il jeta un regard par la fenêtre sur Broad Street et se demanda pourquoi le printemps était à nouveau aussi timide cette année. Bien sûr, une telle question était sans objet : tout le monde savait que cela était dû au réchauffement de la planète. Ce qui était paradoxal, car ce réchauffement faisait disparaître le soleil, abolissait les saisons, remplaçait par la pluie la chaleur lumineuse des après-midi d'été et par la neige fondue la belle neige d'hiver, en sorte que les plantes bourgeonnaient au mauvais moment. Tous ces inconvénients, que ne contrebalançaient aucun avantage, auraient pu être évités.

— Je crois qu'on devrait publier un livre sur le réchauffement de la planète. Qu'en penses-tu ?

Toujours à la fenêtre, il observait les étudiants, qui, loin encore de la frénésie des périodes d'examens, entraient et sortaient de Blackwell ; toute une vie de printemps sinistres attendait ces jeunes gens. Une fille belle à couper le souffle se dirigeait vers Parks Road, suivie de près par deux jeunes garçons. Son rythme cardiaque s'accéléra.

— Ç'a déjà été fait, lança Tim depuis la pièce voisine.

— Oui, je sais, mais…

Nicholas gagna la porte qui les séparait.

— Je pensais à une série de petits livres. Cent, cent cinquante pages. Des manuels.

— Tous sur le réchauffement climatique ?

— Oui, mais consacrés à des régions. « Le réchauffement de la planète et l'est de l'Anglia ». Ou bien, « L'effet du réchauffement de la planète en Écosse ». Tu vois ce que je veux dire ?

— Je crois, oui.

— On ferait de bonnes ventes dans les régions concernées. Les gens ont envie de savoir s'ils peuvent bâtir en toute sécurité leur maison à tel endroit, comment leur environnement va changer. Ça se vendrait comme des petits pains.

Tim se leva. Il était occupé à mettre au point le nouveau contrat de Ben Foley, la vedette des éditions Déjà Vu, un auteur qu'ils suivaient depuis ses débuts et qui commençait à attirer l'attention des libraires. Jeune, branché et beau garçon, il obtenait de bonnes critiques dans la presse et semblait promis à un bel avenir ; il entraînerait Déjà Vu dans son sillage… s'il restait fidèle à la maison d'édition qui l'avait découvert et avait accompagné ses premiers pas.

Tim avait fondé Déjà Vu deux ans auparavant, avec les indemnités de licenciement versées par le cabinet d'architectes où il travaillait alors. Racheté par une grosse entreprise américaine, le cabinet avait dû se séparer de la moitié de son personnel. Depuis longtemps, Tim rêvait de diriger une maison d'édition, et à quarante-cinq ans l'occasion avait fini par se présenter.

Son frère Nicholas, qui travaillait dans la police,

l'avait rejoint un an plus tard, après avoir pris sa retraite anticipée. Nick était commandant au sein de la Special Branch, unité spécialisée dans la lutte contre le terrorisme… irlandais, islamiste, d'extrême droite.

Nick était marié avec une Française, Nathalie, qui l'avait quitté depuis quatre ans ; c'est alors qu'il avait éprouvé des difficultés à son travail. Avant son départ, il menait deux vies parallèles, l'une dans la police, l'autre auprès de sa femme. Ils allaient ensemble au concert, à l'opéra et au théâtre, voyaient souvent des films français (elle adorait Rohmer, et lui, approfondissait sa connaissance de la langue). Sans elle pour le tenir par la main, il se serait laissé engloutir, jusqu'à suffoquer, par une quantité phénoménale de travail.

Lorsque brusquement il avait présenté sa démission, la surprise avait été grande au quartier général de la Special Branch. Ses collègues, choqués de le voir mettre un terme prématuré à une carrière prometteuse, l'avaient été encore plus en apprenant qu'il rejoignait une maison d'édition.

La presse et le monde de l'édition étaient considérés comme des ennemis dans la police, et aucun des anciens collègues de Nicholas ne voyait d'un bon œil l'un des leurs, qui savait beaucoup de choses, intégrer un milieu toujours à l'affût d'informations sulfureuses.

De son côté, Nicholas n'imaginait pas utiliser Déjà Vu pour régler ses comptes sur la place publique. Ses collègues avaient précipitamment caché des dossiers, dissimulé des preuves, mais ils pouvaient dormir tranquilles. Nicholas n'était pas une balance, même s'il savait qu'il aurait pu négocier très cher auprès d'un grand éditeur certaines informations en sa possession.

De toute façon, il n'ignorait rien des ennuis qui l'attendaient au cas où il aurait fait quelques révélations devant l'animateur et le public de *Newsnight*. Ils l'auraient détruit, par tous les moyens. Ils auraient forgé de fausses preuves, l'auraient fait arrêter pour pédophilie, l'auraient crucifié au premier arbre venu. L'affaire se serait terminée en cour d'assises. Il aurait peut-être gagné son procès mais à quel prix… Mieux valait se tenir tranquille.

— Tout le monde ne croit pas au réchauffement de la planète, tu sais. Je ne suis pas sûr que ce soit inéluctable. Mais tu tiens peut-être une idée. Voyons si on ne peut pas trouver un jeune météorologue frais émoulu de l'université, susceptible de nous sortir les premiers titres en moins d'un an pour cinquante livres d'avance.

Tim consulta sa montre.

— Au fait, Nick, c'était Peter, là, au téléphone. Il est à Oxford et il aimerait bien déjeuner avec nous.

— Il se passe quelque chose ?

Peter était le fils de Nicholas. Âgé de vingt-cinq ans, journaliste globe-trotter, il avait le don de se retrouver dans des situations impossibles.

Tim haussa les épaules.

— Difficile à dire. Mais enfin, je dirais que oui… il n'avait pas l'air bien dans son assiette. Je lui ai donné rendez-vous au Old Parsonage dans une demi-heure. Tu es libre ?

— Je… ah… oui. Je pensais relire attentivement le contrat du jeune Foley, quand tu aurais mis au point toutes les clauses. Bon, laissons ça pour après le déjeuner, ça nous permettra de tout revoir ensemble avant de l'envoyer à son agent. Tu comptes rester cet après-midi, non ?

— Oui, en principe. Ça dépend de Peter… Il m'a semblé un peu…

— Angoissé ?

Lorsque Nathalie était partie, quatre ans auparavant, Nick s'était retrouvé seul avec deux enfants déjà grands. Peter avait à l'époque vingt et un ans, et Marie-Joséphine, qui entrait à l'université d'Édimbourg, tout juste dix-huit. Cela avait contribué à son départ de la police.

— Non, plutôt raplapla, déprimé.

— Mauvais signe, ça.

Peter avait déjà connu des moments de dépression, sans gravité, mais dont il ne s'était sorti qu'avec l'aide de sa mère. Après le départ de Nathalie, Peter avait à nouveau sombré, et Nick avait été en première ligne lorsque les médicaments ne suffisaient pas à le soulager, ou lorsqu'une épreuve difficile ébranlait un équilibre encore fragile. Des heures durant, Nick avait écouté son fils en proie à de multiples peurs et angoisses. Maintenant ils étaient très proches, plus encore que pendant son enfance.

Nick laissa échapper un soupir.

— J'imagine que c'est lié à sa nouvelle petite amie.

— Daisy ? Ça fait bien un an qu'ils sont ensemble, non ? Je la trouve très bien, cette fille, dit Tim. Très jolie, et elle a du plomb dans la cervelle, plus que Peter. Ça ne te blesse pas que je te dise ça, j'espère ?

Tim avait deux fils, et aucun n'avait répondu à ses espoirs.

— Non, pas du tout, répondit Nick. Je le pense aussi. C'est une fille brillante. Peter est intelligent, mais elle a quelque chose en plus.

— Elle y arrive bien aussi, tu ne trouves pas ?

— À quoi ? À l'aider quand il est dépressif ?

Tim opina du chef.

— J'ai le sentiment qu'elle l'aime énormément et qu'elle sait l'écouter.

Nick adressa un sourire à son frère.

— Tu as raison. D'ici quelques années, on lui demandera de nous écrire un livre.

Nick et Tim s'étaient beaucoup querellés autrefois, mais à présent qu'ils travaillaient ensemble, peu de sujets étaient matière à controverse. Ils n'avaient que trois ans de différence, et lorsque Tim avait vingt et un ans et Nick dix-huit, ils étaient tombés amoureux de la même fille, qui en avait dix-sept ; cela les avait séparés et ils ne s'étaient retrouvés que vers la trentaine. Depuis lors, ils n'avaient cessé de se voir. Nicholas saisissait toujours à demi-mots ce que voulait dire son frère.

— Peut-être qu'il a reçu des nouvelles de Nathalie, suggéra Nick. Ce ne serait pas impossible. Oui, ça doit être ça : c'est bientôt l'anniversaire de Peter. Nathalie ne laisserait pas passer cette date sans lui faire signe.

Même après tout ce temps, Nick ne savait pas exactement pourquoi Nathalie l'avait quitté. Il avait quelques petites idées, bien qu'elle ne lui eût laissé aucune lettre, pas la moindre explication. Souvent, il se disait que c'était à cause de son métier de policier, il l'avait négligée. Il supposait toutefois qu'elle avait gardé des relations avec Peter et Marie-Joséphine.

— Elle est toujours en contact avec Peter ? demanda Tim. Il ne m'en a jamais parlé. Il est toujours très attaché à elle ?

— Je crois qu'il a de ses nouvelles de temps en temps, mais il ne m'en parle pas. Je sais qu'elle envoie des cartes postales à Marie-Joséphine, mais lui… Pete n'a jamais été le préféré de Nathalie, tu sais.

— Ah bon ? dit Tim, l'air étonné.

Guère à l'aise avec les enfants, Tim mettait les insuccès de ses fils au compte de sa propre négligence : il avait privilégié son travail lorsqu'ils étaient jeunes.

— Je la trouvais très gentille avec lui, quand il était

petit. Lui était un garçon délicieux, et elle lui parlait si joliment en français.

— Ce n'est pas qu'elle ne l'aimait pas, mais elle préférait Marie-Joséphine.

Nicholas sentait la douleur et la colère percer dans sa voix. Des émotions longtemps réprimées remontaient à la surface.

— Peter a été très blessé par ce qu'elle a fait, reprit-il. Franchement, je crois qu'il a moins bien supporté que moi son départ. Il est allé voir un médecin, je le sais. Mais on n'en parle pas, c'est confidentiel. Pete ne lui a jamais pardonné. Je pense qu'elle ne l'aurait pas contacté, si ce n'était pas pour son anniversaire.

— Je ne savais pas qu'il avait pris les choses aussi mal.

Le souci de Tim était sincère. Il n'avait pas compris pourquoi sa belle-sœur avait pris la décision de quitter sa famille et était partie brusquement, pour de bon.

— À dire vrai, reprit-il, quand ça s'est passé, j'étais surtout inquiet pour toi. Tu n'es peut-être pas allé voir un médecin, mais tu as été sacrément secoué. Sans le départ de la vieille Nat, tu n'aurais pas encore pris ta retraite anticipée.

— Pas « la vieille Nat », je t'en prie.

Car la fille de dix-sept ans dont ils étaient tous deux tombés amoureux n'était autre que Nathalie. Plus grande que la plupart des filles de son âge, mince, vive, les yeux verts, française de surcroît : les deux frères n'avaient jamais rencontré femme plus belle. Elle était venue étudier à Oxford dans le cadre d'un échange d'un an et vivait chez des voisins.

Issue d'une riche famille de Reims, elle venait perfectionner son anglais, sans viser une carrière ni une entrée à l'université, mais seulement pour sa culture personnelle. À dix-sept ans, elle faisait preuve d'une plus grande maturité que bien des trentenaires, et si elle n'avait pas rencontré la passion en Angleterre, elle serait retournée à Reims et aurait probablement épousé quelque riche célibataire propriétaire d'un petit château au bord de la Loire et d'une villa sur les hauteurs de Nice. La bourgeoisie d'Oxford ne s'était jamais remise de l'avoir accueillie en son sein.

Nicholas, bien que trois ans plus jeune que Tim, avait su conquérir son cœur par des moyens pas toujours loyaux. Des deux, il était le plus sûr de lui, et cela s'était confirmé dans sa façon de courtiser Nathalie.

Tim, plus beau garçon que son frère, plus âgé et plus intelligent, avait dû aller poursuivre ses cours d'architecture à l'université, quelques mois seulement après leur rencontre.

Nicholas, qui préparait encore son baccalauréat, utilisa la ruse pour parvenir à ses fins. Il ne remit pas à Nathalie les lettres que Tim lui avait envoyées et ne lui transmit pas ses messages. Un soir, il l'invita à sortir, elle admira son toupet, et le troisième soir, il osa l'embrasser, ce à quoi elle consentit sans retenue. S'ensuivirent un automne et un hiver passionnés, au détriment du frère aîné.

Lorsque Tim revint pour les vacances de Noël, Nathalie était à jamais perdue pour lui. Au début, il ne s'en rendit pas compte et continua de lui faire sa cour, jusqu'au jour, entre Noël et le nouvel an, où elle lui avoua tout. Tim en fut profondément blessé.

Nicholas, moins intellectuel que son frère, avait rejoint l'école de police. Le jour de son diplôme, Nathalie et lui se marièrent en toute simplicité à la mairie d'Oxford.

Environ une année plus tard, Tim construisait son

premier bâtiment, un ensemble de dix logements destinés à des chercheurs du Wadham College. Deux jours après, la tête encore pleine d'histoires de verre, de briques et de mortier, il tombait follement amoureux d'une secrétaire du bureau des bourses de l'université. Ils ne tardèrent pas à se marier, et l'étaient toujours.

Nick avait épousé Nathalie dans une sorte de griserie née de la passion, griserie dont il ne s'était jamais départi. À présent, après tant d'années, il était encore amoureux d'elle. Son départ brutal l'avait laissé hébété, et son refus de lui parler, totalement désorienté. Pourtant il l'aimait et aurait accepté son retour si elle l'avait souhaité.

— Je crois qu'il faut y aller, dit Tim. Je laisse Foley ici, je pense qu'il ne m'en voudra pas. (Il passa la tête par l'entrebâillement de la porte.) Jenny, vous voulez bien appeler cette société de logiciels à la noix pour leur dire que si je n'ai pas la nouvelle version d'InDesign sur mon bureau demain matin, j'annule la commande ? Merci, Jenny. Et bon appétit.

— Une seconde, je fais un tour à la salle de bains, dit Nicholas.

Il s'aspergea le visage d'eau froide, se sécha, et en reposant la serviette aperçut son image dans le miroir. Pour la première fois, il y découvrit tristesse et culpabilité. Tristesse d'avoir perdu la seule femme qu'il avait jamais aimée, et culpabilité de lui avoir si peu prêté attention.

Il décida alors de la retrouver, de la ramener à ses côtés et de reprendre avec elle le cours d'une vie interrompue.

2

— C'est arrivé au courrier de ce matin.

Peter Budgeon poussa vers son père et son oncle une enveloppe fatiguée, déjà ouverte, laissant apparaître un papier rose recouvert d'une écriture à l'encre très noire et qui exhalait un léger parfum de rose.

Tim se pencha en avant puis se redressa.

— Lalique, annonça-t-il. Vendu dans une bouteille magnifique. J'en ai acheté à Sinead pour son dernier anniversaire. Ça m'a coûté une véritable fortune.

Sinead était la femme de Tim, celle qu'il avait épousée pour se consoler de la perte de Nathalie. Irlandaise, devenue poétesse acclamée, parolière de chansons, elle était belle comme un soleil d'hiver et tout aussi froide. Elle assistait aux soirées de lancement des ouvrages, gracieuse et sophistiquée, tel un personnage de Yeats, avec ses yeux d'émeraude au regard vague et ses vêtements de soie, chassant le jeune auteur un peu gauche qu'elle initierait aux voluptés de son long corps mince, les dimanches après la messe. Tim l'acceptait ainsi, et même l'adorait, bien qu'il songeât souvent à la femme évanouie de son frère, avec une ferveur empreinte de rêverie érotique.

Nicholas jeta un coup d'œil sur l'écriture manuscrite

de l'enveloppe. La lettre avait été postée en France, mais le cachet était brouillé et illisible.

— C'est l'écriture de ta mère, dit-il.

— Sans aucun doute, répondit Peter.

Il regarda autour de lui la foule des convives qui discutaient avec animation, et se demanda si le choix de ce restaurant avait été bien judicieux. Si ce qu'il pensait était vrai, ils avaient besoin de calme pour en parler.

— Mais je ne l'ai jamais vue utiliser ce parfum, ni écrire sur du papier rose. Ça paraît tellement affecté.

— Lis la lettre, papa. On discutera des fioritures ensuite.

Nicholas entreprit la lecture.

Cher Peter,

Je devrais t'écrire en français, mais comme je sais que tu trouves cela terriblement bourgeois je m'en abstiens. J'imagine que je devrais également écrire à ton père, lui fournir quelques explications sur ma conduite, mais je ne le ferai pas non plus. Je n'éprouve aucun sentiment d'obligation envers personne, surtout pas envers mon mari et mes enfants. Je vous aime, tous, bien sûr, mais l'amour n'a jamais suffi, et la vie familiale a failli me tuer.

Quand tu seras plus âgé, mon chéri, tu découvriras que vient un moment où plus rien n'a d'importance. Continuer, vouloir être utile, chercher du sens. Les ambitions qu'on a pu avoir prennent congé et s'éclipsent d'un seul coup, comme cela m'est arrivé. Quant aux rêves et aux espoirs, tu ne peux pas imaginer à quel point ils sont traîtres. Alors on commence à se demander à quoi bon traîner, à quoi bon attendre d'avoir une place dans une effroyable maison de vieux à Bournemouth ou à Wigan.

Les années à venir ne semblent plus promettre la moindre consolation, elles ne semblent plus préférables à la mort.

Marie-Joséphine m'a dit que tu as une nouvelle petite amie, très agréable. J'espère que votre relation durera au moins quelques années. Tu ne devrais pas te marier, à ton âge ce ne serait guère raisonnable. J'étais beaucoup trop jeune quand j'ai épousé ton père et, bien que nous ayons été heureux, je n'ai jamais pu me défaire du sentiment d'avoir trahi ma jeunesse. Après tout, ce n'était qu'un policier. Je ne m'étais pas sacrifiée, comme je le rêvais auparavant, à un génie, à un peintre, à un compositeur ou à un grand chanteur. Au début, ma foi, on fait de nécessité vertu, et puis c'est tellement bon de faire l'amour – sans compter le frisson qu'on éprouve à l'idée d'avoir un peu épousé la pègre –, mais l'amour physique devient routinier. Il passait plus de temps avec la pègre qu'avec sa femme, et je ne pouvais en parler à personne parce que, même ses propres enfants, n'étaient pas censés savoir qu'il vivait au milieu de la Cosa Nostra.

Marie-Joséphine et toi avez représenté pour moi, et pendant quelque temps, un merveilleux dérivatif, comme le sont toujours les enfants. Marie-Joséphine était charmeuse, ensorcelante, et je me disais que j'avais une chance inouïe d'avoir eu une enfant aussi merveilleuse. On disait qu'elle avait hérité de moi son teint pâle, et, petite, elle était faible et obéissante comme je le désirais. Toi, tu as toujours été plus indépendant, et je n'ai jamais pu gagner ton affection comme j'ai gagné celle de Marie-Joséphine.

Mais, au fond, quelle importance ? Vous n'êtes pas restés enfants longtemps, et tous les deux vous m'avez quittée avant même d'avoir quitté la maison. Tant que cela a duré, j'ai beaucoup aimé être une maman, vous lire des histoires à l'heure du coucher, avec mon drôle d'accent, préparer des gâteaux d'anniversaire, décorer les arbres de Noël et bourrer vos chaussettes de cadeaux. J'ai toujours préféré vos Christmas anglais aux Noëls français. Et puis vous avez grandi et m'avez dit un jour que le Père Noël n'existait pas, qu'il n'y avait pas de vieil homme à barbe blanche arpentant les champs enneigés avec sa hotte sur le dos. Quand vous m'avez dit ça, c'est tout un univers qui pour moi s'est écroulé.

Votre père n'a rien vu de tout cela : il avait son travail, et il lui fallait veiller à la sécurité du royaume. Je m'offrais à lui au lit, comme une catin, comme une putain française. Tu n'as jamais su ce qui se passait une fois refermée la porte de notre chambre. Au début, il y consacrait du temps. N'étais-je pas docile ? J'avais le don de satisfaire les hommes au lit. Mais bientôt, l'IRA, le Hezbollah et le National Front, tous ces hommes qui ne m'avaient jamais vue cambrer les reins, nous ont rejoints dans la chambre.

Je les voyais comme s'ils étaient vraiment là, au pied du lit, nous observant avec leurs yeux de cochon.

À la fin, je suis partie. Y avait-il un autre homme ? Peut-être, peut-être pas, à présent cela n'a plus aucune importance. De toute façon, seule ou accompagnée, je ne suis plus la même. Je ne peux plus revenir, cela je le sais avec certitude. Peut-être si ma mère n'était pas morte, s'ils ne m'avaient pas envoyé cette boîte, si je ne l'avais pas ouverte… on a tous envie de revenir en arrière et, pourquoi pas, de défaire ce qui a été fait, de dénouer les liens ou de les renouer. De panser les vieilles blessures, de suturer le passé, de poser des sparadraps sur chaque centimètre carré de chair taillée et éraflée. Je regrette, j'aimerais que nous formions à nouveau une famille, mais j'en suis incapable. Je n'ai pas assez de sparadrap.

Autre chose que je me sens incapable d'affronter, c'est l'idée d'une maison de retraite à Wigan. Ou à Nice ou à Deauville. Voir de vieilles filles, comme ce que je suis devenue, appuyées sur un déambulateur, recherchant la mort avec mélancolie. Vois-tu, Peter, je suis suffisamment mélancolique comme ça, et d'aussi loin qu'il m'en souvienne, je me vois recherchant la mort. La mort comme réparation ou comme oubli, peu importe. C'est la paix que je cherche. La sieste dans la serre, le moment où les vagues se sont apaisées et ne viennent plus se briser sur le rivage.

Quand tu recevras cette lettre… Non, je ne compléterai pas cette phrase banale. Seulement, je déteste les surprises qui bouleversent. La vérité, c'est que je n'ai pas établi de calendrier, je n'ai ni saison, ni date, ni heure. Mais je ne réécrirai plus. Montre cette lettre à qui tu voudras, cela m'est égal, ou me le sera bientôt. Présente mes excuses à Marie-Joséphine. Je crois qu'elle pensait avoir la force de me faire revenir, mais aucun de vous n'avait une telle force. Sois courageux, sois fort, sois gentil.

Ta maman

Nicholas laissa tomber la lettre sur la nappe, à l'endroit d'une tache de vin. Il semblait pétrifié, comme si Nathalie lui avait jeté un sort par écrit, mais de façon anodine. Dès le début, elle lui avait fait l'effet d'une magicienne : obstinée, volontaire, séductrice, astucieuse, dotée de pouvoirs d'enchantement. Cette lettre résumait tout cela. Il avait l'impression de l'apercevoir au-delà des mers, sur la ligne d'horizon, qui venait de se jeter d'un toit.

Tim prit la lettre.

— Puis-je ?

La question s'adressait à Peter : après tout, c'était à lui que la missive était adressée.

— Oui, bien sûr. J'aimerais beaucoup avoir ton opinion.

— Tu en as parlé à Marie-Joséphine ? demanda Nicholas.

Marie-Joséphine était en dernière année d'histoire de l'art, à Édimbourg. Elle avait toujours été très proche de sa mère. Nathalie lui envoyait des cartes postales aux cachets brouillés : couchers de soleil mélancoliques, ruines non identifiées, intérieurs d'églises pleines de cierges aux flammes tremblotantes.

Peter secoua la tête en signe de dénégation.

— Je crois qu'on ne devrait rien lui dire avant de savoir exactement de quoi il en retourne, dit-il.

— N'est-ce pas évident ?

— Tu veux dire, qu'elle est déjà morte ? Qu'elle s'est flinguée ?

Nicholas jeta un regard réprobateur sur son fils, mais à la suite d'innombrables batailles perdues il avait fini par comprendre qu'il ne servait à rien de reprocher à Peter son vocabulaire.

— En fait, répondit-il, je ne crois pas qu'il faille tirer de telles conclusions. Tous les jours, des gens écrivent des lettres semblables, et la plupart du temps ils sont vivants et bien portants, mais ils ont peur de réapparaître, d'assumer une situation embarrassante pour eux. De telles lettres servent avant tout à faire peur à un mari, à une femme, à persuader ceux qui les lisent qu'il faut les prendre au sérieux, que la vie leur est devenue un fardeau.

— En d'autres termes, c'est un appel au secours.

Nicholas haussa les épaules.

— Parfois, bien sûr. D'autres fois, je n'en sais rien. Ce serait plutôt une punition : « Vous m'avez maltraité. C'est tout ce que vous méritez. »

— Est-ce qu'on l'a maltraitée ?

— Elle semble le penser. Ou du moins penser que moi je me suis conduit comme ça.

Tim leva les yeux de la lettre.

— Je crois qu'il importe peu de savoir à qui elle en veut. Nick a raison. Les gens écrivent ce genre de lettre pour attirer l'attention, et parfois, ensuite, ils ont peur. Il ne faut pas tirer de conclusions hâtives. Elle est probablement vivante, mais si elle menace de se suicider, il faut absolument entrer en contact avec elle. J'imagine qu'aucun de vous deux ne sait où elle peut se trouver ?

Ensemble, le père et le fils secouèrent la tête.

— Elle a parlé de Nice et d'une autre ville, laquelle, déjà ?

— Deauville, répondit Peter. L'une dans le sud de la France, l'autre dans le nord. Mais elle pourrait aussi bien se trouver dans une ville voisine… ou pas du tout en France.

— Nick, c'est ton domaine, dit Tim. S'il s'agissait d'une enquête de police, que ferais-tu ?

— Je serais bien embêté. Les disparitions, c'est un des boulots les plus difficiles. Si quelqu'un ne veut pas qu'on le retrouve…

— Mais elle a envoyé cette lettre. Pourquoi ne pas penser que c'est bien un appel au secours, qu'elle veut qu'on la retrouve ? Il y a bien un endroit où on pourrait chercher.

— Je vais appeler Marie-Joséphine, lança soudain Peter.

Il s'installa avec son téléphone portable sur le canapé du petit hall. La sonnerie retentit plusieurs fois avant que sa sœur ne décroche.

— Allô ? C'est Pete. Dis-moi, tu as eu des nouvelles de maman, ces derniers temps ?

— Tu veux dire un coup de téléphone ?

— Non, une lettre, par exemple.

— Pas depuis quinze jours. Et toi ?

— J'en ai reçu une ce matin. Écoute, je suis à Oxford, avec papa et oncle Tim. Je crois que tu devrais venir par le premier train.

3

Deauville.

Elle se trouvait à Deauville. Marie-Joséphine n'en savait pas plus. Les cartes postales qu'elle avait reçues contenaient peu d'indices. Les premières venaient sûrement du sud de la France, mais sur les plus récentes on voyait des ciels du Nord, et, sur l'une d'elles, les planches de Deauville, le long de la plage.

— Elle oublie que j'ai passé un été à Deauville, dit Marie-Joséphine. Avec mon insupportable correspondante, Lucette. On avait dix ans, toutes les deux. J'étais petite pour mon âge, elle plutôt grande, et elle n'a pas arrêté de me taper. Elle était odieuse, et ses parents ne valaient pas mieux. Quand je me retrouvais seule, ce qui était rare et bien agréable, j'allais me promener sur les planches, ou bien j'allais faire du lèche-vitrine, et je n'avais qu'une envie, c'était de quitter cette ville.

— Elle aurait pu aller là-bas... ? s'enquit Peter d'une voix étranglée.

— Pour se venger ?

— Non, bien sûr que non. Lucette Hautekeur doit être mariée depuis longtemps et avoir pondu d'horribles marmots. Mais maman a pu aller là-bas... pour retrouver quelqu'un, ou bien...

— Elle ne voyait personne, j'en suis certaine. (Marie-Joséphine prit le bras de son père d'un air hésitant, avant de le lâcher.) Dans sa lettre…

— Oui, je sais, elle dit « peut-être, peut-être pas ». On n'est guère avancés avec ça.

— Connaissait-elle quelqu'un à Deauville ? demanda Tim. Je ne dis pas forcément un autre homme, mais peut-être un ou une amie. Un ami de sa famille, par exemple.

Nathalie venait d'une famille de négociants en vins de Reims. Depuis plusieurs générations, les Le Tourneau vendaient la production des grandes maisons de champagne à travers le monde. Leur boutique à Reims était petite, mais elle dissimulait de vastes caves crayeuses où étaient entreposées des bouteilles aux étiquettes prestigieuses : Krug, Mumm, Canard-Duchêne, Gosset, Hamm et tant d'autres. Le père de Nathalie, Gérard, était le cadet de la famille, et, à l'automne 1936, décidé à assurer sa fortune personnelle aussi bien que celle du clan, il avait épousé Béatrice Bombois, fille d'un viticulteur et producteur de champagne de la région d'Épernay.

Le lendemain des noces, ils arrosèrent leur petit déjeuner au champagne et, l'esprit moins clair que les convenances l'exigeaient, mais moins soûls qu'ils auraient pu l'être, ils prirent le train pour Paris.

Dans la capitale, un taxi les conduisit à l'agence de voyage P.O. Midi, sur le boulevard des Capucines, où les attendaient leurs billets : deux allers simples pour Fès, au Maroc, via Bordeaux et l'Espagne. Le voyage durerait cinquante-cinq heures, une durée ridiculement courte et encore impossible quelques années auparavant, d'après Gérard, qui avait déjà beaucoup voyagé.

Comme prévu, ils déjeunèrent, assez tard, à la Tour d'Argent. Le patron, André Terrail, était un vieil ami de la famille Le Tourneau, chez qui il achetait tous ses champagnes. Il leur donna la meilleure table sur la terrasse du sixième étage, nouvellement ouverte. Béatrice, qui n'était encore jamais venue à Paris, put profiter d'une vue superbe sur Notre-Dame et sur l'île de la Cité, tandis qu'on lui servait les mets les plus délicats. À trois heures de l'après-midi, les cloches de Notre-Dame et de Saint-Nicolas-du-Chardonnet saluèrent ses ortolans sur canapé, et lorsque ces mêmes cloches sonnèrent la demie, le serveur déposa devant elle un homard à la nage.

Avant le départ du couple, M. Terrail fit une nouvelle apparition, portant une grande boîte noire et brillante qu'il présenta à Mme Le Tourneau, avec un clin d'œil complice à son mari enamouré. Elle attendit d'être dans le train pour l'ouvrir et y découvrir une longue robe noire brodée d'or, sortie de l'atelier d'Elsa Schiaparelli qui faisait fureur depuis peu dans le milieu de la haute couture. Quelques années plus tard, elle apprendrait de la bouche d'Elsa Schiaparelli elle-même que cette robe avait été conçue avec l'aide de Jean Cocteau. Sa fille Nathalie en hériterait par la suite, puis Marie-Joséphine. Le destin voulait qu'elle lui allât parfaitement, comme elle seyait à merveille à sa mère et à sa grand-mère avant elle.

Après ce qui ressemblait fort à leur dernier repas civilisé, le jeune couple (il avait trente-cinq ans et elle vingt) alla faire des emplettes de dernière minute, alourdissant de quelques kilos le poids de bagages autorisé en première classe, déjà généreux. Ensuite, ils se rendirent à la gare d'Orsay et embarquèrent à bord du Sud-Express qui devait les amener à Bordeaux en une nuit.

Une fois dans leur compartiment privé aux cloisons d'acajou, les rideaux tirés, ils se déshabillèrent, le regard brûlant, et firent l'amour pour la première fois au moment même où le train quittait la gare. Pour le restant de ses jours, la mère de Nathalie associerait la vigueur de la pénétration aux à-coups de la locomotive qui filait dans la nuit.

Le lendemain, ils changèrent de wagon-lit à Madrid puis, après une journée de voyage plutôt ennuyeuse, embarquèrent à Algésiras sur le bateau qui devait les conduire à Tanger. À la suite d'une traversée agitée, ils se retrouvèrent dans le tohu-bohu marocain. Tétanisés par le spectacle et le tintamarre qui les accueillaient au bas de la passerelle, ils s'efforcèrent de garder la tête froide. Après que leurs nombreux bagages eurent franchi la douane, ils trouvèrent une calèche pour se rendre à la gare.

Là, ils déjeunèrent dans un petit café qui servait de la cuisine française, devisant de ce qu'ils feraient par la suite : planter de la vigne et produire du vin. S'ils n'étaient pas les premiers colons à produire et à vendre des boissons alcoolisées sur cette terre d'islam, ils étaient en revanche les premiers à envisager l'élaboration de leurs vins selon la méthode champenoise et, à cette fin, amenaient dans leurs bagages de jeunes plants des cépages nécessaires, pinot noir, pinot meunier et chardonnay.

Sur leur gauche, était installée une tablée d'Allemands, remarquables par l'arrogance avec laquelle ils traitaient tout le monde.

— Tu crois qu'ils peuvent nous attirer des ennuis ? demanda Mme Le Tourneau en avalant une gorgée de thé à la menthe trop sucré.

Son mari haussa les épaules d'un air blasé, à la façon d'un grand voyageur qui en a vu d'autres.

— Je ne crois pas, dit-il en faisant la grimace parce que son café était amer. Ils se heurteraient à l'Empire français. De toute façon, s'ils tentaient la moindre intervention en Afrique, ils seraient taillés en pièces. Détends-toi, ma chérie. Laissons-les savourer le soleil du Maroc. Et puis, au fait, cela ne t'ennuierait pas d'utiliser un rouge à lèvres moins... voyant ? Je trouve cet écarlate un peu vulgaire, tu n'es pas de mon avis ?

— Non, dit Nicholas. Elle ne m'a jamais parlé de personne.

— Il est possible qu'elle ait un amant, suggéra Pete. Il y a quand même eu sa mère, avant elle.

— Telle mère, telle fille, c'est ce que tu veux dire ? demanda Nicholas avec un certain agacement.

— Excuse-moi, papa, mais... on ne peut pas ne pas y penser.

— Écoutez, il ne sert à rien de se lancer dans des spéculations, trancha Tim, volant au secours de son frère. Quelles qu'aient été ses raisons pour partir, ou celles qui l'ont conduite à Deauville, il faut la retrouver et, si possible, la ramener ici.

— Si elle a envie de revenir, ajouta Marie-Joséphine.

Elle-même n'avait pas d'amant et de toute évidence s'en désolait. Marie-Joséphine en voulait à sa mère de les avoir quittés, mais se sentait obligée de la défendre face à cette phalange masculine toute prête à la juger coupable.

— J'irai là-bas, déclara Nicholas. Je crois que c'est à moi d'y aller.

— Je ne suis pas sûre que ça soit une bonne idée, papa, dit Marie-Joséphine. Tu ne ferais que l'intimider, la culpabiliser. Laisse-moi y aller. Elle me fait confiance.

Elle avait l'impression de se disputer avec son père depuis le jour de sa naissance. Préférée de sa mère, elle avait embrassé, comme elle, une carrière artistique. Le métier de policier de son père, voire sa dévotion envers cette fonction, la laissait froide et parfois l'indignait.

— Il vaut mieux que j'y aille en premier, ma chérie. Si elle est à Deauville, je peux la retrouver. Rapidement.

Il pensait… avant qu'elle ne commette l'irréparable, mais tout le monde avait compris.

— Et si tu la retrouves ? Est-ce que ça ne serait pas bien que je sois là pour lui parler ?

Il secoua la tête en signe de dénégation.

— Je préférerais être seul. Dès que j'ai du nouveau, je t'appelle. Reste à Oxford et sois prête à partir aussitôt.

— Je t'accompagnerai jusqu'au Havre. J'attendrai là-bas.

Il réfléchit un instant.

— Bon, très bien. Ce n'est pas une mauvaise idée.

Ils prirent un vol Air France à l'aéroport de Londres, à 7 h 55, et arrivèrent au Havre à 8 h 45. Ils n'échangèrent pratiquement pas une parole pendant tout le voyage, écoutant le ronronnement des réacteurs, s'inquiétant de la fréquence croissante des turbulences. Marie-Joséphine n'avait jamais été très à l'aise en avion.

— Tiens-moi la main, papa. Je ne supporte pas ces trous d'air. Mais enfin, pourquoi est-ce qu'ils font décoller leurs avions par un temps pareil ?

— Pour respecter les horaires. Mais rassure-toi, nous sommes en sécurité.

Il lui étreignit la main et en éprouva du plaisir, après tout ce temps. Cela lui rappelait l'époque où elle était petite fille. Que s'était-il donc passé entre eux ? Son travail ? Ou bien quelque chose de plus fondamental, quelque chose qui, toute leur vie, sépare les pères de leurs filles ?

— Elle est morte, n'est-ce pas ? demanda-t-elle.

Au même moment, l'avion bondit vers le haut, et elle lui serra la main encore plus fort.

Il n'eut plus l'occasion de lui répondre. On leur annonça, d'abord en français puis en anglais, que l'avion amorçait sa descente. Marie-Joséphine ferma les yeux, et ils plongèrent tous deux en silence dans la tempête.

Deauville s'accrochait encore aux derniers instants de son sommeil d'hiver. Un ciel gris l'enveloppait tout entière, et un rideau de pluie glacée se déroulait entre la plage et la mer. Des vagues grises aux crêtes déchiquetées venaient mourir sur le sable couleur de granit. Des mouettes hurlantes, poussées par la faim, montaient et descendaient au gré des courants, s'abattant sur tout ce qui bougeait. Nicholas longea le rivage, entre la mer et le casino. Il croisa un cavalier, penché sur l'encolure de sa monture qui laissait sur le sable des empreintes de sabots que les vagues ne tarderaient pas à effacer.

Le moment était venu de commencer sa recherche, et il se mit en quête du commissariat de police. Les rues, avec les maisons et les boutiques à colombages, étaient presque désertes. S'il y avait des touristes, ils devaient être calfeutrés à l'intérieur. Les festivaliers et les amateurs de polo n'étaient pas encore arrivés.

À l'entrée, il demanda à voir l'inspecteur Vanier. Il n'était pas venu au hasard : ce nom lui avait été communiqué par un de ses vieux amis policier à Paris.

L'homme, lui avait-il dit, avait fait toute sa carrière à Deauville et saurait l'aider. L'information, au premier abord, ne semblait guère encourageante, mais Nicholas s'était dit que, finalement, un flic un peu routinier qui connaissait bien sa ville pourrait se révéler plus utile qu'un jeune inspecteur brillant en poste depuis moins d'un mois.

Vanier n'était ni brillant ni routinier. Nicholas connaissait bien ce genre d'hommes : un policier qui obtient ses résultats grâce à son travail et non grâce à son intuition. Les hommes plus jeunes et plus vifs d'esprit devaient l'agacer… il le voyait respectueux de la loi, mais capable au besoin d'enfreindre le règlement pour les nécessités de l'enquête. Un bon père de famille, avec ce côté à la fois aimable et un peu ennuyeux. Il n'avait jamais dû se sentir à sa place dans une ville comme Deauville, avec son luxueux casino, ses grands hôtels, ses manifestations hippiques et ses deux festivals de cinéma.

Ils parlèrent en français, car l'anglais de Vanier, acquis au gré de conversations avec les touristes et de dialogues de films, était des plus élémentaires.

— Ce message que j'ai reçu… il s'agissait de votre femme. Elle a disparu ?

Nicholas lui montra la carte postale. Le policier lui confirma qu'il s'agissait bien des planches de Deauville.

— C'est une carte très connue. On a commencé à la vendre l'été dernier. Malheureusement, on peut aussi l'acheter à Trouville ou à Honfleur. Voire au Havre. Il est possible qu'elle n'ait été ni achetée ni postée à Deauville.

— Admettons que ce soit le cas. J'aimerais mieux ne pas avoir à faire du porte-à-porte dans toute la ville, parce que j'imagine qu'il y a une infinité d'hôtels et de pensions. Je vais être franc avec vous. J'ai peur qu'elle ne se suicide. Nous n'avons pas le temps de mener une enquête minutieuse.

— C'est la seule forme d'enquête que je connaisse, monsieur. Minutieuse. Frapper à toutes les portes si nécessaire.

— Avez-vous quelqu'un qui… ?

Vanier secoua la tête.

— Je n'ai personne à mettre sur l'affaire, si c'est ce que vous me demandez. Le Festival du film asiatique commence dans quelques jours, et on s'attend à une livraison de drogue par bateau. Vous allez devoir agir seul, monsieur, à moins que vous n'ayez les moyens de vous offrir les services d'un détective privé.

— Avez-vous une liste des clients des hôtels et des pensions ?

Un long silence suivit ses paroles. Avec sa moustache grise qui retombait aux coins des lèvres, Vanier avait un air de chien battu.

— Vous n'avez pas le droit de consulter ces documents, finit-il par répondre. Vous n'êtes pas en mission officielle, n'est-ce pas ?

— Officielle, non, mais j'espérais que vous pourriez aider un collègue policier à résoudre un problème personnel.

— Ex-policier, m'a-t-on dit.

— Mes amis, ceux qui vous ont demandé ce service, sont toujours en service actif.

— Oui, on m'a dit que vous apparteniez à la célèbre Special Branch. Mais, vous savez, peut-être qu'elle n'a pas envie qu'on la retrouve. Ça me paraît d'ailleurs certain, sans ça elle vous aurait donné son adresse, et vous ne seriez pas là en ce moment.

— Si je suis là, c'est qu'elle projette de se suicider. À moins qu'elle ne l'ait déjà fait. Voilà pourquoi j'ai besoin de votre aide : pour éviter une tragédie, si c'est encore possible.

— Très bien, je vais voir ce que je peux faire. Revenez dans une heure. Je vais essayer d'arranger quelque chose.

Vanier lui fournit une très longue liste, car Deauville comptait de nombreux visiteurs, même si on ne les voyait ni dans les rues ni sur les plages. Malheureusement, son nom n'y figurait pas. Après Budgeon, il chercha à Le Tourneau, son nom de jeune fille, mais sans plus de succès. Il décida alors de parcourir la liste en détail, dans l'espoir qu'un nom lui évoque quelque chose. À la troisième page, il la découvrit : N. Bombois, pension Lutèce, rue de Honfleur. Elle ne s'était pas donné beaucoup de mal pour échapper aux recherches, car Bombois était le nom de jeune fille de sa mère.

La propriétaire de la pension, une vieille dame alerte de quatre-vingts ans, qui ne semblait pas près de rejoindre la maison de retraite, à deux rues de là, se souvenait fort bien de sa pensionnaire. Oui, Mme Bombois avait vécu là deux semaines environ, à son arrivée à Deauville.

— Elle est partie ?

D'un air de regret, elle secoua ses boucles grises.

— Il y a trois jours, monsieur. Elle est partie il y a trois jours. J'ai noté ça dans mon registre.

Il reconnut effectivement la signature de Nathalie ou du moins son écriture.

— Savez-vous où elle est allée ?

— C'est une information confidentielle, monsieur.

Vous comprendrez que je ne peux rien vous dire. Je suis peut-être âgée, mais je ne suis pas une pipelette.

— Je suis son mari, madame.

— Vous êtes monsieur Bombois ?

— En réalité, je m'appelle Budgeon. M. Bombois était le père de sa mère. De son nom de jeune fille, elle s'appelle Le Tourneau.

— Comment puis-je savoir que vous dites vrai ? Si vous êtes son mari et que vous la cherchez, j'imagine qu'elle n'a pas envie qu'on la retrouve.

— Je suis bien son mari, et je peux le prouver, si vous le désirez. Mais je suis aussi policier. Avec votre permission, j'aimerais appeler l'inspecteur Vanier, au commissariat central, pour qu'il s'entretienne avec vous. Il vous fournira toutes les explications nécessaires.

À présent, il était sûr que Nathalie avait séjourné à Deauville, mais il ignorait l'endroit où elle se trouvait avant. En quittant Oxford, elle avait vidé son compte en banque et, sans savoir exactement ce qu'il contenait, Nicholas s'était dit à l'époque que cela lui permettrait de voyager, mais sans faire de folies. Il savait également qu'elle avait hérité une somme d'argent de sa famille, une sorte de fonds en fidéicommis, qui au fil des années avait accumulé des intérêts au Crédit lyonnais.

Jusque-là, il ne lui était pas venu à l'idée que Nathalie ait pu se sentir frustrée par une existence petite-bourgeoise, elle qui avait été élevée dans le luxe. À quoi bon les vêtements raffinés, les chaussures Miu Miu, les parfums les plus délicats et les crèmes les plus dispendieuses, si on ne pouvait les exhiber nulle part ? Peu de ses amies ou de ses voisines d'Oxford auraient su faire la différence entre Armani et Marks & Spencer.

Le portrait ainsi dressé pouvait évoquer une femme

superficielle, mais ce n'était pas le cas. Nathalie avait l'esprit vif, elle était douée pour les langues et connaissait parfaitement le monde des affaires. Elle aurait pu fort bien diriger sa propre entreprise, la succursale anglaise de la maison de négoce familiale, par exemple, ou bien une boutique de vêtements de luxe. Avec son allure, son charme et son accent français, elle faisait figure de légende dans les milieux aisés d'Oxford et n'aurait eu aucun mal à trouver une clientèle pour des bijoux, des parfums ou des vêtements de grands couturiers.

Pourtant, elle avait hésité, remettant sans cesse la décision au lendemain, jusqu'au jour où les dix-huit ans de Marie-Joséphine la placèrent face à la réalité. Au lieu de saisir l'occasion, elle avait choisi de se dérober… pour échouer à la pension de Mme Cornilleau.

Cette dame l'informa que Nathalie avait dû louer un petit appartement dans l'un des immeubles nouvellement construits de la route de Trouville. Vanier lui prêta un bureau équipé d'un téléphone, et Nick passa la demi-heure suivante à appeler toutes les agences immobilières de Deauville. Aucune n'avait eu affaire à Mme Bombois, jusqu'au moment où il appela l'un des plus petits encadrés de l'annuaire, l'agence Aristide. Oui, il connaissait une Mme Bombois. Non, il ne pouvait donner aucune information personnelle sur ses clients. Non, pas même à un ancien policier. L'homme s'appelait Aristide Sadoun et avait l'air d'un vrai dur à cuire.

— Pas de problème, dit Vanier, quoiqu'un peu las de Mme Bombois et de son mari. Je lui parlerai moi-même. Il me donnera les informations nécessaires.

— Qu'a-t-il fait ?

— Des PV non payés, pour stationnement interdit et

excès de vitesse. Et en grand nombre. Je l'avais presque oublié, celui-là. Rappelez-moi dans dix minutes.

Lorsqu'il quitta le commissariat, la ville, nettoyée par le vent et la pluie, lui parut particulièrement hostile. Les boutiques et les maisons noir et blanc à colombages lui rappelaient Leominster, où il avait passé quelque temps au cours de son enfance, et soudain il fut complètement désorienté.

Il rappela Vanier un quart d'heure plus tard. L'inspecteur avait obtenu une adresse et lui expliqua comment s'y rendre. Nicholas sentit son courage l'abandonner. Au cours de sa carrière, il s'était affronté à des criminels cruels et à des terroristes endurcis, mais à présent, à la seule idée de se retrouver face à sa femme, dans un triste appartement en bord de mer, il avait envie de rebrousser chemin.

C'était un immeuble de trois étages, recouvert d'ardoises noires, un peu en retrait de la route. Avec le temps, cyprès et mélèzes finiraient par le dérober aux regards, mais pour l'instant il semblait nu et planté là sans raison. Drôle d'endroit pour Nathalie, songea-t-il, elle qui avait toujours fait preuve de goût et de raffinement.

Il sonna puis frappa à la porte, mais sans succès. Elle pouvait être sortie faire des courses, ou se promener sur les planches, être allée jouer au casino au bras d'un inconnu, ou bien être en train de regarder un film dans une salle de cinéma vide et surchauffée. Ou alors être là, derrière la porte. S'attendant à une déconvenue, il avait apporté son vieux passe. Cela faisait des années qu'il ne s'en était pas servi, mais il n'avait rien perdu de son habileté. Il lui fallut moins d'une minute pour pénétrer dans l'appartement.

Après, il se dit que rien n'aurait pu changer le cours

des événements. Même s'il était arrivé trois ou quatre jours plus tôt, quand elle était encore en vie. Même en revenant la veille de son brusque départ d'Oxford, ou plus loin encore, dix ans auparavant, lorsqu'elle avait eu cette liaison décevante avec un professeur d'arabe, rencontré à la Festschrift de Saint-John. Et pas même s'il avait pu remonter aux quelques jours suivant leur mariage, alors qu'ils étaient encore amoureux, emportés par la passion. Tout cela est sans fin, se disait-il. On peut rêver de revenir en arrière, cela ne change rien au cours des événements. Il l'avait aimée. Pourquoi cela n'avait-il pas suffi ? Pourquoi cela n'avait-il pas pu empêcher la tragédie qu'il avait découverte en ouvrant la porte de l'appartement ?

Au premier coup d'œil, il n'aurait su dire comment elle était morte, mais deux choses attirèrent son attention : son corps, étendu au milieu du salon, à moitié nu, face contre le sol et très blanc. Et puis des centaines de feuilles de papier, cartes postales et photos répandues par terre et sous les meubles.

D'abord, il n'aurait su dire avec certitude s'il s'agissait bien de Nathalie. Peut-être était-il tombé sur une autre femme, victime d'une autre existence. Mais lorsqu'il s'agenouilla pour relever son visage et qu'il vit le côté gauche, déformé par l'afflux de sang, il comprit tout de suite la vérité.

Il l'embrassa sur les lèvres. Elle avait le goût de mort, et quand il se releva, il sentit une légère odeur de cadavre dans la pièce, une odeur de décomposition. Il se demanda comment elle avait pu se procurer le poison, puis se dit qu'avec son allure flamboyante, à mille lieues de celle d'une femme qui va se suicider, elle avait pu facilement trouver un moyen. Elle aurait même pu entrer dans une pharmacie et déclarer : « Je voudrais un poison pour tuer mon mari », et on le lui aurait donné avec le sourire, soigneusement enveloppé dans un sachet.

Mais ce n'était pas le moment de s'abandonner au chagrin. Il fallait appeler Vanier tout de suite, lui apprendre la mauvaise nouvelle puis quitter les lieux. Ce n'étaient pas les lieux d'un crime, pour autant qu'il pût en juger, mais Vanier voudrait certainement s'en assurer par lui-même.

Pourtant, mû par un sixième sens né de ses années d'enquêtes policières, il décida d'examiner les papiers et remarqua alors une boîte en métal noir, près de la cuisinière, d'où ils semblaient provenir. Sur le couvercle de la boîte était collée une étiquette vert sombre : Vincent et Raymond Bihin, notaires associés, avec, en dessous, trois adresses : « 18, rue de Varennes-sur-Allier, 08270, Saulces-Monclin ; 50, avenue Gambetta, 08300, Rethel ; 21, rue Thiers, 08600, Givet. »

La plupart de ces papiers étaient des documents officiels, bien qu'aucun ne portât l'en-tête de Bihin et Bihin. Comment Nathalie avait-elle pu être en relation avec une obscure étude de notaires du fin fond de la province ? Et que signifiait cette boîte en métal ? Son suicide avait-il quelque chose à voir avec ces papiers ?

Il les rassembla et se mit à lire au hasard quelques lignes ou un paragraphe, mais ne s'en trouva guère plus avancé. La plupart de ces documents remontaient aux années trente et quarante, beaucoup sous le régime de Vichy, et avaient souvent trait à des questions juridiques au Maroc. Il découvrit également un bulletin ronéotypé de la Résistance, un passeport anglais au nom d'Alice Denisson, des photos de jeunes gens qui dansaient ou s'amusaient sur une plage (celle de Deauville ?) tandis que, sur d'autres, on les voyait armés de pistolets et de fusils, l'air sombre. Mais, finalement, rien de tout cela ne lui apportait d'informations décisives.

Avant d'entrer dans l'immeuble, il avait remarqué le panneau « À louer » accroché à la fenêtre de l'appartement voisin. Quelques instants lui suffirent pour crocheter la porte, et il alla dissimuler derrière le ballon d'eau chaude la boîte métallique, préalablement fermée avec la clé que Nathalie avait laissée à côté.

De retour dans l'appartement de Nathalie, il recouvrit son corps avec un drap trouvé dans la chambre à coucher. Ce n'était guère professionnel, mais il ne supportait pas de la voir ainsi, gisant sur le sol, livide. Elle avait à ce point fait partie de sa vie qu'il avait le sentiment d'être lui-même à moitié mort.

Il devait y avoir un téléphone, avant son arrivée, se dit-il.

— Inspecteur Vanier ? Nicholas Budgeon à l'appareil. Je viens de retrouver le corps de ma femme. Apparemment, elle s'est suicidée. Vous devriez venir tout de suite.

Il raccrocha et hésita un bref instant avant de soulever à nouveau le combiné. Le numéro se trouvait dans son portefeuille. On répondit presque aussitôt.

— Bonjour, je voudrais parler à Mlle Marie-Joséphine Budgeon, s'il vous plaît. Chambre 212.

4

Oxford.

> *Ô, Seigneur, Dieu d'amour,*
> *Tu chéris ce que Tu as créé et épargnes toutes choses*
> *Parce qu'elles T'appartiennent.*
> *Accueille Ta servante Nathalie*
> *Et par le sang répandu sur la croix,*
> *Pardonne-lui ses faiblesses et ses péchés...*

Récitée avec ferveur, bien qu'une once de réprobation fût perceptible dans la voix du prêtre, la prière se dissipait au milieu des tombes anciennes et des fleurs fanées. Un temps lugubre, très anglais, qui avait traversé la Manche avec le corps de Nathalie, étendait son linceul sur le cimetière de Wolverton, tout proche du centre d'Oxford.

Avec ses arbres délicatement penchés sur les tombes basses, l'endroit ne manquait pas de charme, et l'on enterra Nathalie à quelques rangées de Tolkien, le créateur de la Terre du milieu, parmi des catholiques, pervers adorateurs de Marie qui se verraient refuser, au Jugement dernier, l'entrée dans le paradis protestant. Nicholas en demeurait songeur. Il n'était guère croyant, mais autrefois il espérait vaguement un au-delà où il l'aurait retrouvée. À présent, il lui était même difficile d'imaginer son fantôme. Elle ne surgirait pas au milieu des tombes, ne le frôlerait pas dans son lit en pleine nuit. Il comprit alors qu'il l'avait en quelque sorte déjà enterrée il y a des années, lorsqu'elle l'avait quitté, voire avant, dans un de leurs moments de froideur. Désormais, il était libéré d'elle, et elle de lui.

Le prêtre, sans doute un jésuite, était un vieil homme aux cheveux blancs taillés en brosse, au cou maigre. Il s'appelait Chabert, ou Joubert, Nicholas ne savait plus très bien, en tout cas, c'était un Français, aumônier de ses compatriotes étudiants de l'université. On racontait qu'il buvait. C'était probablement Nathalie qui le lui avait dit, parmi d'autres cancans dont elle lui faisait part. Elle semblait connaître les secrets de chacun, sauf, peut-être, les siens propres.

Croyante, elle se confessait régulièrement auprès du vieux prêtre, s'entretenait avec lui de Dieu, de cette façon intime et écœurante qu'ont les croyants, semblables à des érotomanes évoquant à voix basse le véritable orgasme. Tous les dimanches, elle assistait à la messe à l'église catholique et en revenait le sourire aux lèvres, sans rien dire ni à Nicholas ni aux enfants. C'était son expérience intime, une étape sur le chemin de l'infini.

Les enfants, eux, n'y étaient jamais allés : c'était une chose convenue entre Nicholas et elle. Un jour, elle les avait trouvés en train d'imiter la messe, utilisant la vaisselle en argent pour remplacer plateaux et ciboires, tandis que Peter, un linge blanc sur les épaules en guise de chasuble, ses doigts pâles chargés de bagues empruntées dans la boîte à bijoux de sa mère, fermait les yeux en simulant la dévotion. Ce fut la seule fois de sa vie, ou presque, où elle s'emporta. Il y avait eu des larmes, une période de fâcherie, puis une réconciliation avec force étreintes et baisers.

Il avait aussitôt prévenu la famille de Nathalie, à Reims. Sous le choc, il n'avait pas encore pris conscience de l'étendue de sa perte. La famille continuait, comme par le passé, à remplir ses caves de bouteilles de champagne prestigieuses qui seraient revendues cent fois leur prix à la génération suivante. Au fil du temps, il les avait tous rencontrés, mais il n'avait jamais vraiment été accepté par eux. À leurs yeux, un policier, même haut gradé, n'était pas quelqu'un de fréquentable. Il y en avait des dizaines, oncles, tantes, frères, sœurs, et maintenant des nièces et des neveux qui avaient grandi. Presque tous, d'une façon ou d'une autre, travaillaient pour l'entreprise familiale, mais une dizaine seulement figurait au conseil d'administration. Chez les Le Tourneau, peu avaient eu assez d'imagination ou du moins d'allant pour chercher un autre moyen de subsistance.

Il avait téléphoné à Reims avant même que le corps de Nathalie fût transporté à la morgue, et demandé à parler à Thierry, le frère aîné et président de la société. Nicholas et lui n'avaient jamais sympathisé, et ils avaient passé ensemble quelques Noëls plutôt glacials. En revanche, il aimait bien sa femme, Thérèse, et c'était d'ailleurs elle qui lui avait répondu. Ils s'étaient entretenus brièvement, et il avait senti chez elle une tristesse sincère.

Le plus difficile avait été de mettre la famille de son côté. Personne ne voulait d'un scandale, même mineur. Après quelques coups de téléphone, une rencontre entre Thierry et le médecin légiste de Reims, ce dernier appela Le Havre, où devait se dérouler l'autopsie de Nathalie. Quelques jours plus tard, certains notables devaient recevoir des caisses d'un champagne hors de prix, mais pour l'heure il était convenu que Nathalie était morte d'un empoisonnement accidentel.

Cela avait satisfait le vieux jésuite sans l'accord duquel Nathalie n'aurait jamais pu recevoir une sépulture chrétienne. Nicholas l'observa, ses mains ridées crispées sur le missel noir, vêtu de l'habit sacerdotal réservé aux messes de funérailles, dévidant son discours rituel d'une voix dépourvue d'émotion. Mais, après tout, ce n'était qu'un prêtre, il n'était pas chargé de l'aider à supporter son chagrin, et ce qu'il avait à offrir ne signifiait strictement rien pour Nicholas.

Nous croyons à la résurrection des morts et à la vie éternelle dans Notre-Seigneur Jésus-Christ...

La pluie tombait, inexorable, dans la terre béante. La voix du prêtre vacillait.

Nous recommandons à Dieu tout-puissant notre sœur Nathalie...

Les regards fuyaient. Triste ou gêné, chacun cherchait un endroit où poser les yeux. Nicholas, lui, ne pouvait détourner les siens de la tombe litigieuse.

Nous livrons son corps à la terre...

Il éprouvait une soudaine envie de pleurer, mais les larmes refusaient de couler. Muet, il regarda la terre l'engloutir.

Tu es poussière et tu retourneras à la poussière...

Le prêtre essuya la terre humide sur ses mains. Le cercueil bascula dans la fosse. L'odeur de la terre était semblable à celle de la mort elle-même.

Nicholas invita tout le monde dans sa maison de Summertown, à quelque distance de là, et le long convoi de voitures s'ébranla lentement sous la pluie. À l'intérieur, le buffet du traiteur était agrémenté de pâtisseries françaises de la maison Blanc et, pour détendre un peu l'atmosphère, une chaîne hi-fi diffusait des chansons. Une fois au sec, devant la profusion et la délicatesse des mets, les visages s'éclairèrent, on fit les présentations et des membres de la famille firent connaissance. Dans un coin du salon, une idylle se noua entre la jolie et timide Amélie, la fille de Thierry, et le plus jeune fils de Tim, Mark, encore étudiant en architecture à l'université de Londres.

La famille de Nicholas était présente, pour le soutenir dans ces moments difficiles. Sinead se trouvait là également, prête à recueillir de la bouche de Nicholas d'éventuelles révélations ou indiscrétions. Les obsèques étaient souvent l'occasion de ce genre de faux pas. Elle n'avait jamais aimé Nathalie (sachant qu'elle était l'amour perdu de son mari) mais avait pris le parti d'attendre pour médire et affichait une tristesse de circonstance.

Au milieu du va-et-vient et du brouhaha des conversations, le portrait de Nathalie, une photo en noir et blanc de Sieff, trônait sur le manteau de la cheminée, ornée d'un ruban noir dans le coin supérieur gauche. Personne ne pouvait ignorer les raisons de sa présence en ces lieux, et un large espace demeurait vide en permanence autour d'elle.

Tout à coup, Sinead se mit en quête de son mari, qu'elle soupçonnait, comme toujours, de s'intéresser de près aux jeunes femmes – lui qui n'avait jamais éprouvé d'autre passion que pour Nathalie, ni même songé à avoir une liaison, sauf lorsque la jalousie de Sinead le mettait hors de lui ; Marie-Joséphine, elle, se trouvait en haut, dans sa chambre, pleurant à chaudes larmes, consolée par sa cousine Janice, une fille toute simple de Leeds, qui venait de passer son diplôme de technique

Alexander et se considérait presque comme une psychanalyste.

Nicholas contemplait le portrait de sa femme disparue lorsqu'il sentit quelqu'un se glisser à côté de lui.

— Comme elle était belle en ce temps-là !

La remarque de Thierry était sincère. Il avait toujours admiré la beauté de sa sœur. À l'âge de seize ans, elle avait posé nue pour lui, alors qu'il s'essayait à son nouveau Leica et rêvait d'une carrière en dehors du cercle étroit de Reims et de l'affaire familiale. Il avait encore cette photo chez lui, dans son bureau, et la regardait de temps à autre, pour admirer la délicatesse de sa peau et ses cheveux soyeux, du moins cherchait-il à s'en persuader. Un dernier coup d'œil à la photo sur la cheminée, avec son ruban noir, et il décida de se débarrasser des ultimes témoignages de sa folle jeunesse.

— Oui, vraiment très belle, dit Nicholas. Et aussi douce, aimante et fidèle, quand cette photo a été prise. Il y a vingt ans… Ça paraît une éternité. Mais il est inutile de broyer du noir. Dis-moi comment ça va. Toi et la veuve.

— Pardon ?

Thierry ne comprenait pas. Cela ressemblait à une accusation d'infidélité.

— La veuve… c'est un mot d'argot victorien pour dire le champagne. Toi qui sais tout sur le sujet, je croyais que tu le connaissais. On dit aussi le garçon. Si tu veux augmenter ton chiffre d'affaires en Angleterre, il va falloir te mettre au parfum.

— Nous vendons déjà beaucoup en Angleterre, comme tu ne l'ignores pas.

— Je plaisantais, Thierry. Je cherche seulement à détendre un peu l'atmosphère. Excuse-moi. Mais sérieusement, comment ça va ?

— Pas mal. Les affaires marchent bien. La famille va bien aussi. Enfin, non, ça n'est pas tout à fait vrai. Mon frère Lionel, celui qui a la moustache et qui est dans l'autre pièce… son médecin a diagnostiqué un diabète.

— Vraiment ?

— Oui. Mais il n'en est pas encore aux injections d'insuline. S'il fait attention à son alimentation, il peut mener une vie normale. Mais enfin, pour lui ça n'est pas une bonne nouvelle.

— Je suis navré de l'apprendre. Ce sont les joies de l'âge mûr.

— Oui. La maladie et les enterrements. Nicholas, désolé, mais il faudrait qu'on parle.

— Maintenant ? Ça ne peut pas attendre un peu ?

— Attendre ? Si, bien sûr. Excuse-moi, j'imagine que tu dois t'occuper de plein de choses. Je compte rester quelques jours à Londres. Thérèse et moi sommes descendus au Basil Street Hotel. J'ai des affaires à régler avec mes correspondants ici, et d'autres ventes à conclure. Puis-je passer te voir avant notre retour à Reims ?

— Bien sûr. Je ne compte pas partir. De toute façon, j'ai beaucoup à faire ici. Il faut… que je m'occupe des affaires de Nathalie.

— Écoute, Thérèse sera sûrement d'accord pour t'aider. Elle n'a pas grand-chose à faire à Londres. Je suis certain qu'elle ne demandera pas mieux. Elle aimait beaucoup Nathalie.

— Plus que tu ne l'aimais, toi ?

Thierry haussa les épaules.

— Nathalie était ma sœur. Nous étions peut-être différents, mais je l'adorais.

— Je suis heureux de te l'entendre dire. Je…

Thierry étreignit fortement le bras de Nicholas.

— Attends, il y a quand même quelque chose. Je peux peut-être t'en parler tout de suite. Quand tu as trouvé Nathalie, enfin… quand tu as découvert son corps, à Deauville, je suis sûr que tu as dû jeter un œil autour, dans son petit appartement.

— Tu as raison, bien sûr. Chez nous, les vieux policiers, c'est une sorte de réflexe.

Thierry rit poliment.

— Pas si vieux que ça, je dirais. Mais, dis-moi, tu n'as rien trouvé d'anormal ?

— Quoi, par exemple ?

— Je ne sais pas… Peut-être des papiers. Des documents officiels, des lettres, des journaux intimes… Ce genre de choses. Ç'aurait pu être dans une boîte.

— Quel genre de boîte ?

— Peut-être en carton, ou alors en métal. Tu crois que la police aurait pu la trouver ?

Nicholas secoua la tête en signe de dénégation.

— J'étais présent quand la police a fouillé l'appartement et je n'ai rien vu de tel.

— Ils n'ont vraiment rien trouvé ? Ils ont fouillé partout ?

— Très soigneusement, même. Mais qu'est-ce que tu cherches, exactement ?

— Oh, pas grand-chose. Ce n'est pas très important, je t'assure… Ta femme devait m'envoyer des papiers de la société, c'est tout. Je pensais qu'elle pouvait les avoir avec elle à Deauville, qu'elle comptait peut-être venir à Reims. Mais, visiblement, je me suis trompé. Pardonne-moi. Bon, je te laisse, nous en reparlerons à mon retour de Londres.

Et il s'en alla saluer le père Joubert. Troublé, Nicholas le regarda s'éloigner. Les paroles de Thierry l'aidèrent à prendre sa décision.

Il se rendit dans la serre attenante à la maison où s'étaient rassemblés les jeunes, et où régnait une atmosphère moins pesante que dans le salon. Peter était parmi eux, en compagnie de son amie Daisy, une petite blonde aux grands yeux, diablement intelligente, qu'il avait rencontrée lors de sa dernière année à l'école de journalisme. Daisy, qui partageait son enthousiasme pour le cinéma français, travaillait dans le commerce électronique et gagnait beaucoup plus d'argent que Peter. Nicholas, un peu surpris au départ par une énergie aussi débordante, avait fini, comme tout le monde, par se laisser conquérir.

Nicholas salua Daisy, puis attira Peter à l'écart.

— J'aimerais te dire un mot, Pete, ça t'ennuie ?

— À propos de quoi ?

— Essayons de trouver un coin tranquille. Tiens, la pluie a cessé. Nous pouvons discuter dans le jardin.

Ils sortirent, accueillis par une puissante odeur d'humidité. Les fleurs de printemps, affreusement maltraitées par le vent, quinze jours auparavant, semblaient en piteux état.

— Que se passe-t-il ? C'est à propos de maman ?

— D'une certaine façon, oui. Dis-moi, Pete, que sais-tu du Maroc ?

— Les dattes, les hippies, les dromadaires, la casbah. À moins que ça soit en Algérie ?

— Je voudrais que tu te rendes là-bas. Que tu fasses une enquête.

— À propos de quoi ?

Nicholas hocha la tête, comme pour dissiper une pensée désagréable.

— C'est ça, le problème. Je n'en sais rien. Je peux t'indiquer une direction, mais pas plus.

— Calme-toi, papa. Raconte-moi tout depuis le début.

5

Lettre de Béatrice Le Tourneau
11 septembre 1936.

Hôtel el-Minzah   Le 11 septembre 1936
Tanger

M. et Mme Bombois
Épernay

Cher Papa, chère Maman,

La France est bien loin derrière nous, à présent. Ce matin, le soleil s'est levé sur un monde entièrement nouveau, et l'air était plein des chants étranges des musulmans. Ils prient beaucoup plus que nous, plusieurs fois par jour, et il est bizarre de les entendre entonner leurs psalmodies quand on est au beau milieu du déjeuner. Je ne doute pas qu'un verre ou deux du Krug de Gérard au petit déjeuner ne leur fasse le plus grand bien. Ne trouvez-vous pas que le champagne du petit déjeuner, au lendemain de notre mariage, était absolument délicieux ?

Nous résidons à l'hôtel el-Minzah, l'endroit à la mode, qui possède de merveilleux jardins à l'espagnole. Gérard m'a dit que nous passerions trois ou quatre jours ici avant de partir pour Fès.

Je pensais que l'été serait fini, comme en France, mais il fait extrêmement chaud, et parfois on retient sa respiration, comme si l'air autour de soi avait pris feu. Gérard n'aime pas ça, il dit que ça aggrave son asthme, mais moi je trouve cela merveilleux parce que cela m'évoque le désert, les casbahs, les dromadaires et toutes ces choses-là.

Hier, nous avons vu un vrai dromadaire, qui traversait le Grand Socco, la grande place de la ville, bien qu'elle n'ait rien à voir avec celles de nos villes à nous. Cette place-là est envahie de marchands ambulants de fruits et légumes, d'acrobates, de cracheurs de feu, de charlatans et de loqueteux de toutes sortes. Nous avons observé de loin, bien sûr, et Gérard prend garde qu'aucun de ces pauvres hères, aucun de ces Maures, ne m'approche. J'ai écrit « Maures » mais en réalité ils sont très divers, depuis des Noirs du Sud jusqu'aux véritables Arabes, en passant par les Berbères et certains qui ressemblent à des Indiens des Indes.

Et il y a aussi des étrangers de toutes nationalités. Nous nous faisons remarquer, ici, avec notre peau blanche et nos beaux vêtements. Beaucoup de Français, bien sûr, des

Espagnols du protectorat espagnol, des Anglais qui se prennent encore pour les maîtres de Tanger, et puis quelques Grecs et Portugais, me semble-t-il. Enfin, je crois avoir remarqué quelques Américains ce matin, à l'hôtel. Je ne connais pas suffisamment l'anglais pour savoir distinguer les accents à coup sûr, mais je suis persuadée que cette famille-là venait bien de l'autre côté de l'Atlantique. Riches avec ostentation, comme tous ces Ricains que l'on voit à l'étranger.

Nous avons également aperçu un groupe d'Allemands qui achetaient des souvenirs dans la médina, vêtus d'uniformes noirs, arrogants comme si la ville leur appartenait, ce qui à mon avis est leur projet. Bien sûr, Tanger est une zone internationale, ce qui veut dire qu'ils sont à peu près libres d'y faire ce qui leur plaît. D'après Gérard, ils ont des espions ici et ils cherchent à prendre pied en Afrique du Nord. En ce qui me concerne, je préfère me tenir à l'écart de ces gens-là, même si j'avoue bien volontiers qu'ils ont fière allure et que ces hommes sont fort beaux, avec leurs cheveux blonds sous le soleil d'Afrique.

Je vous écrirai à nouveau lorsque nous serons arrivés à Fès. Sachez aussi que notre petite pharmacie de voyage s'est déjà révélée utile : Gérard a contracté un rhume à bord, mais j'ai réussi à le soigner. Le mariage est un paradis, vous auriez dû me le dire plus tôt.

Embrassez Jérôme et Jean-Hugues pour moi, sans oublier ma chère Marie-Louise.

N'oubliez pas de nous donner de vos nouvelles.

Je vous embrasse,

Votre fille,

Béatrice (Le Tourneau !)

De Peter Budgeon à Nicholas Budgeon
21 mars 2002.

Hôtel el-Djenina
8, rue el-Antaki
Tanger   Commandant Nicholas Budgeon
                    17a, Belbroughton Road
                              Summertown
                                    Oxford

Papa,

Daisy et moi sommes arrivés hier sur l'*Ibn Battuta*, un vieux rafiot malodorant qui fait depuis toujours la traversée à partir d'Algésiras. Il n'est pas impossible que les parents de maman aient traversé la Méditerranée à bord de ce même navire. Le vol jusqu'à Algésiras était tellement bon marché que nous avons pu nous offrir une nuit à l'hôtel Regina, un établissement de luxe avec vue sur la mer. Ce sera notre dernière folie, car je n'ai pas pu obtenir d'avance pour ce reportage. Il faut dire que je n'avais pas encore de sujet à proposer, sauf que j'allais sur les traces de mes grands-parents, au Maroc, dans l'espoir de mettre au jour une sombre histoire remontant à la Seconde Guerre mondiale.

En fait, j'ai eu le temps d'examiner un peu plus en profondeur les papiers que tu m'as confiés. J'en ai d'ailleurs emmené des photocopies de façon à pouvoir m'y référer si je tombe sur des indices. Cela dit, ce genre de travail est plus de ton domaine que du mien. Je me bombarde du titre de journaliste d'investigation, mais je n'ai jamais reçu de véritable formation sur l'art de conduire une enquête. J'aurais dû mieux t'écouter lorsque j'étais enfant.

Jusqu'ici, faute d'éléments, je n'ai encore tiré aucune conclusion, mais maman devait avoir de bonnes raisons pour garder cette boîte par-devers elle sans en montrer le contenu à personne. D'ailleurs, c'est ce que tu devrais faire également : à ta place, je ne toucherais pas un mot de ces papiers aux frères et aux sœurs de maman, car tout ce qui touche à mes grands-parents semble éveiller beaucoup d'émotion dans la famille, et il pourrait y avoir là-dedans des choses désagréables. Par exemple, je ne comprends pas très bien de quel côté grand-mère se trouvait pendant la guerre. Il est possible qu'elle ait eu un rôle douteux avant le débarquement américain.

Je vais suivre les pistes dont je dispose, poser les questions qu'il faut et voir où tout cela me mènera. Il est possible, aussi, que je t'appelle de temps à autre pour te demander conseil. À quoi servirait un père, sans ça ?

Aujourd'hui, je suis entré dans une petite librairie qui vend des ouvrages en français et en anglais, et j'ai parlé avec le libraire, un jeune homme brillant, nommé Abdelhak. Il doit avoir mon âge, peut-être un peu plus, et tient cette boutique depuis environ un an. Comme il parle très bien anglais, je lui ai demandé s'il pourrait me traduire les documents en arabe qui se trouvent dans la boîte de maman. Je ne peux pas lui donner beaucoup d'argent pour ce travail, mais apparemment il dispose de revenus suffisants et j'aurai donc ainsi moins l'impression de l'exploiter.

Je crois que nous ne tarderons pas à connaître les tenants et les aboutissants de cette affaire.

Autre chose, et j'espère que tu ne me jugeras pas indélicat, mais c'est important : comment maman est-elle morte ? Je ne veux pas connaître les détails exacts, mais simplement savoir s'il s'agit bien d'un accident, comme l'a affirmé le médecin légiste, ou si elle s'est suicidée. De toute façon, j'estime avoir le droit de savoir la vérité, mais c'est également indispensable pour cette enquête. Il y a beaucoup de choses gênantes dans ce que j'ai lu, et peut-être que cela aurait pu la pousser au suicide. Ce qui s'est passé entre vous et qui l'a amenée à te quitter te regarde, mais le notaire français a déclaré qu'il ne lui avait envoyé cette boîte que quelques jours avant sa mort, et je me demande s'il n'y aurait pas un rapport.

Daisy te salue (elle dit qu'elle ne te connaît pas assez pour t'embrasser, mais je sais qu'elle t'aime bien.) De toute façon, il faut que tu sois gentil avec elle, parce qu'elle pourrait devenir sous peu ta belle-fille.

Je t'embrasse,

ton fils ni très efficace ni très obéissant,

Peter

De Mme Béatrice Le Tourneau
à Mme Marie-Louise Leroux (née Bombois)

Villa Nouilly   Le 17 juillet 1937
Épernay

19, rue Victor-Hugo
Ville Nouvelle
Fès

Ma très chère Marie-Louise,

Nous avons reçu hier ta lettre nous annonçant la triste nouvelle et j'en reste comme foudroyée. Pauvre Robert, si jeune. J'espère qu'il ne souffrira pas et que sa mort sera rapide. Mais toi, ma chère sœur, comment peux-tu supporter de rester veuve, après six ans de mariage à peine ? Et le petit André… que fera-t-il sans père ? C'est une perspective affreuse…

Je sais qu'il est beaucoup trop tôt pour faire la moindre suggestion concernant ton avenir, mais si cela pouvait alléger un peu ta peine, n'hésite pas à venir nous rejoindre ici, au Maroc. Nous ne sommes pas encore vraiment installés, et notre départ pour Meknès a été repoussé plus de fois que nous ne l'aurions souhaité, mais nous attendons notre première récolte l'année prochaine, et l'élaboration de nos premières cuvées. Je passe mes heures de loisir à dessiner notre étiquette : Château Le Tourneau, Agourai, 1939 (et 1940, 1950, etc.). Agourai, notre petit vignoble, est un vrai paradis, notre havre de paix, où toi et le cher André pourriez demeurer le temps qu'il vous plairait. Bien sûr, je sais que tu vas devoir aller jusqu'au bout de ta douleur avant de pouvoir repartir dans la vie.

Tu ne dois pas craindre le voyage jusqu'ici, car les progrès des transports modernes ont rendu les choses beaucoup plus faciles qu'il y a ne serait-ce que dix ans. Je songe souvent avec beaucoup de plaisir à notre long voyage en train à travers la France. J'avais l'impression d'une renaissance, et je m'imagine dans ce wagon, roulant interminablement vers le Midi.

Gérard est fréquemment en déplacement pour s'occuper des affaires du domaine. Cela dit, je n'ai pas le temps de m'ennuyer en son absence. Avant tout, je cherche à nouer des liens avec nos voisins. Nous vivons dans la Ville Nouvelle, bien sûr, et ne fréquentons que des colons. Les seuls Marocains qui s'aventurent dans cette partie de la ville sont les domestiques, et le soir venu ils s'en retournent dans leurs taudis de la médina, ou bien dans la vieille ville de Fès. Ce sont des gens très simples et il faut les traiter avec fermeté, sinon il est impossible de les faire travailler.

Je me suis un peu aventurée dans la ville arabe, pour voir les échoppes où l'on vend toutes sortes de marchandises. C'est merveilleusement coloré, mais l'odeur est insoutenable, et je ne comprends pas comment certains Français ont pu décider de vivre là. Cela vous a des allures bohèmes, bien sûr, mais je ne partage pas leur enthousiasme pour les Arabes et pour leur culture, et je ne me vois pas m'infliger de telles privations pour le seul plaisir de partager leur mode de vie barbare.

Et puis ces affreux appels à la prière cinq fois par jour, et à la fin du ramadan des dizaines de milliers d'innocents moutons massacrés, des flots de sang dans les rues et dans les cours ; il y a aussi les femmes qui poussent leurs cris de guerre comme des Peaux-Rouges, un bruit incessant, et ces mêmes femmes qui se promènent voilées, comme des marionnettes ambulantes, les hommes qui te dévisagent et qui prennent toutes les Européennes pour des catins, les chiens morts qu'on laisse pourrir dans les rues pendant des mois, la chaleur étouffante l'été, et cette saleté de pluie l'hiver ; ajoute à cela que leurs lieux sacrés sont fermés aux chrétiens, leurs visages fermés, leurs cœurs fermés à nous, alors que nous ne cherchons qu'à leur apporter la civilisation, le mode de vie français, les chansons, le champagne, la lingerie, la joie de vivre…

Je t'embrasse bien affectueusement,
ta sœur,
Béa

De Peter Budgeon à Nicholas Budgeon
2 avril 2002.

Le 2 avril 2002

Hôtel Lamdaghri
Rue Abasse el-Massadi
Ville Nouvelle
Fès

Nick Budgeon
17a, Belbroughton Road
Oxford

Labesse, ya Kommander Budge !

Daisy et moi nous mettons avec entrain à la langue locale. En fait, nous en sommes réduits aux *salam, hamdoulilah, minfadlik, barakalaoufik*, etc., ce qui ne nous mène pas bien loin. Heureusement, presque tout le monde parle un français acceptable.

Comme tu peux le voir d'après l'adresse (un petit hôtel pas cher, avec une cour étroite qui reçoit le soleil dix minutes par jour), nous nous sommes installés à Fès. Quelle ville incroyable ! Il y a en fait trois cités en une : la vieille ville, qui correspond à la médina, où nous sommes allés faire des achats ; la nouvelle Fès, construite à partir de 1276, pas aussi intéressante que la vieille ville ; et la partie où nous sommes, la ville française, où grand-mère a vécu deux ans, pendant que grand-père parcourait le pays afin de monter son vignoble d'Agourai.

Alors que Daisy était occupée à explorer les souks,

moi j'ai commencé à interroger les vieux. Je parlais français, bien sûr, et je n'ai dû avoir recours à un interprète qu'une seule fois. Il y a encore quelques vieux colons, de drôles d'oiseaux qui ont refusé de quitter le pays après l'indépendance, en 1956. J'ai trouvé une étude de notaires, qui porte le nom pompeux de Coissac de Chavrebière et Fils ; cela paraît incroyable, mais c'est la troisième génération à exercer cette charge. Ils pensent détenir des papiers relatifs à Agourai et aux associés de grand-père. Ils doivent me les communiquer dans un jour ou deux, ce qui veut probablement dire d'ici à six mois…

De Gérard Le Tourneau à son père Thibaut
26 janvier 1939.

Le 26 janvier 1939

Vignoble Le Tourneau-Bombois
Agourai par Meknès
Maroc

M. Thibaut Le Tourneau,
négociant en vins
41 bis, rue du Champ-de-Mars
Reims

Cher Papa,
Je ne sais comment répondre à ta lettre. Tu sais parfaitement que je n'ai jamais eu l'esprit militaire et, même si c'était le cas, je suis sûr qu'il n'y aura pas de nouvelle guerre en

Europe. M. Hitler me semble un homme tout à fait respectable et suffisamment intelligent pour assurer les intérêts de l'Allemagne sans ouvrir les hostilités ni avec ses voisins ni avec l'Empire britannique. Il a bien sûr des problèmes avec les Juifs, mais c'est une question intérieure à l'Allemagne. À long terme, il n'est pas impossible qu'il se retourne contre Staline, mais dans ce cas, je ne doute pas qu'il aura à ses côtés toutes les nations civilisées, y compris la France.

Vues d'ici, depuis l'outre-mer, les choses apparaissent sous un jour bien différent, puisque nous sommes certains que les Allemands respecteront toujours notre protectorat. Et même au cas où une guerre éclaterait en Europe, il est peu probable qu'elle s'étende jusqu'ici. Si malgré tout c'était le cas, je rejoindrais bien sûr les troupes coloniales, qui auraient besoin d'officiers. Ou alors j'intégrerais l'administration pour utiliser au mieux mes compétences. Pourtant, je dois avant tout assurer l'exploitation du vignoble de Meknès, non pour moi, ni même pour le renom des Le Tourneau, mais pour ma femme et pour l'enfant qu'elle attendra sous peu.

Comme d'habitude, je joins à ma lettre le rapport mensuel. Tu verras que nous avons accompli des progrès considérables au cours du dernier trimestre. Nous ne faisons pas encore de bénéfices, bien sûr, mais nous étions d'accord pour estimer qu'il fallait pour cela attendre au moins un an.

Nos principaux concurrents sont à présent les domaines de Toulal et de Sidi Larbi. Oued Ykem continue de prospérer. Leurs rouges et leurs rosés sont bons, je dois bien le reconnaître, mais je suis moins confiant qu'eux dans l'avenir de leurs vignes à long terme. À mon avis, nos rouges sont déjà supérieurs à ceux de ces trois domaines, et je pense qu'avec quelques investissements supplémentaires nous pourrions – qui sait ? – exporter jusqu'en métropole. Pourrais-tu me donner le nom de la personne avec qui tu es en relation au ministère de l'Agriculture, car je n'ai guère confiance en l'administration coloniale.

Marie-Louise, la sœur de Béatrice, doit nous rejoindre dans trois semaines. Elle viendra seule, avec le petit André. Au début, bien sûr, ils vivront avec nous, ce qui me semble normal.

Par ailleurs, nous ne ménagerons pas nos efforts pour l'aider à trouver un nouvel époux. Il faut dire qu'il y a ici de nombreux célibataires qui ont l'âge requis. La plupart sont des aventuriers venus faire fortune (j'en ai rencontré un, récemment, qui, ayant appris que l'on n'imprimait pas d'étiquettes de bouteilles de vin en arabe, pensait s'enrichir en remédiant à cette lacune. Je lui ai fait remarquer que les Arabes, sauf les Juifs parmi eux, ne buvaient pas de vin, et il en a été fort dépité, puisqu'il avait amené avec lui, de Normandie, une petite presse à imprimer.) Mais il y en a d'autres, officiers, banquiers, hommes d'affaires, hauts fonctionnaires. Je suis sûr que, d'ici à la fin de l'année, elle aura trouvé à se remarier.

Ne prends pas les choses trop à cœur, papa. Un homme peut servir son pays sans endosser l'uniforme ni brandir un fusil. Je le servirai à ma façon, mais prions pour que j'aie raison et que la guerre n'ait pas lieu. Au cas où malgré tout elle éclaterait, je suis persuadé que nous pourrons y faire face, car il est évident que ce sont les Juifs qui sont à l'origine de tous nos malheurs. Que l'on règle ce problème, et l'on aura réglé la crise.

Embrasse maman pour moi. Je lui souhaite un joyeux anniversaire.

Ton fils,
Gérard

De Peter Budgeon à Nicholas Budgeon
15 avril 2002.

Hôtel Gallia   Le 15 avril 2002
Rue de la Recette,
près de la rue de Bab-Agnaou,
Marrakech

                              Nick Budgeon
                              c/o Déjà Vu Press
                              120, Broad Street
                              Oxford

Papa,
Franchement, je regrette que tu ne sois pas là, car je n'aime guère la tournure que

prennent les événements. Les gens que je rencontre me parlent de nazis, de promesses non tenues, de trahisons, de mort et de déshonneur. Rien de clair dans tout cela. J'ai l'impression de me retrouver avec une boîte pleine de photos, toutes prises par un appareil détraqué, certaines floues, d'autres surexposées, d'autres encore incomplètes, déchirées ou abîmées par un long séjour dans un lieu humide. Je ne vois que des gens âgés, hommes et femmes, certains français, d'autres marocains, parfois berbères, et chacun détient un petit morceau d'un puzzle qui est la vérité, et que je ne parviens pas à rassembler. Pourtant, je la devine au fond de la boîte, prête à jaillir.

Il s'est passé quelque chose ici il y a long-temps, avant ta naissance ou celle de maman. Certains événements ont laissé leur trace dans les cœurs, les esprits et les lieux. Mes témoins m'entraînent parfois sur une place ou près d'une fontaine et me disent : « Untel est mort ici ; un autre a été abattu à cet endroit ; c'est ici que mon frère a été arrêté, et je ne l'ai plus jamais revu. » Ils ont leurs souvenirs, et c'est comme s'il y avait, à chaque coin de rue, un monument pour les commémorer.

Hier, je suis sûr d'avoir été suivi. Il était difficile de s'en rendre compte, tu dois savoir ça. Peut-être était-ce un rabatteur, un guide cherchant un touriste à qui montrer la médina, un trafiquant de haschich, je ne sais pas. Je n'ai pas pu voir son visage, dissimulé derrière le pan de sa djellaba bleue, et il se tenait toujours dans l'ombre. Aujourd'hui, je ne l'ai pas vu. En tout cas pas encore.

Mais tout n'est pas aussi sombre : Daisy et moi avons longuement parlé, et… tu as probablement deviné ce que je vais écrire. Nous comptons nous marier dès notre retour en Angleterre. Le grand jeu, le voile (mais pas du genre marocain, pitié), demoiselles d'honneur, garçons d'honneur en uniforme militaire, et une grande fête sur les bords de la Tamise. Avec un peu de chance, le mariage pourrait avoir lieu à la fin de l'été.

Salue bien l'oncle Tim de ma part.

Pete

Commandant Budgeon, un petit post-scriptum de la part de votre future belle-fille. Faites tout ce qui est en votre pouvoir pour persuader votre fils de prendre le premier avion pour Londres (avec votre servante à bord, bien sûr). Cette enquête lui fait perdre la tête, et je crains qu'il ne devienne fou pour de bon s'il continue.

Demain matin, nous devons partir pour une ville nommée Ouarzazate, dans un autocar plein de vieilles dames et de poulets. Pete est très excité, ce qui n'est pas vraiment mon cas. Nous vous écrirons de là-bas.

Daisy

De Marie-Louise Leroux (née Bombois)
à la famille Bombois
20 avril 1940.

Famille Bombois   Le 20 avril 1940
5, rue de la Fauvette
Épernay
Marne
France

                         Hôtel La Mamounia
                         Avenue Bab-Jedid
                              Marrakech

Chers tous,

Voici une nouvelle lettre d'el-Maghreb el-Aqsa, le pays du Grand Ouest. Et une grande nouvelle. Vous vous rappelez sans doute combien j'avais trouvé les gens agréables à Fès, notamment les colons. Je me rends compte à présent que mes propos vont vous sembler étranges, mais sachez que je n'ai aucune intention de vous faire de la peine. J'ai été beaucoup courtisée depuis mon arrivée ici, et finalement un homme m'a demandée en mariage ; il est de sept ans mon aîné, et on ne peut plus différent de mon défunt époux. Je lui ai répondu oui, et bientôt il deviendra mon mari et un nouveau père pour André. Mon fils l'aime beaucoup, et nous nous voyons déjà comme la famille la plus heureuse du monde.

Je serai bientôt Mme Guénaud. Vital, mon fiancé, est juge. Il a fait ses études à la faculté de droit de Paris et a posé ensuite sa candidature pour servir aux colonies. Jusqu'à ces derniers temps, il était assesseur au tribunal de Fès, mais il vient d'être nommé conseiller à la cour d'appel de Marrakech. On ne saurait imaginer homme plus affable, plus intelligent et plus chaleureux. Il m'a assuré n'avoir jamais envoyé un homme à la mort sans être complètement certain de sa culpabilité.

Vous trouverez peut-être inconvenant le fait que je me trouve déjà à Marrakech, alors que l'homme que j'aime y exerce ses fonctions, mais sachez que Béatrice me chaperonnera jusqu'au jour de mon mariage. Elle est terriblement jalouse depuis que je fréquente Vital, car j'évoluerai dans le milieu le plus raffiné lorsque je serai devenue Mme Guénaud.

Nous avons très peur pour vous. Partout, on dit que les Boches vont envahir la France. S'ils foncent à travers l'Alsace et les Ardennes pour atteindre Paris, Reims et Épernay se trouveront directement sur leur route. Pourquoi ne pas fuir avant que Hitler ne lance son attaque ? Venez donc au Maroc pour mon mariage, et restez-y jusqu'à ce que le pire soit passé. Vous pourriez vivre avec nous, ou bien chez Béatrice et Gérard, soit à la ferme soit dans leur maison en ville. L'important est de quitter la métropole.

Nos amis juifs nous racontent le triste sort qui est fait à leurs coreligionnaires en Allemagne et en Pologne. Les nazis les traitent comme de la vermine, et on dit qu'ils ont l'intention de les exterminer. Déjà, on les interne dans des camps. Il y a beaucoup de Juifs, ici. M. Guénaud dit que, pour la plupart, ce sont des gens très bien et qu'ils jouent un grand rôle dans l'économie locale. En tout cas, ici au Maroc, nous sommes en sécurité. M. Hitler ne s'encombrera pas du fardeau d'un autre empire s'il conquiert l'Europe tout entière.

Je vous embrasse bien fort,
Marie-Louise

6

Oxford, le 20 mai.

Les jours. Il avait pris conscience de leur complexité, et de la façon dont on manque les mille et un détours qui mènent de midi à minuit. La mort de Nathalie lui avait fait comprendre les tricheries du temps. Un jour il était là, jeune, à Oxford, et la voyait pour la première fois, et le lendemain, il se retrouvait dans un froid cimetière au milieu d'une assemblée de fidèles indifférents, devant le cercueil qui glissait lentement dans l'oubli. Dans son métier, chez les criminels et les terroristes qu'il pourchassait, il avait déjà vu des jeunes gens devenir vieux en quelques heures, là, juste sous ses yeux.

Et tous ces jours entre leur rencontre et le cimetière : jours gâchés, jours mystérieusement perdus, jours entiers sans désir, sans joie, sans gratitude, jours qui ne connaissaient même pas la colère. Dans l'âge mûr on commence à regretter les erreurs de sa jeunesse, alors qu'il ne reste plus suffisamment de jours pour les réparer. On essaie quand même, mais on ne fait qu'empirer les choses. Il n'essayait plus. Le temps, il le savait désormais, ne guérit rien : il ne fait que vous éloigner du lieu du crime.

Sans ses artificiers et ses tireurs d'élite, ses hommes

de l'ombre, la haine au ventre, qu'était-il réellement ? Plus guère un policier, plus guère un homme. Un ambitieux, un lèche-bottes qui avait négligé sa femme pour gagner un jour supplémentaire derrière son bureau, qui avait laissé l'amour se déliter pendant qu'il cultivait un autre jardin. Et tout cela pourquoi ? Une retraite ? Un placard rempli de médailles et de récompenses qui ne disaient rien à personne en dehors de la Special Branch ? Une technique éprouvée pour l'interrogatoire des suspects ?

Il savait extraire la vérité chez un être humain sans recourir à la torture, du moins la torture physique. Il ne torturait que l'âme, car telle était l'essence de son savoir-faire, la capacité de tailler profondément dans le cœur d'un homme, d'étendre ses victimes sur une sorte de table de dissection spirituelle, de découvrir tous ces petits mécanismes de l'âme qui les amèneraient à trahir leur cause et leurs amis.

Quelle utilité pour un retraité ? Aiguiser ce savoir-faire au pub, le samedi soir ? Interroger ses voisins à propos de leurs penchants pour les nains de jardin ? Quelle farce ! Il se faisait l'effet d'un surveillant général de collège en retraite, qui découvre brusquement que les règles qu'il a appliquées toute sa vie, celles qu'il a imposées aux élèves à coups de férule, ne représentent absolument rien pour ses semblables.

Au diable tout cela, se disait-il. Il avait embrassé une carrière nouvelle, sa maison d'édition était florissante et occupait tout son temps. À part écrire ses Mémoires – ce que lui interdisait son devoir de réserve –, il ne voyait aucune façon d'utiliser ses anciens talents dans le monde de l'édition.

Il arrivait tôt à son travail et y restait parfois très tard. C'est là qu'il trouvait ses seules distractions. Il regardait rarement la télévision, sauf le journal télévisé, ou bien l'émission *Newsnight*, quand il rentrait à une heure raisonnable. Les fins de semaine, il visionnait des vidéos, choisies un peu au hasard, défilement de couleurs qui l'aidaient à passer le temps plus rapidement. Il ne lisait de livres que dans le cadre de son travail, et quand il les reposait, il restait toujours des manuscrits en attente. Quelques jours auparavant, un agent littéraire de Saint John's Wood leur en avait envoyé un. Tim et lui avaient déjà discuté du titre avec cet agent, au comble de l'enthousiasme, et Nick parcourait à présent les premiers chapitres, les trouvant finalement meilleurs qu'il ne l'aurait cru.

Tous les jours, il lisait avec soin son horoscope, sans en croire un mot. La chance l'avait depuis longtemps abandonné, et ni les étoiles, ni le feng shui, ni les runes saxonnes n'auraient pu le sauver. Le dimanche, il se rendait à Londres et allait vider des pintes au Duke of York avec quelques-uns de ses anciens amis, encore en service, Duncan Todd, Percy Craven et d'autres plus jeunes. Pour l'instant, on l'accueillait avec bienveillance, mais il savait qu'avec le temps, il ferait figure du fantôme qui s'invite à la fête. Ils parlaient boutique et il suivait les conversations, s'autorisant même parfois des commentaires ; mais, de plus en plus, ils citaient des noms qu'il ne connaissait pas, ou bien se taisaient lorsque surgissait un sujet délicat. Il était devenu quelqu'un de l'extérieur, et il lui faudrait bientôt trouver d'autres compagnons de table. Mais où ?

Le dilemme s'imposait avec force. Le samedi suivant l'enterrement, il resta à Oxford et but au Eagle and Child en compagnie de Tim. Le dimanche, il entreprit de ranger les affaires de Nathalie. Jusqu'à ce jour, il ne s'était pas rendu compte de l'intensité de sa présence.

Partout, il découvrit sa trace : une tache indélébile de rouge à lèvres sur une tasse Wedgwood en jaspe ; une épingle à cheveux dans le cendrier de la cuisine ; le sac de croquettes pour chat, pratiquement vide, qu'elle seule achetait. Sa garde-robe – dans un placard qui faisait presque la taille d'une petite pièce – exhalait un parfum si puissant, le Metallica de Guerlain, qu'il dut reculer pour reprendre haleine. Robes, chaussures, écharpes, vêtements qu'elle portait à son club de sport, chapeaux pour mariages et enterrements, bric-à-brac improbable, tout éveillait en lui des souvenirs. Dans un tiroir, il découvrit les pièces de lingerie fine qu'il lui avait achetées autrefois, pour leurs anniversaires de mariage : chemise de nuit Malizia, sous-vêtements La Perla, strings et guêpières de chez Agent Provocateur, culottes de chez Jane Woolrich. Pour un policier, il avait bien appris ses leçons. Soies et dentelles glissaient comme du sable entre ses doigts. Les cadeaux s'étaient succédé au fil des ans, et puis un jour, à l'occasion d'un de ces anniversaires, il lui avait offert un gros flacon de parfum Lalique, aussi coûteux qu'une rançon royale, et l'année suivante quelque chose d'autre, jusqu'à ce que la lingerie ne fût plus qu'un souvenir, et qu'ils finissent par faire chambre à part.

Il trouva d'autres papiers, certains blancs et encore craquants, d'autres jaunis, entassés dans des recoins, restes de lettres, factures, cartes de visite en français et en anglais. Dans une boîte en bois fermée à clé, déposée dans un tiroir de son bureau, il découvrit un petit calepin dans lequel elle avait griffonné des remarques au hasard, des tentatives d'écriture en prose, en anglais, ainsi que quelques poèmes en français et en anglais. En les lisant, il s'aperçut que sa femme lui avait dissimulé un réel talent littéraire. Apparemment, il n'y avait rien sur lui. Il déposa ces écrits dans son bureau, se disant qu'il les présenterait peut-être à Tim à des fins de publication.

Il reçut une nouvelle lettre de Peter. Visiblement, son garçon suivait une piste. À Ouarzazate, Daisy et lui avaient commencé à enquêter : jusque-là, ils n'avaient rien découvert de précis, mais Peter avait la conviction que les gens lui cachaient quelque chose.

Un jour, il reçut un petit paquet d'Édimbourg : Marie-Joséphine lui adressait un choix de journaux intimes et de lettres que Peter avait trouvés dans la boîte. Elle y avait adjoint une petite note stipulant que le reste était de peu d'intérêt. Peter en avait fait des photocopies qu'il avait emmenées au Maroc. Nick entreprit de les parcourir, mais ne tarda pas à se lasser : il en fit des doubles et déposa les originaux dans un coffre à sa banque.

Le printemps touchait à sa fin, mais le temps demeurait maussade et venteux. Les oiseaux n'étaient pas encore revenus d'Afrique, nulle pousse verte ne pointait sa tête au-dessus du sol, et Tim y vit de mauvais présages. « Mauvais présages de quoi ? » demanda Nicholas, qui ne reçut qu'un haussement d'épaules en guise de réponse. Nicholas n'était guère doué d'imagination et ne croyait pas aux prédictions ; il mit tout cela sur le compte des bouleversements climatiques et se promit de s'attaquer à cette collection sur le réchauffement de la planète.

Il passa la matinée du 20 mai au centre sportif de Maltfield Road. Au long de ces jours de solitude, il avait eu tout le loisir de contempler son ventre arrondi et ses muscles avachis, aussi s'efforçait-il de faire de la gymnastique au moins une fois par jour. L'un des murs du club était réservé à l'escalade, et quinze jours auparavant, il s'était inscrit à un cours. C'était plus dur qu'il ne l'avait cru. Toute la matinée, il avait escaladé ce mur, le nez à quelques millimètres de la paroi de brique, les pieds cherchant un appui sur les étroits blocs en bois qui dessinaient une voie plutôt tortueuse.

Après quoi, épaules, dos, chevilles et poignets douloureux, il gagna Tesco en voiture et rafla dans les rayons pour une semaine entière de la nourriture la plus malsaine qui fût : bacon, saucisses, fromage, tourtes à la viande de porc, crème fraîche… Il empila dans son Caddie tout ce qu'un jour Nathalie avait reposé d'autorité sur les étagères du magasin. Tout ça pouvait se garder, quant au reste il le congèlerait et le ressortirait pour le retour de Peter.

Poussant son Caddie d'un air las au milieu des allées glaciales, il décida de louer une cassette vidéo et de passer la soirée à la maison. De retour chez lui, il réchauffa au four une pizza des plus caloriques et s'installa pour regarder *The Blair Witch Project*. Une heure plus tard, environ, il était profondément endormi devant l'écran. Le film, qui à son avis n'aurait pas effrayé un enfant de trois ans, avait poursuivi sa course sans lui, et le magnétoscope s'était arrêté automatiquement. En se réveillant, il découvrit sur l'écran Chris Tarrant qui chantait *Who Wants to Be a Millionaire ?*

La sonnerie de la porte d'entrée retentit, et il se rendit compte alors que ce n'était ni la première ni la deuxième fois. Au moyen de la télécommande, il coupa le chanteur au milieu de sa question.

Hébété, la bouche pâteuse, il alla ouvrir la porte. Duncan Todd se tenait sur le seuil, mal à l'aise. Non, pas vraiment mal à l'aise, plutôt mal préparé à ce qu'il était venu annoncer. Émergeant de son sommeil, Nick remarqua tout de suite l'attitude curieuse de son vieux collègue.

— Que se passe-t-il ?

— Je peux entrer ? Ça… ça n'est pas facile à raconter sur un pas de porte.

Encore des mauvaises nouvelles, se dit Nick. Combien de fois allait-on lui briser le cœur ?

— Entre. Et excuse-moi pour le désordre, je ne suis pas un très bon maître de maison.

Il repoussa sur le côté l'assiette avec ses restes de pizza froide et le verre à moitié rempli de Stella.

— Assieds-toi, Duncan, prends cette chaise.

— Bien, merci.

— Fais comme chez toi, Duncan, tu connais la maison. Je vais aller te chercher une Stella.

— Comme tu voudras. Mais je ne suis pas venu… ça n'est pas une visite de politesse, Nick.

— Je m'en doutais. Tu n'as jamais été très fort pour garder les secrets, Dunkie. On n'aurait pas pu trouver plus mauvais élément pour la Special Branch. Pourtant, tu as d'autres talents, mon vieux, des tas d'autres. Mais t'arrives pas à garder des secrets. Ça se voit sur ton visage. Dans tes yeux. Ça doit être dans les gènes. Faut te faire une raison. Bon, alors de quoi s'agit-il ?

— Ça n'est pas facile à dire, Nick…

Avec ses cheveux roux et sa peau constellée de taches de rousseur, Duncan avait tendance à rougir lorsqu'il était mis à l'épreuve.

— J'apporte de mauvaises nouvelles, reprit-il. Les pires qu'on puisse imaginer.

— C'est au sujet de Nathalie ? C'est ça ? Elle ne s'est pas suicidée, c'est ça que tu es venu me dire ?

— Non, il ne s'agit pas de Nathalie, mais de Peter. On l'a retrouvé mort.

— Quoi ? Où ça ? La dernière fois…

— À Ouarzazate, au Maroc. Dans un petit hôtel bon marché.

Nicholas était muet de stupeur.

— Pas au… Mais ça n'est pas possible que ça soit… là où tu as dit. Il était là-bas il y a trois semaines. Et puis ils sont partis pour le Sahara. Daisy et lui sont allés dans le désert. Il doit y avoir une erreur. On ne peut pas faire confiance à la police marocaine.

Duncan secoua la tête.

— J'ai bien peur que ça ne soit pas une erreur, Nick. Il s'agit bien de Pete. Ils ont faxé une photo. Il n'y a pas de confusion possible.

— Là-bas, à Ouer…

— Ouarzazate. Au sud du Haut-Atlas. Nick, il faut que je te dise… Peter n'était pas seul. Son amie Daisy était avec lui.

— Oui, je le sais. Et elle… Comment va-t-elle ?

— Elle est morte aussi. Leurs corps se trouvent encore à Ouarzazate. On a quelqu'un qui s'en occupe, quelqu'un du consulat.

— Mais comment… comment ça s'est passé ? Tu dis qu'ils sont tous les deux… morts ?

Duncan opina du chef.

— Mon Dieu !

— Nick, ce que je vais te dire est effroyable, mais je ne sais pas comment présenter les choses autrement. D'après le premier rapport, il semble que Peter l'ait tuée puis se soit suicidé. C'est ce qui ressort de ce qui nous a été envoyé.

AU PAYS DE L'EXTRÊME-OCCIDENT

7

Ouarzazate, le 21 mai.

Les fleurs d'amandier tardives recouvraient comme un voile blanc les façades ocre de la petite ville. Leur lourd parfum se mêlait à d'autres odeurs : à celles des épices du souk minuscule, à la puanteur des dromadaires, au parfum de musc des femmes voilées qui parcouraient les rues poussiéreuses. Non loin, les sommets du Haut-Atlas étaient encore recouverts de neige, et l'on pouvait skier sur les flancs nord. Au sud, une brume de chaleur jaune pâle trahissait la présence du désert. Bien que l'aube se fût depuis longtemps enfuie, l'heure semblait fort matinale. Dans un ciel lavé de bleu et d'indigo, parsemé de nuages, un croissant de lune s'accrochait encore entre le visible et l'invisible, trop pâle pour être plus qu'un fantôme flottant au-dessus des toits de la petite cité.

Nicholas Budgeon descendit d'un taxi, une Renault 4 verte qui avait connu des jours meilleurs, puis, cramoisi, désorienté, il observa la façade de l'hôtel Azghor. Il n'avait pas perdu une minute pour se rendre au Maroc. Dès le départ de Duncan, il avait fourré quelques vêtements dans un sac de voyage et glissé son passeport dans la poche intérieure de sa veste.

Après quoi, il avait gagné en voiture, à tombeau ouvert, l'aéroport d'Heathrow, sans apercevoir une seule fois le moindre gyrophare bleu dans son rétroviseur. La nouvelle avait circulé, et pour le temps qu'il faudrait, il regagnait le cercle magique au sein duquel il avait si longtemps vécu.

Arrivé à l'aéroport Charles-de-Gaulle, il manqua de peu le vol Air France de 21 h 05 pour Casablanca, qui lui aurait permis de prendre celui d'Air Maroc pour Ouarzazate. Le prochain départ devait avoir lieu le lendemain matin vers sept heures. Il était trop excité pour tolérer une aussi longue attente, mais n'avait pas non plus les moyens de louer un jet privé, car l'enquête serait longue et coûteuse.

Autour de lui, ce n'étaient que haussements d'épaules et expressions lasses. Tout le monde était fatigué. Il avala lentement un café abominable, tout en regardant la foule, sans perdre de vue son sac. Les hauts plafonds de béton renvoyaient l'écho du brouhaha, un groupe d'hommes coiffés de fez passa devant lui, et l'espace d'un instant, il crut avoir affaire à des Marocains, mais ce n'étaient que des pèlerins du Wisconsin se rendant à quelque congrès au bord de la mer. Ils portaient tous en bandoulière un sac où figurait en blanc l'intitulé de leur congrès, mais Nick ne parvint pas à le lire. Apparemment, il ne s'agissait pas de Ouarzazate, une ville brûlée par le soleil et loin de l'Atlantique.

Son café refroidissant, il repoussa violemment la tasse et en répandit le contenu dans la soucoupe et sur la table en Formica. Son fils était mort, et il était cloué là, dans ce no man's land de verre et d'acier qui ressemblait à une immense serre. Il se rendit compte alors qu'il n'avait pas encore prévenu Marie-Joséphine : il ne fallait pas qu'elle apprenne la mort de son frère en ouvrant le *Guardian* le lendemain matin.

Il se rendit à une cabine téléphonique et utilisa sa carte Amex pour appeler Édimbourg.

— Allô, oui ? répondit une voix d'homme, plutôt rugueuse.

— Bonsoir. Est-ce que je pourrais parler à Marie-Joséphine ?

— Qui ça ?

— Marie-Joséphine. Je suis son père.

— Il y a bien une Mary, ici, répondit l'homme avec un fort accent écossais. Mais y a pas de Joseph. Pourquoi vous rappelez pas demain matin ? Il y aura…

Quelqu'un arracha le combiné des mains de l'Écossais, et Nick entendit la voix de sa fille.

— Allô ? Qui est à l'appareil ?

— C'est moi, ma chérie. Il faut que je te parle. Il s'est passé quelque chose de terrible…

En revenant à sa table, il était en larmes. La tache de café était encore là, mais la tasse et la soucoupe avaient disparu. Il aurait donné n'importe quoi pour être avec sa fille, et à présent, il hésitait sur ce qu'il y avait de mieux à faire : se précipiter à Ouarzazate, ou prendre un vol pour Édimbourg ou Glasgow ? Elle avait besoin de réconfort, et il se demandait si le brave Oor Wullie serait à la hauteur.

En se rendant au comptoir Air France le plus proche, il aperçut un groupe d'une vingtaine d'Arabes, hommes et femmes, qui se dirigeaient en sens contraire. Au premier coup d'œil, il reconnut le voile et la djellaba typiquement marocains.

Il interpella l'un des hommes et s'adressa à lui en français.

— Nous allons à Ouarzazate en charter, lui répondit ce dernier, sous l'œil de ses compagnons de voyage.

Les femmes l'observaient de cette façon très particulière qu'ont les femmes voilées, et leur regard, rendu hautain par le désert, s'attachait à lui sans intérêt apparent. Autour de leurs yeux, il remarqua les petites touches de henné.

Leur charter était affrété par une agence de voyages marocaine, Voyages al-Maghreb. Ils avaient réservé leurs places plusieurs mois à l'avance, et l'homme pensait qu'il ne devait pas rester de siège libre, à moins que… *inch Allah !* Nick le remercia et retourna auprès d'Air France, où on le renvoya au comptoir Servisair. L'hôtesse d'accueil, à première vue formée à la même école que sa collègue d'Air France, lui rétorqua qu'il n'y avait pas de place. Aucun espoir. Certainement pas. Elle ne consulta même pas son ordinateur. Nick le lui demanda, mais elle refusa. Il s'écarta un peu et donna un coup de téléphone.

Cinq minutes plus tard, la sonnerie retentit au comptoir de Servisair. La fille décrocha d'un air ennuyé. Nick la vit changer d'expression, son teint devenir gris. Il avait rarement utilisé son influence au cours de sa carrière de policier, mais désormais il avait quelques dettes à encaisser. L'homme qui s'adressait à l'hôtesse était un haut fonctionnaire de la police française.

Lorsqu'elle eut raccroché, il s'approcha de nouveau du comptoir, sa carte American Express à la main. Elle lui jeta comme un regard apeuré mais ne dit rien. Quelques minutes plus tard, il s'éloignait, un billet pour Ouarzazate à la main. L'avion devait décoller trois heures plus tard.

Il avait pu dormir un peu dans la salle d'attente, puis dans l'avion, mais d'un sommeil agité. Pourtant, il n'y avait pas de temps à perdre. Il fallait examiner les lieux du crime avant qu'ils aient été retournés, rassembler le maximum d'indices et tenter de prendre l'enquête en mains. Il savait que la police marocaine lui mettrait des bâtons dans les roues, mais Duncan lui avait promis de contacter le quartier général de la police, à Rabat, de façon à donner une allure officielle à sa mission. En vérité, son statut sur le sol marocain était des plus incertains, mais il espérait que le coup de pouce de ses amis de Londres, ainsi que sa qualité de père de Peter, faciliteraient sa démarche.

Il gagna le centre-ville à pied, car il n'était pas difficile de trouver son chemin. Ouarzazate était constituée de trois strates différentes : la ville originelle, petite, avec sa casbah, maintes fois reconstruite avant l'arrivée des Français. En 1928, les nouveaux maîtres du Maroc bâtirent là une caserne ainsi que quelques bâtiments pour l'administration locale. Puis, dans les années quatre-vingt, s'étaient élevés de grands hôtels, destinés à accueillir le nombre croissant de touristes qui se rendaient soit vers les montagnes, soit dans le désert. Pour assurer ces incessants déplacements, Ouarzazate s'enorgueillissait de ses cinq stations-service.

Le commissariat de police était situé vers le milieu de l'avenue Mohamed-V, l'artère principale de la ville. Sa fonction essentielle consistait à protéger les touristes, essentiellement des jeunes, qui envahissaient Ouarzazate en toute saison et représentaient la plus grande source de devises pour l'économie de la région. Naïfs et confiants pour la plupart, ils se retrouvaient à la merci de voleurs, escrocs et beaux parleurs en tout genre qui ne cherchaient qu'à arnaquer ces Américains, ces

Britanniques, ces Français et ces Australiens, fabuleusement riches à leurs yeux. La police faisait ce qu'elle pouvait pour résoudre les litiges, mais ceux-ci se multipliaient dès l'atterrissage des avions et l'arrivée des autocars de Marrakech et d'Agadir.

Le petit commissariat abritait deux agents de la police touristique, un sergent à la tête ronde qui, d'après son badge, se nommait Mohamed Benkirane, et un homme efflanqué nommé Fouad Mrabet.

Ils l'accueillirent en anglais et il leur répondit en français. Le sergent eut l'air embarrassé.

— Je suis désolé, monsieur, mais…

Il s'interrompit. L'agent efflanqué, un homme encore jeune, qui trahissait un manque de confiance en soi en se frottant constamment le pouce contre les autres doigts, tenta d'expliquer la remarque de son supérieur.

— Nous ne parlons pas très bien le français, vous savez. Nous parlons arabe, bien sûr, mais dans notre travail nous ne l'utilisons pas beaucoup. Ici, c'est plutôt l'anglais que nous pratiquons. Je l'ai étudié au lycée, et le sergent Mohamed l'a appris en travaillant à New York.

— Vous devez connaître l'anglais ?

— C'est très utile. Vous savez, nous sommes la police touristique. Regardez, c'est écrit sur mon badge. Beaucoup de touristes parlent anglais. Les Américains, les Australiens… Même les Français, ils connaissent l'anglais.

Nick haussa les épaules.

— Pas de problème, dit-il. Et comme je ne parle pas un mot d'arabe, restons-en à l'anglais. (Il tira son passeport de sa poche.) Vous avez dû recevoir un fax ou un coup de téléphone indiquant les raisons de ma visite.

Ils le regardèrent, surpris, échangèrent un regard, puis hochèrent simultanément la tête en signe de dénégation.

— Pas de fax, monsieur… Budgeon, répondit le sergent. Nous n'avons pas de fax, ici. C'est vrai, on en attend un, mais ça fait trois ans, et on n'a encore rien vu venir. Nous sommes au Maroc, monsieur Budgeon, il faut savoir être patient.

— Et un coup de téléphone ? Vous avez bien le téléphone, non ?

L'agent acquiesça.

— Il est très tôt, monsieur Berger, peut-être plus tard, peut-être que quelqu'un appelera plus tard.

— Je m'appelle Budgeon, corrigea Nick en tapotant son passeport du bout de l'index.

— Britannique ? demanda le sergent.

Nick opina du chef.

— Que Dieu bénisse la reine.

— Je suis sûr qu'elle l'est.

— On ne vous a pas dit que votre reine est très amie avec notre roi ?

— Non, je ne le savais pas. Écoutez, je ne voudrais pas paraître impoli, mais je suis ici pour une affaire importante. J'ai là un numéro de téléphone que vous pouvez appeler. C'est le quartier général de la police à Rabat. La personne qui vous répondra vous expliquera les raisons de ma présence. Je vous en prie, appelez-le.

Nick déchira une feuille de son agenda et la lui passa sur le comptoir. Il commençait à faire très chaud, et le ventilateur dans le coin de la pièce ne fonctionnait pas, sans doute hors d'usage. Des mouches bourdonnaient autour de la porte ou se déplaçaient sur les différentes affiches collées sur les murs chaulés de la petite pièce. À côté, grâce aux paraboles omniprésentes à Ouarzazate, on entendait le chanteur irakien Kazem Essaher.

Pas de fax, songea Nick, mais des télévisions dans toute la ville.

Benkirane lui rendit le papier.

— Pas besoin d'appeler Rabat. Dites-nous simplement pourquoi vous êtes ici, et nous verrons s'il faut appeler. Dites d'abord votre affaire.

Nick hésita. D'un côté, il aurait aimé faire preuve d'une certaine autorité, même factice, mais de l'autre, il ne pouvait risquer de braquer contre lui ces deux policiers. Avant son départ, un de ses vieux amis du ministère des Affaires étrangères l'avait prévenu que si un Marocain décidait de faire de l'obstruction, mieux valait abandonner la partie.

— Je suis venu pour mon fils, commença-t-il. Je pensais que vous auriez reconnu le nom. Il s'appelle Peter Budgeon. C'est le garçon qui est accusé d'avoir tué son amie et de s'être suicidé ensuite. Je suis venu arranger le rapatriement des deux corps.

Derrière la tête de l'agent, une affiche prévenait les touristes que les peines encourues pour l'achat et la vente de haschich ou d'autres drogues étaient sévères et qu'elles seraient appliquées sans exception.

Le sergent eut l'air sidéré.

— Un corps ? Excusez-moi, monsieur Boujean, mais je ne vois pas de quoi vous voulez parler. Vous dites que votre fils a été tué ?

— Non, d'après ce qu'on m'a dit, il se serait suicidé. Après avoir tué sa fiancée. Ils étaient descendus dans un petit hôtel.

— Ici ? À Ouarzazate ?

— C'est ce qu'on m'a dit.

— Quand est-ce que ça s'est passé ?

— Attendez… je crois que c'était avant-hier.

— Ici, à Ouarzazate ?

94

— Bien sûr, à Ouarzazate. C'est pour ça que je suis venu.

Il sentait la colère le gagner. Où était le problème ? C'étaient des policiers, non ? Et même les agents de la police touristique doivent bien s'occuper de cadavres, de temps en temps.

Le sergent hocha la tête en signe de dénégation.

— C'est une erreur. Je regrette. Vous êtes venu de très loin pour rien.

— Mes informations… écoutez, je les tiens des échelons les plus élevés de la police britannique. Je suis commandant de police en retraite. Mes informations sont sûres.

Mais déjà il doutait. Peut-être, après tout, y avait-il eu une effroyable erreur. Peter et Daisy se trouvaient peut-être en ce moment au Sahara…

— Vous devriez appeler en Angleterre, à Londres. Parler à quelqu'un là-bas. Ou alors à votre ambassade, à Rabat. Ils doivent savoir, eux.

— Mais comment en êtes-vous si sûr ?

L'agent le considéra d'un air navré.

— Il n'y a pas eu de meurtre, ici. Ni de suicide. Il n'y a aucun corps à la morgue de Ouarzazate, et on ne nous a pas signalé de mort d'étrangers dans la région. Croyez-moi, c'est une erreur. Votre fils n'est pas ici.

8

Au Maroc, il n'est pas difficile de trouver un guide. Tout habitant de sexe masculin entre quatre et quatre-vingt-dix ans est guide officiel, la plupart du temps auto-proclamé. Tous prétendent parler couramment anglais, français et espagnol, et par quelque miracle, chacun a un frère, cousin, oncle, neveu, connaissance qui est marchand de tapis. La boutique peut s'appeler « galerie d'art », « antiquaire », ou tout simplement « salon d'artisanat », mais, une fois la porte franchie, le touriste se retrouvera invariablement chez un marchand de tapis. De même, d'autres touristes, tout aussi désireux de visiter la ville, n'y parviendront pas grâce aux bons soins d'un autre guide autoproclamé et de son cousin marchand de tapis.

Après avoir appris que Duncan Todd assistait à un séminaire à Cheltenham, Nicholas avait cherché un guide qui pût le conduire sans tenter de lui faire visiter les célèbres musées et les galeries d'art de Ouarzazate. « Ça ne prendra que cinq minutes, je vous promets qu'on s'occupera de vous tout spécialement. Ou bien alors, si vous voulez, je peux vous présenter ma sœur… »

Ils étaient partout : gamins des rues, écoliers ayant

oublié le chemin de l'école, adolescents maussades et poussiéreux après un match de football, l'esprit et les mains vides, jeunes adultes guettant les Occidentales seules. Comment choisir ? Un sourire engageant ? Un éclair d'intelligence dans le regard ? L'assurance ? La distinction ? Mais les signes d'assurance ou de distinction étaient légion.

Une fois quittés les environs immédiats de l'hôtel, il constituait une proie facile, et fut vite entouré d'une nuée de jeunes gens qui le harcelaient comme des harpies, aux cris de « Guide ! Guide, monsieur ! » « Vous voulez un guide, mister ? » Il s'efforça de s'en débarrasser, mais ils s'attachaient à ses pas, espérant quelques pièces de monnaie. Certains, peut-être, nourrissaient l'espoir d'être emmenés par un riche étranger et de commencer une autre vie ailleurs.

En retrait du groupe qui criaillait comme une volée de chauves-souris se tenait un jeune homme de vingt-cinq ans environ qui observait la scène à la façon d'un acteur attendant en coulisse qu'on lui fasse signe de venir. Il était vêtu d'une djellaba immaculée et fraîchement repassée, et chaussé non de baskets mais de chaussures en cuir bien cirées. Un chef de bande, peut-être ? Dans une de ses lettres, Pete ne lui avait-il pas dit qu'on reconnaissait les chefs mafieux à leurs djellabas blanches et à leurs lunettes de soleil ?

En un instant, sa décision fut prise. Il fendit la foule bruyante et se dirigea droit vers le jeune homme, prenant conscience au dernier moment seulement de sa ressemblance avec Pete. Sa gorge se serra et il fut incapable de prononcer un mot. Le garçon rougit et tourna les talons.

— Mais non ! s'écria Nick en se lançant à sa poursuite.

Il avait dû le prendre pour un de ces hommes d'âge mûr à la recherche d'une aventure.

Le jeune homme se retourna à moitié, et Nick s'empressa de lui adresser la parole en français.

— Vous vous êtes trompé, lui dit-il. Il faut que je vous parle. J'ai besoin d'un guide. Pas pour faire du tourisme, mais pour affaires. Peut-être connaissez-vous quelqu'un.

Le jeune homme s'immobilisa et la petite foule derrière eux se dispersa.

— Vous avez besoin d'aide ?

Il parlait un français impeccable.

— J'ai besoin de quelqu'un pour m'emmener là où je dois aller.

Un sourire fugace passa sur les lèvres de son interlocuteur.

— Et vous devez aller où exactement ?

— Je ne sais pas, au juste. Je ne connais même pas les institutions de cette ville. Il doit bien y avoir une mairie.

— Oui, bien sûr.

— Et une morgue ? Il y en a une ?

Il eut l'air surpris. Nick vit qu'il avait réussi à éveiller son attention.

— À strictement parler, non. Nous n'avons pas de médecin légiste, ici. Pour cela, il faut aller à Marrakech. Mais à la clinique, il y a une petite salle qui en tient lieu. Quand il y a un doute sur les causes de la mort, c'est là qu'on dépose les corps. C'est donc un mort que vous recherchez ?

Nick lui expliqua la situation, et le garçon se raidit lorsqu'il sut comment il avait été reçu au poste de police.

— C'est pourtant la police touristique. Ils sont payés pour veiller sur vous.

— Justement, je ne suis pas un touriste. Ils ont dû se dire que je n'étais pas venu ici pour dépenser de l'argent.

— Vous êtes l'hôte de mon pays. Mais peut-être ont-ils raison quand ils disent qu'aucun étranger n'est mort.

— C'est possible, mais je veux quand même m'en assurer. Après tout, ce ne sont que des agents de la police touristique. Il s'agit d'autre chose que d'une altercation avec un chauffeur de taxi trop rapace.

— On va chercher. Je vous conduirai. Ce sera un honneur.

— Entendu. Mais nous n'avons pas encore convenu d'un prix.

— Un prix ?

— Pour vos services.

Le jeune homme secoua la tête en signe de dénégation. À nouveau, Nick remarqua une lointaine ressemblance avec Peter.

— Vous ne me devez rien. Je ne suis pas un guide, ni amateur ni professionnel. Vous êtes mon hôte.

Nick commençait à se détendre, mais une certaine méfiance subsistait envers ce jeune homme trop poli, avec son discours bien rôdé, « mon pays est le vôtre, et ma maison aussi ».

— Mais vous ne vous êtes pas encore présenté…

— Excusez-moi. Je m'appelle Sidi Djamil el-Mokri. Vous pouvez m'appeler Djamil.

Nick releva la façon un peu cérémonieuse dont el-Mokri avait décliné son nom, et il décida d'agir de même.

— Je suis le commandant Nicholas Budgeon. Ancien de la Special Branch.

— La Special Branch ?

— C'est une unité de la police britannique. Spécialisée dans la lutte contre le terrorisme.

L'homme leva imperceptiblement les sourcils.

— Vous pouvez m'appeler Djamil, répéta-t-il. Et maintenant, je crois que nous devrions aller voir le maire.

Le premier magistrat de Ouarzazate n'était autre que l'oncle de Djamil. Il vivait en bordure de la ville, dans une maison peinte en rose, entre le zoo délabré et le tout récent parcours de golf. La villa, elle aussi, était récente, mais bâtie dans le style des casbahs de la région. Ses accessoires les plus modernes – baies vitrées, trois antennes paraboliques, une piscine – juraient avec le reste, mais témoignaient, expliqua Djamil, du statut social de son oncle.

Il s'appelait Si Mohamed Abdellatif el-Mokri, et jamais Nick n'avait vu un homme aussi grand. Il devait approcher les deux mètres de haut, et sa corpulence aurait fait le désespoir d'un joueur de rugby néo-zélandais. Pour autant, il n'était pas gros, mais très large d'épaules et plutôt musclé. Enfin, ses petits yeux noirs comme des olives semblaient sans cesse en mouvement, dans un visage plutôt placide.

Djamil avait introduit Nick par la grande porte, toujours ouverte de façon que les citoyens de la ville puissent rencontrer leur maire à tout moment. La salle des audiences se trouvait à l'arrière de la maison, et ils avaient dû traverser un long couloir, au milieu des odeurs de tajine et de couscous.

La salle était déjà pleine de quémandeurs, et l'on se serait cru dans le *diwan* d'un sultan plutôt que dans le salon du maire d'une petite ville. La décoration de la pièce s'imposait au premier coup d'œil : une immense photographie tapissait chacun des quatre murs. L'une représentait un paysage des Alpes, l'autre l'Opéra de Sidney, la troisième un troupeau d'antilopes dans la savane africaine, et la dernière la tour Eiffel festonnée de lumières.

Au milieu de cet univers multicolore trônait l'oncle de Djamil, abonné de toujours au *National Geographic*, mais qui, à l'âge de soixante-cinq ans, n'avait jamais mis un pied hors du Maroc. Remarquant la présence de son neveu accompagné d'un étranger, il s'interrompit. Djamil s'avança vers lui d'un air nonchalant, lui serra la main et prononça les salutations d'usage.

— *Ya ammi, labesse ? Kif halek ? Nta bi-khayr ?*

Le vieil homme lui rendit ses politesses d'un air distrait tout en l'embrassant sur les deux joues.

— *Labesse, barrakallah oufik.*

Puis, à voix plus basse :

— Qu'est-ce que tu fabriques ? Tu ne vois pas que je suis occupé ? Amène tes touristes dans les hôtels chics.

Et, retrouvant un ton normal :

— *Ana bi-khayr, al-hamdoul illah...*

— *Ash khbarek ?* C'est un policier anglais, un commandant, un homme très important. C'est pour ça que je l'ai conduit ici.

Puis Djamil se recula, plus déférent que jamais, tandis que Si Mohamed, d'un geste de la main, congédiait l'assemblée des plaideurs. Personne ne protesta, et ils se retirèrent après un salut révérencieux.

Lorsqu'ils se retrouvèrent seuls, un domestique fit son apparition, et Si Mohamed demanda qu'on aille chercher du thé au café voisin. Une nouvelle fois, Djamil se pencha vers lui.

— Tu peux lui parler français, il le comprend.

— De quoi s'agit-il ?

— Il t'expliquera.

— Attendons que le thé soit servi.

Le maire se leva et adressa un sourire de travers à son hôte.

— Je vous en prie, dit-il en indiquant des fauteuils de l'autre côté de la salle.

Nick et Djamil le suivirent.

La pièce était dépourvue de fenêtres, mais un climatiseur maintenait une température fraîche, que Nick trouvait déplaisante.

On échangea les banalités d'usage : « Cela fait longtemps que vous êtes au Maroc ? Comptez-vous rester un peu ? Vous êtes ici en vacances, ou pour affaires ? »

Les réponses vagues de Nick peinaient à dissiper le silence. Puis le domestique fut de retour, chargé d'un grand plateau de cuivre garni d'une vieille théière en argent avec plusieurs verres dans leurs supports en argent et un assortiment de gâteaux.

Nick avala une première gorgée de thé à la menthe brûlant, et le trouva agréable, bien que trop sucré. Il devait y avoir dans cette théière suffisamment de sucre pour assassiner un millier de diabétiques.

En quelques mots, il expliqua la situation à l'oncle de Djamil, qui l'écouta en hochant la tête de temps à autre. En réalité, il n'en avait saisi que des bribes. Une vie entière passée à exercer l'autorité à Ouarzazate lui avait appris qu'il importait moins d'avoir l'esprit vif ou de faire preuve de sagesse que de savoir frapper à la bonne porte.

Un claquement de mains, et le domestique réapparut. Si Mohamed lui chuchota quelques instructions, et le petit homme quitta précipitamment la pièce.

— Eh bien, dit le maire en se tournant à nouveau vers

Nick. Parlez-moi un peu de vous. Comme ça, vous arrivez de Paris ?

Quarante minutes plus tard, le domestique revint en compagnie de plusieurs notables. Il y avait là les deux policiers auxquels Nick s'était déjà adressé, et cinq autres personnes, toutes vêtues de djellabas blanches et chaussées de babouches brodées.

Djamil fit les présentations : Moulay Ahmed Doukali, imam de la plus grande mosquée de la ville ; Sidi Mohyid-Din Derkaoui, chef d'une confrérie mystique ; Benasser Layarbi, receveur de la poste ; le Dr Abdeslam Fasi, directeur de la clinique, et enfin Si Moussa Gharbaoui, proviseur du lycée. À l'exception des deux policiers, la plupart des notabilités que comptait Ouarzazate étaient rassemblées là. Nick remarqua d'emblée que tout le monde s'adressait avec déférence aux deux personnalités religieuses, et que le mystique semblait l'emporter sur l'imam. Si Mohamed fit l'exposé de la situation, puis demanda à Nick de la relater à son tour, avec ses propres mots. Nick commençait déjà à se lasser de ce qu'il considérait comme une mascarade, dont il ne saisissait pas bien l'objet. Chacun de ses interlocuteurs lui posa des questions, revenant inlassablement sur les faits. Nick nota que Derkaoui se tenait silencieux mais ne cessait de le dévisager, comme pour franchir quelque barrière invisible.

— S'il y avait eu un meurtre ou un suicide, affirma le médecin, un homme d'une quarantaine d'années, on m'aurait apporté les corps pour que je procède à une autopsie. Mais cela fait presque un an qu'on ne m'a pas demandé une chose pareille. C'est une ville tranquille, monsieur. Les gens ne font qu'y passer, ils n'y restent pas longtemps.

— Et les habitants ?

Le médecin haussa les épaules.

À côté de lui, le proviseur du lycée se tortilla avant de dire :

— Ici, il n'y a pas de meurtres, monsieur.

— Et il n'y a pas non plus de suicides, ajouta, sentencieux, Moulay Ahmed. Nous sommes musulmans. Nous ne connaissons ni le suicide ni les autres vices occidentaux.

Ils parlèrent ainsi pendant une heure, après quoi Nick fut à peu près convaincu qu'il y avait eu une erreur affreuse. À peu près seulement, car trois éléments ne laissaient pas de l'intriguer. D'abord, le saint homme le regardait bizarrement, on aurait dit qu'il le craignait, tandis que les autres considéraient ce vieillard d'au moins quatre-vingts ans avec des yeux apeurés, comme s'il allait leur sauter à la gorge. À l'évidence, ils étaient tous inquiets. Parce que l'histoire de Nick était vraie ?

Deuxièmement, il s'était rendu compte que, par instants, Djamil détournait le regard, d'un air coupable.

Mais c'est le troisième élément qui s'avéra décisif. Le receveur de la poste expliqua que, depuis un mois, il n'avait ni envoyé ni reçu de lettres au nom de Peter Budgeon ou de Peter Le Tourneau. Or, si Peter utilisait parfois comme nom de plume le nom de jeune fille de sa mère, Le Tourneau, Nick savait que, pas une seule fois, il n'avait prononcé ce nom devant tous ces gens.

À la fin, il prit un air stupéfait et soulagé.

— Il a dû y avoir une terrible erreur, dit-il. Les gens qui m'ont transmis cette information, à Londres, devaient être mal renseignés. Peut-être que mon fils va très bien, peut-être qu'un autre touriste est mort, dans une autre ville, un Français, un Polonais, un Australien. Je regrette de vous avoir fait perdre votre temps.

Hochements de tête approbateurs et bruits divers

accueillirent sa déclaration. Un par un, les assistants se levèrent et lui serrèrent la main avant de s'en aller. Après leur départ, le ronronnement du climatiseur sembla plus fort. Nick se leva à son tour et serra l'énorme main du maire. Il savait qu'on lui avait menti mais continua de feindre un étonnement sincère. Que faire, à présent ?

Djamil le reconduisit à son hôtel. Au moment où Nick allait y pénétrer, le jeune homme se tourna vers lui.

— Ils mentaient. Vous le saviez, non ?

Nick opina du chef.

— Vous pouvez faire quelque chose ?

— Peut-être, répondit Djamil. C'est une petite ville, et ma famille dirige à peu près tout, ici. Mais ne vous méprenez pas, vous n'êtes pas à Londres. Ça peut être très dangereux, et personne ne vous aidera. Donnez-moi un peu de temps. Retrouvez-moi ce soir, à sept heures, chez Dimitri.

Il s'éclipsa et Nick entra dans l'hôtel pour y donner quelques coups de téléphone.

9

Au Maroc, tout finit par s'arranger… Le proverbe, bien entendu, avait valeur de désaveu, car justement rien ne semblait jamais s'arranger dans ce pays.

Il lui fallut plus d'une heure pour joindre Londres, et une fois en ligne, il se retrouva coincé dans les rets du standard automatique de Scotland Yard, certainement l'un des plus diaboliques au monde. Comme tous ces systèmes, celui-ci était implacable : une fois entré, il n'y avait aucun moyen d'en sortir. Seule façon pour poursuivre son chemin dans ce dédale : appuyer sur des touches dans l'espoir de progresser dans cet entrelacs en trois dimensions.

Une voix de femme autoritaire égrenait ses instructions : « Pour la brigade criminelle, tapez neuf, puis étoile… pour le département de l'ordre public, composez le dix-sept, suivi d'étoile… pour le département protection de la famille royale et du corps diplomatique, ainsi que pour le groupe de protection spéciale, appuyez sur zéro… pour la brigade des opérations spéciales, appuyez sur cinq, suivi d'étoile… »

Il pianotait furieusement, sachant qu'il lui faudrait un temps infini pour revenir à ce point-là si par malheur il devait reprendre toutes les opérations depuis le début.

« Pour la brigade du crime organisé, appuyez sur un, pour le SO19, appuyez sur deux... pour la Special Branch, appuyez sur sept... »

Il appuya sur la touche demandée et attendit la sonnerie, mais une voix robotisée lui dit alors de composer les initiales de la personne qu'il recherchait. Sur le clavier alphabétique, il appuya alors sur les touches D et T, et une sonnerie retentit enfin à l'autre bout du fil.

Une jeune femme, inconnue, lui répondit. Cela faisait moins de trois semaines qu'elle travaillait là.

— Bureau du commandant Todd. Je vous écoute.

— Tout d'abord, faites en sorte qu'on ne me dirige pas sur le service photographique ou les opérations machin chose.

— Vous appelez depuis le service photographique, monsieur ?

— Non, j'appelle d'Afrique. Pourriez-vous me passer le commandant Todd, tout de suite, s'il vous plaît ? C'est urgent. Vous voulez que je vous épelle le mot « urgent » ?

— Épargnez-moi vos sarcasmes, monsieur. Je comprends très bien ce que vous venez de me dire. Mais le commandant a reçu beaucoup d'appels urgents, aujourd'hui. Si vous pouviez me dire de quoi il s'agit...

— D'ici une seconde, il s'agira de votre emploi. Passez-moi le commandant. Dites-lui que c'est de la part de Nick Budgeon.

— Et d'où appelez-vous, monsieur ?

Avant que Nick ait pu s'emporter à nouveau, quelqu'un intervint sur la ligne.

— Nick, c'est toi ?

— Jusqu'à nouvel ordre, oui.

On entendit un déclic.

— Mademoiselle Green, voulez-vous faire en sorte que le commandant Budgeon et moi ne soyons pas dérangés ? C'est un appel privé. Oui, Nick. Alors, qu'as-tu découvert ?

Nick fit le récit de ce qui s'était passé. Un silence suivit ses dernières paroles, et il craignit d'avoir été coupé, mais en entendant la voix de Duncan il comprit qu'il avait eu raison d'appeler.

— Nick, je ne sais pas ce que va te coûter cette communication. Il me faut rassembler quelques papiers, c'est important. J'aurai peut-être besoin de te les faxer. C'est possible… ? Écoute, dis-moi d'où tu téléphones, le numéro et tout ça, et je te rappelle dès que j'ai trouvé ce que je cherche.

— Dis-moi, Duncan, est-ce que c'est une erreur ? Est-ce que je me suis trompé d'endroit ?

Un bref silence.

— Non, tu es au bon endroit. Ils te mènent en bateau, Nick, mais il me faut ces documents pour le prouver.

Nick lui donna le nom et le numéro de téléphone de son hôtel, puis raccrocha.

Trois heures plus tard, il se réveilla d'un sommeil profond. Sur son téléphone, aucune lumière n'indiquait la réception d'un message. Il voulut appeler, mais il n'y avait pas de tonalité.

En bâillant, il descendit à la réception, où on lui apprit que la ligne était coupée. Il demanda si on avait reçu des fax à son nom.

Le réceptionniste, un gaillard musclé qui semblait à l'étroit dans son uniforme, secoua la tête.

— Non, monsieur. Pas de fax. Il n'est rien arrivé aujourd'hui.

— À cause de ce problème de ligne ?

— Oui, monsieur.

— Savez-vous quand ça sera réparé ?

— Peut-être aujourd'hui, peut-être demain. Difficile à dire.

Nick gagna le bureau de poste, situé très logiquement rue de la Poste. Là, un employé maussade aux cheveux roux et graisseux lui apprit qu'on ne pouvait ni envoyer d'appels à l'étranger ni en recevoir.

— *Ghedda*, répéta plusieurs fois le roux. *Ghedda*. Revenez demain, ça sera peut-être réparé. Mais c'est pas sûr.

Les autres hôtels ne voulurent pas le laisser utiliser leur téléphone, puisqu'il n'était pas client. À la fin, il renonça et alla prendre un déjeuner tardif à la pizzeria de l'hôtel Hanane Club. La pizza avait des saveurs plus texanes qu'italiennes, mais elle était chaude et copieuse, et de toute façon Nick n'avait jamais été très au fait de la cuisine internationale. Il mangea lentement, à la fois rassuré et troublé par la réponse de Duncan Todd. Était-ce une coïncidence si toutes les communications entre Ouarzazate et l'Angleterre avaient été coupées le jour même ?

Le soir, il quitta l'hôtel Azghor vingt minutes avant son rendez-vous avec Djamil chez Dimitri. Il faisait déjà sombre et, bien que les rues fussent assez éclairées, il ne pouvait se défendre contre un sentiment d'isolement. Il n'avait éprouvé un tel sentiment que très rarement au cours de son existence : une fois aux Hébrides, une fois sur la côte ouest de l'Irlande, et une fois au Canada. Il avait l'impression qu'au-delà des lumières plus rien d'autre n'existait que l'absurde, et que si elles venaient à s'éteindre, toute cette absurdité l'engloutirait.

— Monsieur Budgeon ?

De l'autre côté de la rue, une silhouette se détacha de l'ombre.

— C'est moi, Djamil. Si vous avez faim, nous pouvons aller chez Dimitri, sinon, je préférerais partir. Il vaudrait mieux qu'on ne nous voie pas ensemble.

— Que voulez-vous me montrer, exactement ?

— Vous verrez. Un peu de patience, ça n'est pas très loin. Vous aimez la moto ?

— J'ai appris à les conduire à l'école de police.

— La mienne est au coin, là.

— Est-ce que je peux vous faire confiance, Djamil ? Comment être sûr que vous n'allez pas m'assommer à la première occasion et me voler mon portefeuille ?

— Effectivement, il n'y a aucune garantie. Il faut que vous me fassiez confiance, c'est tout. Vous monterez derrière moi.

— Pourquoi faites-vous tout ça ?

— Quoi, tout ça ?

— Votre aide. Peut-être attendez-vous que je vous paie ?

Djamil ne répondit pas.

Lorsque Nick fut bien installé à l'arrière, Djamil démarra. Ils longèrent l'avenue Mohamed-V puis s'engagèrent sur la route de Marrakech. Le moteur de la moto semblait ne pas avoir fonctionné depuis des années, et son rugissement déchirait la nuit tel un couteau rouillé dans du velours noir. Aucun des deux ne parlait, c'eût été inutile, et Nick savourait l'air chaud sur son visage et sur ses mains.

Ils longèrent des maisons de riches, brillamment éclairées, tandis que de rares phares surgissaient devant eux, avant d'être engloutis par la nuit. De temps à autre, Djamil manœuvrait pour éviter un nid-de-poule ou un objet tombé d'un véhicule.

Au bout de cinq kilomètres environ, Djamil ralentit et

tourna à gauche dans une petite route. Quelques minutes plus tard, des lumières apparurent au loin.

— Tifoultout, annonça Djamil en coupant le moteur. Vous avez dû en entendre parler, j'imagine.

— J'ai bien peur que non. Je ne suis qu'un policier, ne l'oubliez pas.

— Vous parlez très bien français, pour un policier.

— C'est pour des raisons familiales. Mais pourquoi m'avoir amené ici ? Je n'ai pas d'argent sur moi. Ça ne servirait à rien de me menacer ou de me frapper.

— Faites-moi confiance, commandant. Je ne vous ai pas amené ici pour vous agresser. Si j'avais voulu le faire, ç'aurait été très facile à Ouarzazate, croyez-moi. En vérité, je cours de grands risques en vous conduisant ici.

Il appuya la moto contre un mur et ils poursuivirent leur chemin à pied, dans l'obscurité.

— Tifoultout est un petit village, dit Djamil en éclairant les trous de la route avec sa lampe torche Maglite, mais il possède la plus belle casbah de tout le Maroc.

— Une casbah ? Une sorte de palais ?

— Pas vraiment. Mais une casbah peut abriter un palais. Celle de Ouarzazate a été conçue comme un palais pour la famille Glaoui, mais aucun d'eux n'y a jamais vécu.

— Les Glaoui ?

— Autrefois, c'étaient de grands seigneurs. Ils dominaient la plus grande partie du sud du Maroc.

— À quelle époque ?

— Depuis le début du XXe siècle jusqu'en 1956. Mais ils soutenaient trop ouvertement les Français, et au moment de l'indépendance, il était trop tard pour changer de camp. Ils ont été sévèrement punis pour leurs fautes. Mon grand-père était le chambellan d'un des derniers Glaoui, et notre famille a accompagné la sienne dans la disgrâce.

Il contempla un moment les bâtiments à moitié en ruine qui leur faisaient face.

— Mais laissons tomber les Glaoui ou les Mokri, l'important, c'est de savoir ce que c'est qu'une casbah. Comme il fait noir, vous ne verrez pas bien celle-ci. C'est une sorte de gigantesque forteresse, avec des murailles, des remparts et des tourelles, mais à l'intérieur, ça ressemble à un village ou à une petite ville. Une tribu entière pouvait s'y réfugier en cas d'attaque.

» À présent, toutes les vieilles casbahs sont en ruine. À quoi bon des murs en terre sèche et des remparts en plâtre contre l'artillerie moderne ? Et on ne peut pas se cacher derrière une porte fermée pour échapper à un char.

» Les Occidentaux y trouvent du charme. On vient y tourner des films comme *Lawrence d'Arabie* ou *Un thé au Sahara*. Les touristes arrivent jusqu'ici en voiture, prennent des photos et repartent. Les Marocains, eux, essaient de leur soutirer le maximum d'argent.

» La casbah de Tifoultout est la plus belle de tout le Maroc, mais la plus grande partie s'effondre et, depuis six mois, elle est fermée au public. C'est pour ça qu'elle a été choisie.

— Choisie pour quoi ?

— Comme *makan al-hadith*. Le lieu du crime. Suivez-moi, je vais vous montrer.

La lampe éclaira une pente avec des traces de marches taillées dans la roche. Après avoir un peu trébuché, Nick se retrouva devant une porte en bois ornée de pentures en bronze. Djamil l'ouvrit et ils franchirent le seuil ensemble.

La nuit semblait plus sombre, et Nick mit quelques

instants à comprendre qu'ils marchaient sous un passage couvert. Soudain, ils débouchèrent dans une ruelle éclairée par la lune, et en levant les yeux il aperçut la masse grise des remparts qui s'étendait dans toutes les directions. Sur leur gauche, une lumière vacilla et il se raidit, pensant que quelqu'un se dirigeait vers eux, dans l'obscurité.

— Ça va, chuchota Djamil. Il n'y a que des gens très pauvres qui vivent dans les ruines. Des familles entières sont installées ici.

— Mon fils est venu ici ? Avec Daisy ?

— Ne parlez pas si fort, dit Djamil d'un ton de reproche. Et suivez-moi.

Ils tournèrent à droite et empruntèrent une ruelle jusqu'au moment où Djamil s'arrêta devant une porte accrochée à des gonds brisés. Il réussit à l'ouvrir, et ils se retrouvèrent à l'intérieur du bâtiment principal de la casbah.

Ils s'engagèrent dans une enfilade de couloirs, montèrent des marches qui grinçaient sous leurs pas, parcoururent des pièces remplies de mobilier vermoulu et de toiles d'araignée. Par intervalles, la lune jetait sa clarté à travers des treillis défoncés ou des grilles de ventilation disposées à l'angle des plafonds moulurés. Au-dessus de leurs têtes, les stucs habilement travaillés renvoyaient la lumière, mais tout le reste était recouvert d'un fin linceul de poussière grise.

Nick regarda par terre.

— Stop ! s'écria-t-il.

— Que se passe-t-il ?

— Regardez la poussière. Il y a d'autres empreintes de pas que les nôtres.

— Je sais.

— Et pourquoi ?

— Je suis venu ici il y a quelques jours, pendant la nuit. Avec des membres de ma famille.

— Pour quoi faire ?

— Un peu de patience.

Ils poursuivirent leur chemin, puis un peu plus tard Djamil éclaira une porte peinte en rouge, portant des caractères arabes. Il l'ouvrit, tendit la torche à Nick et s'effaça pour le laisser passer.

Nick s'avança dans une pièce semblable à celles qu'ils avaient traversées. Un long rayon de lune filtrait par une fenêtre arrachée. Il distingua une table recouverte de vieilles photos, des traces laissées par des souris du désert, une théière en argent, souvenir d'une fête oubliée. Et quelque chose dans un coin. Un tas de chiffons. Non, pas des chiffons... Nick traversa la pièce.

Ils avaient été tués à coups de couteau. On leur avait lié les mains derrière le dos avant de les poignarder et de les égorger. Du sang séché maculait leurs corps et leurs visages.

Il se pencha et écarta une mèche de cheveux sur le front de son fils. Les deux cadavres exhalaient une odeur putride. Se trouvaient-ils dans un endroit plus frais auparavant et les avait-on amenés là aujourd'hui seulement ?

Il embrassa Peter sur les deux joues, caressa un peu les cheveux de Daisy et se redressa en vacillant. Son cœur battait à folle allure, ses mains tremblaient et ses yeux s'emplissaient de larmes. Il n'entendit pas Djamil s'approcher de lui.

— On ne peut pas rester plus longtemps, commandant. Ils peuvent revenir. Vous ne pouvez plus rien pour eux. Il faut que nous partions.

Il laissa le jeune homme le conduire hors de la pièce, mais sur le seuil il se retourna.

— Ils le paieront, dit-il d'un ton dur. Vous me comprenez ? Peu importe qui ils sont, peu importe leur influence, je leur ferai payer ce qu'ils ont fait.

— Dans ce cas, vous signez votre arrêt de mort, commandant. Nous sommes au Maroc. Cette casbah, ces montagnes, le désert au sud, tout leur appartient. Venez, je vais vous raccompagner à votre hôtel.

10

Ils se hâtèrent dans la nuit, happés par une obscurité sinistre propice à toutes les errances de l'esprit. Ce que Nick venait de voir semblait réduire à peu de chose le chagrin qu'il éprouvait auparavant.

Alors qu'il marchait derrière Djamil, il avait le sentiment qu'un visage l'observait dans le noir. Pas celui de Peter ni celui de Nathalie, mais le visage d'un enfant de douze ans, Liam O hEadhra, de Belfast Ouest, petit pour son âge, aussi brillant au hurley [1] qu'à l'école, où il excellait en mathématiques.

Le père de Liam, figure du nationalisme irlandais (de là la réécriture du nom O'Hara en O hEadhra, conforme à l'orthographe irlandaise), était conseiller municipal de Belfast, dans une circonscription dominée par l'IRA et le Sinn Fein. Il n'en critiquait pas moins sévèrement ces deux organisations, et ne devait ses multiples réélections qu'à son dévouement à la population et à la constance de son idéal républicain.

Un jour, pourtant, le père O hEadhra prononça un discours malencontreux dans lequel il attaquait l'IRA et

---

1. Hurley : jeu d'équipe irlandais qui se joue avec une balle et des cannes un peu semblables à celles du hockey. (*N.d.T.*)

ironisait sur l'incapacité du Sinn Fein à lui faire déposer les armes. Le lendemain matin, on découvrit son corps près de l'aéroport, la cervelle répandue sur l'herbe verte.

Ce jour-là, avant midi, les services spéciaux britanniques reçurent des informations de première importance : l'IRA comptait liquider la femme d'O hEadhra et son fils unique. On prévint Nick et, dans l'après-midi, Liam fut retiré en catastrophe de son école et embarqué avec sa mère dans un avion pour Glasgow. Nick leur fournit ensuite de nouvelles identités, et la Special Branch se chargea de leur installation dans une autre région. La mère de Liam, Grainne, une femme d'une trentaine d'années, savait où de nombreux corps avaient été enterrés, et elle ne tarda pas à parler.

Mais leur planque ne les protégea pas longtemps. La Special Branch n'aurait jamais dû les laisser en Grande-Bretagne, mais les envoyer le plus loin possible, en Australie ou au Canada, par exemple, là où ils auraient pu se fixer sans éveiller de soupçons. Liam fut trahi par son accent à l'école, et sa mère dans les magasins. Ils s'en prirent d'abord à l'enfant, de façon que Grainne eût à souffrir deux fois.

Pour ne pas éveiller ses soupçons, ce fut certainement un oncle, une tante, un membre de la famille ou un ami de Belfast qui l'accosta sur le chemin de l'école. Son corps fut retrouvé le lendemain matin dans une ruelle, gisant à côté de conteneurs à ordures. Nick, dès qu'il fut informé, se rendit sur place en hélicoptère. Il se rappelait encore les moindres instants de ce vol, et la cendre de sa cigarette qui tombait sur le sol métallique.

Ils l'avaient fait souffrir, à dessein. L'un des assassins avait même décrit par le détail tout ce qu'ils avaient fait endurer à l'enfant et glissé la lettre dans la boîte aux lettres de Nick, le matin même du drame, avant que l'alerte ne fût donnée. Après l'avoir lue, il avait vomi dans les toilettes. Ces mots n'avaient que trop de sens pour lui qui était aussi un père. Ensuite, il avait vu le cadavre. Les sévices qu'il avait subis étaient effroyables. Pas une partie de son corps n'était intacte : c'était l'œuvre d'un ou de plusieurs sadiques.

Ni la presse ni la famille ne surent jamais ce qui était arrivé à l'enfant, comme si la terre l'avait subitement englouti.

Lorsque, trois ans plus tard, il mit la main sur eux, il fit en sorte que ces gens-là ne comparaissent jamais devant un tribunal. Personne ne le lui reprocha. On lui laissa l'entière responsabilité de ce que secrètement tout le monde aurait aimé faire. Après tout, c'était son affaire à lui. Jusqu'à ce jour, il en portait les cicatrices intérieures.

Pendant trois ans, il nourrit en lui une haine vengeresse mais, avant de passer à l'action, il s'assura d'avoir affaire aux vrais coupables : pas question d'avoir sur la conscience le meurtre d'innocents.

Pour l'action elle-même, il fit appel à une petite équipe de tueurs des SAS, trois hommes capables d'assassiner leurs propres mères. Leurs cibles étaient au nombre de quatre : trois hommes et une femme, une gamine nommée Bridie Twomey, âgée de dix-sept ans à l'époque des faits. C'était la cousine du garçon et pour cette raison elle avait servi d'appât, mais cette nuit-là elle était restée et avait pris part aux tortures. Il avait donné carte blanche aux SAS, sous réserve que les quatre sachent pourquoi on les tuait.

À présent, cramponné à Djamil à l'arrière de la moto, toute l'horreur de cette affaire remontait à la surface, et il savait qu'il ne retrouverait pas le sommeil avant d'avoir réglé ses comptes. Peu lui importait qui ils étaient, à quelle noble lignée ils appartenaient. Il les pourchasserait, un par un, et, cette fois-ci, ne laisserait à personne d'autre le soin de terminer le travail.

Djamil s'arrêta au carrefour des Fontaines bleues, juste en dessous de l'hôtel de Nick. Il n'était pas tard, mais Ouarzazate était déjà endormie. Du Hanane Club leur parvenait la pulsation lancinante d'une chanson raï : de riches touristes et la jeunesse dorée de la ville allaient danser ensemble toute la nuit. En dehors de cette musique, Ouarzazate aurait pu passer pour une ville fantôme.

— Allez directement à votre hôtel, chuchota Djamil, et n'ouvrez votre porte à personne.

— Et vous ?

— Je rentre chez moi. J'ai dit à mes parents que j'emmenais un touriste visiter la casbah Aït Ben Haddou au clair de lune, et que je rentrerais un peu tard. Ils ne sont pas au courant du reste.

— Merci. Merci pour tout ce que vous avez fait. Laissez-moi vous donner quelque chose…

Djamil leva la main.

— Non, je ne veux rien. Vous m'offenseriez en me le proposant encore. Levez-vous de bonne heure et prenez le premier vol pour Paris. Et puis tâchez d'oublier ce que vous avez vu ici. Cela vaudra mieux. Vous ne pouvez rien y faire, croyez-moi. Nous ne sommes pas en Angleterre, mais au Maroc, à Ouarzazate. Les règles du jeu ne sont pas les mêmes.

Au moment où il allait enfourcher sa moto, une voix retentit dans l'obscurité, qui semblait provenir de l'avenue Mohamed-V.

— Ssss ! *A Si Djamil ! Fein ghadi ?*

Djamil hésita. Derrière lui, une autre voix retentit, qui cette fois s'exprimait en anglais.

— *A Si Djamil !* Tu veux plus parler avec tes vieux amis ?

— Qui c'est, ton ami, Djamil ? Tu veux pas nous le présenter ?

— Alors, monsieur Djamil, qu'est-ce qu'on fait ici ?

— *Ash khbarek, ya habibi. Koulchi bekhir ?*

Les quolibets se succédaient sans répit, en arabe, en français ou en anglais, mais ceux qui les prononçaient demeuraient dissimulés dans l'ombre.

— Qui sont-ils ? demanda Nick.

Les voix se rapprochaient, et les propos qui au début ne concernaient que Djamil commençaient à s'adresser à lui. Il ne comprenait que le français et l'anglais, mais c'était suffisant.

— *Ya Nasrani ! Fein ghadi ? Ash katdir ?*

— Alors, mister, où vous étiez ? Vous faisiez zigzag avec M. Djamil ? Vous l'avez baisé, mister ?

— Il est joli garçon, n'est-ce pas ? Mignon, hein, m'sieur le commandant ?

— Ou alors vous êtes allés quelque part, hein ? Quelque part où vous auriez pas dû aller ?

Ils les encerclaient, s'avançaient lentement. Pourquoi ne pas leur faire croire qu'ils étaient armés ?

— Vous avez une arme, Djamil ? demanda-t-il.

— Non. Pas même un couteau.

— Vous pourriez leur dire que vous avez un pistolet.

— Ça ne les arrêterait pas.

— Qui sont-ils ? Les jeunes que j'ai vus tout à l'heure ?

— Certains. Je ne reconnais pas toutes les voix. Ils travaillent pour mon oncle, ou son frère, Si Osman. Prenez la moto et fuyez. Ne vous arrêtez pas. Cette route mène à l'aéroport. Prenez le premier avion pour Paris et ne revenez jamais à Ouarzazate.

— Et vous ?

— Moi, je reste ici. Je leur parlerai. Ce n'est pas vraiment à moi qu'ils en ont, mais à vous.

— Montez sur la moto. On va se sortir d'ici tous les deux.

Djamil se mit à rire.

— Vous, il suffit que vous montriez votre passeport pour vous en aller. N'importe où dans le monde. Moi, je n'en ai même pas. Je ne peux aller qu'au Maroc, et dans ce pays je ne peux me cacher nulle part. Croyez-moi.

Les hommes continuaient de s'avancer dans l'obscurité. Certains étaient armés, peut-être tous. Surtout de couteaux, dont les lames brillaient à la lueur de la lune, mais on devinait également des gourdins.

Il enfourcha la moto, suppliant une fois encore Djamil de prendre place derrière lui. Puis l'un de leurs assaillants s'avança et le frappa violemment à l'épaule avec un objet dur. S'il voulait venger Peter et Daisy, il fallait filer.

Un coup de démarreur et il lança la moto en avant, dispersant ceux qui lui bloquaient le passage. L'un d'eux roula sous sa roue avant et Nick faillit être éjecté. Il décrivit un cercle pour revenir vers Djamil.

— Montez derrière ! hurla-t-il.

Pour toute réponse, il entendit Djamil crier quelque chose aux hommes qui l'entouraient, puis pousser un hurlement lorsque l'un d'eux lui enfonça un couteau entre les côtes. Éclairs des lames dans la nuit, nouveaux hurlements de douleur. Puis le silence. Les tueurs s'écartèrent, les mains rouges de sang.

— *Andak !* s'écria alors l'un d'eux en se tournant vers Nick. *En-Nasrani !*

Nick n'hésita pas un seul instant et la moto bondit en avant.

AU PAYS DE LA GUERRE

11

Journal de Marie-Louise Guénaud
15, rue du Docteur-Madeleine
(ancienne rue du Djenan-Hartsi)
Ville Nouvelle, Marrakech, vendredi 5 juillet 1940

Nous venons d'apprendre le terrible bombardement d'Oran, et à la radio, on a annoncé qu'en représailles le gouvernement de Vichy avait rompu les relations diplomatiques avec la Grande-Bretagne. Quand j'ai appris l'attaque contre le port de Mers el-Kebir, et la façon dont les Britanniques avaient coulé notre flotte, j'ai été bouleversée, parce que j'étais sûre que le *Surcouf*, le sous-marin où sert mon frère Achille, avait été envoyé par le fond. Mais Vital s'est renseigné et, apparemment, le *Surcouf* se trouve à Portsmouth, réquisitionné par les Anglais. Nous pensions que la flotte française était à l'abri d'une attaque, parce que Hitler avait pris bien soin de la laisser sous le commandement du gouvernement de Vichy.

Je suis soulagée de savoir qu'Achille est sain et sauf, mais ces événements n'en constituent pas moins une mauvaise nouvelle. Que nous le voulions ou pas, nous sommes à présent partie prenante du conflit, au même titre que les autres pays d'Europe. Comme ma chère

Shadiya le dit, nous vivons tous dans la *dar al-harb*, la maison de la guerre. Si les Britanniques n'ont pas hésité à bombarder un port français en Algérie, qu'est-ce qui les empêcherait de s'attaquer au Maroc, juste à côté ? D'après Vital, du point de vue militaire, cela ne se justifierait pas pour le moment, mais il reconnaît lui-même que la situation peut changer d'un jour à l'autre. Et Dieu sait ce qui se passera si Pétain décide d'entrer à nouveau en guerre, mais cette fois-ci contre nos anciens alliés. J'espère sincèrement que nous allons demeurer en dehors du conflit, ou alors, si nous devons être en guerre, que nous choisissions le bon côté. Pourtant, ici, nul n'oserait dire une chose pareille. Nous ne sommes pas véritablement sous la botte allemande, mais personne ne tient à les fâcher.

Un de nos voisins français, M. Delavigne, qui dirige la Société marseillaise de crédit, a été arrêté hier en quittant son bureau de la rue Bab-Agnaou. Sans prévenir, deux hommes en imperméable lui ont passé les menottes et l'ont poussé à l'arrière d'une camionnette. Vital a appris qu'il avait été conduit à la caserne, mais il cherche à obtenir d'autres renseignements pour que sa famille sache au moins ce qu'on lui reproche. Il habite à deux pas de chez nous, avec sa femme, Renée, et deux adorables petites filles. J'ai passé un peu de temps avec elles, hier : elles sont très inquiètes. Je leur ai dit que nous ferions de notre mieux pour savoir de quoi il retournait. Depuis l'invasion allemande, les gens ont terriblement peur. Il paraît que c'est normal en temps de guerre, mais quand on emprisonne sans raison un homme aussi inoffensif que M. Delavigne, eh bien, on commence à s'inquiéter pour soi-même, on se demande qui sera le prochain.

Samedi 6 juillet

Finalement, il semble que notre voisin n'ait pas été aussi innocent que cela. D'après ce que Vital a réussi à savoir, il est impliqué dans une sorte de complot britannique pour faire sauter un navire français, le *Jean-Bart*, qui est en construction à Casablanca. Si c'est vrai, c'est un cas de haute trahison, et j'ai peur que personne ne puisse rien faire pour lui. Je suis allée rendre visite à sa femme et à ses enfants, qui sont bouleversées sans bien se rendre compte, toutefois, de la gravité de la situation. Quant à moi, je n'ai pas eu le courage d'être celle qui leur apporterait la mauvaise nouvelle. Et puis, peut-être s'agit-il d'une terrible erreur. Ce pauvre M. Delavigne m'a toujours fait l'effet d'un homme inoffensif, c'est bien la dernière personne que l'on soupçonnerait d'espionnage. Il est arrivé au Maroc il y a sept ans, avant la naissance de ses filles.

Toujours pas de nouvelles de ma famille à Épernay ni des parents de Vital à Amiens. Ils se trouvent tous en zone occupée, et nous craignons qu'ils n'aient été pris dans les combats. Et puis il y a nos amis, la plupart officiers. C'est un véritable cauchemar. Nous savons tout des atrocités commises par les Boches en Pologne, en Tchécoslovaquie, en Belgique et ailleurs, et il n'y a pas de raison pour qu'ils se conduisent mieux en France. C'est un cauchemar parce que nous ne parvenons pas à avoir de nouvelles fiables. Vital essaie d'acheter un poste de radio pour pouvoir capter la BBC. Il raconte que c'est pour avoir les services arabes des radios allemande et italienne, mais personne n'est dupe. Notre domestique, Mansour, a réussi à nous obtenir de vieux numéros d'un magazine intitulé *Parade*, publié au Caire par les Anglais ; on y trouve quelques nouvelles et la photo d'une vedette en dernière page, généralement Rita Hayworth.

Lundi 8 juillet

Reçu ce matin une lettre de Béa. La distribution du courrier n'a pas été trop perturbée par les événements, et, pour autant qu'on le sache, les lettres ne passent pas par la censure, mais à mon avis, les militaires ne vont pas tarder à l'instaurer. Ils se demandent s'ils peuvent ou non faire confiance aux Marocains. D'un côté, le sultan a publié un édit appelant son peuple à collaborer avec les Français, mais, de l'autre, les nationalistes peuvent prendre prétexte des événements pour faire de l'agitation en faveur de l'indépendance. Certains d'entre eux sont probablement favorables aux Allemands, parce que ceux-ci ont promis l'indépendance à tous les Arabes à la fin de la guerre. Mais j'ai entendu dire que d'autres font plutôt confiance aux Britanniques. Tout cela est extrêmement compliqué.

Béa m'annonce qu'ils viendront nous rendre visite la semaine prochaine. Je n'ai pas revu ma sœur depuis mon mariage, et nous aurons beaucoup de choses à nous raconter.

Maintenant que le pouvoir a changé de mains, Gérard a posé sa candidature pour un poste dans la haute fonction publique. Il compte laisser l'administration de l'exploitation vinicole à son directeur, Duval. J'espère que ça ne le rendra pas encore plus gonflé de sa propre importance.

Nous avons reçu d'affreuses nouvelles de M. Delavigne. Il a été jugé par un tribunal militaire et condamné à mort. C'est inimaginable. Même s'il est coupable – et apparemment la preuve n'en a pas été apportée –, il aurait dû être condamné à une peine de prison. Vital m'a dit qu'en temps de guerre, la trahison est passible de la peine de mort, il doit le savoir mieux que moi. Mais j'ai toujours du mal à m'imaginer ce petit homme marcher demain jusqu'à la guillotine, pour un crime qu'il n'a probablement pas commis.

Mardi 9 juillet

J'ai passé la matinée avec Mme Delavigne. On lui a refusé l'autorisation de dire adieu à son mari à la prison, et quand je suis arrivée, avant l'aube, elle et ses petites filles étaient égarées de douleur. Les petites, les malheureuses, ne comprennent pas bien ce qui se passe. Tout ce qu'elles veulent, c'est que leur père revienne à la maison et que leur mère cesse de pleurer.

Depuis son arrestation, j'ai envoyé des télégrammes à toutes sortes de gens. Je n'ai guère de relations influentes, ni ici ni en métropole, mais j'ai averti ses parents et ceux de sa femme, ainsi que des amis et des membres de ma famille qui auraient pu intervenir à un titre ou à un autre. En tout cas, il me paraissait important d'informer la famille de Mme Delavigne de la situation, en sorte qu'ils puissent venir ici ou bien la faire rentrer en France avec ses filles. Elle est originaire de Montpellier, ce qui veut dire qu'elle est libre de ses mouvements. Curieusement, je n'ai reçu de réponse de personne. Et moi qui croyais qu'on allait me contacter aussitôt !

Cet après-midi, j'ai trouvé le temps de répondre à Béatrice. Ils vont loger chez nous, nous avons la place de les recevoir, et puis ils ont été tellement gentils et patients avec moi lors de mon séjour chez eux, à Fès.

Jeudi 11 juillet

Hier, soirée très déplaisante. Je venais de coucher André et lui lisais les *Contes du chat perché*, de Marcel

Aymé, lorsque j'ai entendu frapper à la porte. Shadiya était déjà rentrée chez elle, et Vital préparait dans son bureau le procès d'assises qu'il doit présider aujourd'hui, aussi c'est moi qui suis descendue ouvrir.

Il y avait deux policiers en imperméable sur le palier. Le plus âgé, qui s'est présenté sous le nom d'inspecteur Lenéru, a demandé si lui et son collègue pouvaient entrer. Vu leur expression, j'ai compris que je n'avais guère le choix.

« Nous aimerions également parler à votre mari, si c'est possible », m'a dit l'inspecteur. Il était poli mais glacial, et de toute évidence nullement disposé à essuyer un refus de ma part. Je suis allée chercher Vital, et nous nous sommes tous rendus au salon. Ils refusaient d'ôter leurs imperméables, ce qui en raison de la chaleur était ridicule, et n'ont même pas voulu accepter une tasse de café ; et quand je leur ai demandé de s'asseoir, on aurait cru que je leur avais ordonné de se déshabiller. Pendant tout ce temps, mon cœur battait à tout rompre, parce que je me demandais ce que Vital ou moi avions bien pu faire pour mériter une telle visite.

L'inspecteur en est tout de suite venu au fait, mais tandis qu'il parlait son collègue l'observait en silence, et il avait l'air très menaçant car il était très costaud.

« Je crois que vous avez passé un certain temps auprès de votre voisine, Mme Delavigne. Est-ce vrai ? »

J'ai expliqué exactement ce qui s'était passé. Et j'ai même dû en dire un peu trop au sujet de l'incarcération et de la condamnation de M. Delavigne, parce que plus d'une fois j'ai surpris le regard réprobateur de Vital.

Mais au fond, je crois que ça n'avait pas d'importance. Ce policier était venu avec l'idée bien arrêtée de nous menacer. Il a dit à Vital que des demandes de renseignements comme celles qu'il avait effectuées pour l'affaire Delavigne ne seraient plus tolérées à l'avenir.

« Delavigne est lié à des éléments louches. Il a ouvertement exprimé sa sympathie pour les forces antiallemandes et antifrançaises, et s'est livré à des activités subversives. Il a été puni pour cela, mais cela ne vous concerne pas. Dans certains milieux, monsieur le juge, on a estimé que, venant de quelqu'un dans votre position, de telles demandes de renseignements étaient pour le moins déplacées.

— Monsieur, a répondu Vital, avec une colère contenue, je crois qu'il y a là un malentendu. M. Delavigne n'était ni un ami ni un parent, seulement un voisin dont j'ai été étonné d'apprendre l'arrestation. Lorsque je me suis renseigné sur son affaire, il n'avait pas encore été jugé.

— Son affaire ne vous regardait pas, monsieur le juge, elle était à l'instruction. Vous saviez qu'il bénéficierait d'un procès équitable. Vous n'aviez aucune raison d'intervenir. Et votre femme avait encore moins de raisons d'envoyer des télégrammes à tort et à travers. Sachez que dans leur propre intérêt, Mme Delavigne et ses enfants ont été placées en garde à vue.

— Et pour quelle raison ? » ai-je demandé. Comme Vital, je sentais la colère me gagner.

« Parce qu'une enquête est en cours sur son rôle dans cette affaire. Nous savons que le père de cette dame est de nationalité espagnole, et nous avons donc fait en sorte qu'avec ses enfants elle soit transférée au camp de concentration d'Argelès-sur-Mer.

— Où se trouve cette ville ? a demandé Vital.

— Au sud de Perpignan, presque à la frontière espagnole. Il y a là-bas des installations pour accueillir les gens comme les Delavigne. Je dois vous avertir que toute tentative pour s'enquérir de leur sort serait très mal vue en haut lieu. Ai-je été clair ? »

Quelques instants plus tard, ils ont pris congé. Ni Vital ni moi n'avons fermé l'œil de la nuit. Ce matin, Vital préside une cour d'assises. Nous sommes tombés d'accord sur le fait qu'il serait à la fois inutile et dangereux de continuer à s'occuper de la pauvre Mme Delavigne, mais Vital et moi pensons que les autorités se sont mal comportées. Espérons que les conditions de vie dans ce camp en bord de mer seront acceptables.

Vital m'a également appris qu'on envisage d'ouvrir des camps d'internement ici, au Maroc.

12

Béatrice et Gérard sont arrivés aujourd'hui, en fin de matinée. En fait, ils sont partis hier, en passant par Meknès, Petitjean et Casablanca, où ils ont passé la nuit. Ensuite, ils ont gagné Marrakech, où nous sommes allés les attendre à la gare, Vital, André et moi. Nous avons loué deux calèches, une pour les bagages et une autre pour nous, où nous étions un peu à l'étroit. Mansour, lui, est rentré directement à la maison avec les bagages, ce qui a effrayé ma sœur.

« Je me demande comment tu peux faire confiance à ce garçon, a-t-elle dit, alors qu'il s'éloignait d'un air princier, à l'arrière de la calèche. Ce sont tous des voleurs, Marie-Louise, tu devrais le savoir. » Elle portait un ensemble bleu et était coiffée d'un petit chapeau à plume avec une voilette.

Je lui ai répondu que c'était absurde. Le fait d'être mariée à un juge m'a donné une nouvelle confiance en moi, et je refuse de me laisser gagner par ses préjugés. « Je n'ai jamais rien vu de tel. Les Marocains sont au contraire parfaitement honnêtes.

— C'est vrai, madame Le Tourneau, a renchéri Vital. Il y a très peu de voleurs chez les indigènes.

133

Beaucoup moins que chez les Français. C'est regrettable, mais c'est comme ça. Cela dit, c'est peut-être seulement le cas à Marrakech. Vous vivez à Fès, et je ne sais rien de ce qui s'y passe. »

Gérard se taisait, mais on le sentait agacé, et je me disais que notre petite excursion commençait mal.

Nous avons demandé au cocher de nous faire faire le tour des remparts, comme à des touristes, mais à leur tête, j'ai compris que Gérard et Béa connaissaient cette promenade.

Le cocher a tenté de négocier un bon prix avec Vital, mais celui-ci s'est contenté de montrer l'écriteau avec les tarifs. Il y avait là le prix d'un tour dans la Ville Nouvelle, raisonnable, à travers la médina, plus élevé, et enfin le « grand tour des remparts », l'équivalent d'une semaine de séjour à La Mamounia.

En passant brièvement à travers la Ville Nouvelle, mon beau-frère s'est extasié devant les drapeaux français que l'on voit à profusion depuis la guerre. Apparemment, c'est un fervent pétainiste. Ça ne m'étonnerait pas qu'il ait des accointances au sein du régime.

Les remparts ont remporté un franc succès. Leur taille et leur couleur rouge ont même impressionné ces habitants de Fès. Nous avons prévu un circuit le lendemain matin, pour leur montrer les sites les plus remarquables. Je sais pourtant que nous ne devrions pas sortir autant, par cette chaleur. Mais nous pourrions aller d'abord au Café de France, de façon qu'ils voient une partie de la Djemaa el-Fna, et même si nous n'allons pas plus loin nous passerons un moment agréable.

Mercredi 17 juillet

Peut-être me suis-je montrée trop optimiste en prévoyant un moment agréable. Les événements ne se sont pas déroulés comme je le pensais. Déjà, tout avait mal commencé hier. Après notre visite des remparts, un délicieux déjeuner nous attendait, mitonné par Shadiya et sa fille de quinze ans, Hind. C'était probablement l'un des meilleurs repas que j'ai mangés depuis mon arrivée au Maroc, mais ma sœur et mon beau-frère n'ont fait que picorer en faisant des mines. Il semblerait qu'ils aient fait venir une gouvernante de France, qui leur prépare aussi de la cuisine française, et notamment des spécialités ardennaises.

Ils se tiennent sur la réserve, ne sortent presque pas de la ville française, ne mangent que dans des restaurants français, ne fréquentent que des Français et, depuis peu, quelques Allemands dont ils se sont entichés.

J'ai dû faire preuve de trésors de diplomatie pour éviter une dispute à propos des Allemands, parce que, d'après mon cher beau-frère, nous devons apprendre à leur faire des grâces. Bien entendu, Vital ne veut pas en entendre parler, et moi non plus. Les Boches sont des brutes, et les nazis sont les plus brutes d'entre eux. Mais nous avons décidé tous les deux de ne pas aborder ce sujet tant que nos hôtes seront chez nous.

En conséquence, la soirée d'hier a été plutôt ennuyeuse et nous avons discuté de nos vies respectives à Fès et à Marrakech. Pendant près d'une heure, Gérard s'est vanté de son vignoble et de sa nouvelle cave. Tout cela des plus modernes, bien sûr, et il croit sincèrement faire entrer les Marocains dans le xxᵉ siècle avec sa bimbeloterie. Vital a parlé un peu de sa charge de conseiller à la cour d'appel, mais Gérard ne paraissait guère intéressé. En allant nous coucher, Vital et moi nous sommes interrogés sur la consistance des liens familiaux.

Ce matin, les choses se sont un peu mieux passées au

petit déjeuner, et comme le déjeuner de midi était cuisiné à la française, nous semblions tous un peu mieux disposés les uns envers les autres. C'est seulement hier soir, après nous être séparés, que je me suis rendu compte que je n'avais pas encore annoncé la bonne nouvelle à Béatrice, mais je n'ai pas non plus trouvé le moindre moment pour le faire au cours de la matinée.

Après le déjeuner, nous sommes allés faire la sieste, et je ne me suis réveillée qu'à la nuit tombée, alors que retentissait déjà la sarabande des criquets. Vital dormait lui aussi à mes côtés, et j'ai réfréné l'envie de le réveiller de quelques baisers, car ces siestes lui sont bénéfiques.

J'ai enfilé une robe de chambre et suis allée respirer les parfums du soir au jardin. Au Maroc, certains goûtent par-dessus tout les villes anciennes, les paysages de minarets et de palmiers, d'autres tombent sous le charme des Marocains eux-mêmes, et certains ne jurent que par le désert. En ce qui me concerne, cela a toujours été le ciel de la nuit, cette création constellée de joyaux qui chevauche silencieusement nos vies. J'aime m'enivrer des senteurs du désert en regardant ces mondes infinis.

J'étais plongée dans ma méditation lorsque j'ai entendu des pas dans l'obscurité. C'était Béatrice. Comme moi, elle venait de se lever. Elle m'a demandé si j'allais bien, si j'étais heureuse, et si j'aimais mon nouveau mari.

« S'il n'y avait pas cette guerre affreuse, lui ai-je répondu, je ne trouverais de défaut à personne.

— Pas même à Gérard ?

— À Gérard ?

— Allons, Marie-Louise. Tu vois ce que je veux dire. Il peut parfois être difficile d'accès.

— Oui, c'est vrai, ai-je reconnu. Mais il ne me

déplaît pas. Et j'espère que votre séjour ici nous donnera l'occasion de mieux nous connaître.

— Moi aussi, je l'espère. Et maintenant, quelle est cette nouvelle dont tu voulais me faire part ? »

Alors nous nous sommes assises et nous nous sommes raconté tout ce qui nous était arrivé depuis notre dernière rencontre.

Jeudi 18 juillet

Hier soir, au dîner, Vital s'est enquis auprès de Gérard de son futur poste dans l'administration. Cela ne semblait nullement déplacé, d'autant que Gérard aime fort parler de lui, mais il a été impossible de lui tirer un mot à ce sujet. Je l'ai un peu taquiné à propos de ses réticences, mais il m'a jeté un regard sévère, comme à un enfant mal élevé qui se permet des plaisanteries déplacées en présence d'adultes. Tout ce qu'il a consenti à dire, c'est qu'un haut fonctionnaire de Rabat était entré en relation avec lui, et qu'on l'avait chargé d'une mission importante pour le pays. Il a refusé de donner plus de détails, et j'ai eu l'impression qu'il regrettait même d'avoir fait allusion à cette mission.

Avant que nous allions nous coucher, j'ai essayé d'en parler à Béa, non pour obtenir d'elle des informations, j'ai été très claire à ce sujet, mais pour lui faire part de ma peine à me voir traitée de la sorte par mon beau-frère. J'ai fait valoir que Vital est juge, membre respecté de la magistrature coloniale, et donc un homme d'une grande discrétion. Nous nous trouvions en haut, occupées à coucher André, et nous devions encore redescendre pour le dessert. Béa s'est montrée très gentille, elle m'a pris la main et m'a promis qu'elle en parlerait le soir même à son mari.

« Mais n'oublie pas, a-t-elle ajouté, que nous sommes

en guerre, qu'une grande partie de notre pays a été envahie et demeure sous l'autorité d'une puissance étrangère. Par ces temps troublés, l'État a besoin d'hommes et de femmes capables de remplir des tâches qui doivent rester secrètes. Mais je te rassure : Gérard ne se livre à aucune activité répréhensible. Et puis, va savoir, peut-être demandera-t-on un jour ou l'autre à Vital d'accomplir de semblables missions. »

Je l'ai embrassée puis j'ai commencé à faire la lecture à André, comme je le fais tous les soirs. Nous sommes passés de Marcel Aymé à un livre merveilleux d'Arthur Ransome, *Hirondelles et amazones*.

J'avais à peine lu quelques lignes que Béa a remarqué la couverture du livre et l'a carrément poussé sur mes genoux.

« Oh, Marie-Louise, m'a-t-elle dit, horrifiée, tu devrais faire attention à ce que tu lis à cet enfant ! Tu ne sais donc pas que ce Ransome est anglais et, pis, qu'il est bolchevik ?

— Mais... »

Je ne voyais pas le rapport avec cette histoire délicieuse d'enfants dans des bateaux.

« Enfin, Marie-Louise. Cet homme a vécu en Russie après la révolution, c'est devenu un grand ami de Lénine et de Trotski, et il a même épousé la secrétaire de Trotski. Tu imagines ? Nous sommes au beau milieu d'une guerre qui décidera du sort de la France, de toute l'Europe, et il n'est pas acceptable d'ignorer les idées subversives de gens comme ce Ransome. Tu ne voudrais tout de même pas que ton petit André soit infecté par son bolchevisme ?

— Non, bien sûr que non, ai-je répondu. Mais il n'y a absolument rien de bolchevique dans ces livres.

— Si André apprécie ces livres, il pensera du bien de

leur auteur, et quand il sera plus âgé, il aura envie de lire ses ouvrages sur la Russie. Te rends-tu compte du risque ? »

Cela a duré ainsi pendant une demi-heure. Aujourd'hui, nous avons fait la tournée des librairies pour acheter à André des lectures « plus convenables ». Nous avons eu droit à Tintin, la comtesse de Ségur, un certain Berquin et un dénommé Bouilly, tout aussi ampoulé. Tout ça est d'un moralisme effrayant et complètement passé de mode, mais il n'était pas question de discuter. J'attends qu'ils s'en retournent à Fès, et nous reviendrons à Ransome. Je suis sûre que son épouse russe était superbe.

Vendredi 19 juillet

Ce qui s'est passé aujourd'hui n'a fait qu'ajouter à mon inquiétude. Il était un peu moins de huit heures, et nous venions à peine de terminer le petit déjeuner, lorsque Gérard a annoncé qu'il s'en allait, tout seul, et serait de retour avant midi. Devant notre étonnement, il a dit qu'il devait voir quelqu'un à la ferme expérimentale qui se trouve après le champ de courses. J'ai trouvé son attitude étrange, nous l'avons un peu plaisanté, puis il est parti en taxi, son *Guide bleu* en poche. Comme il parle assez bien l'arabe, nous n'avions pas peur qu'il se perde.

En revenant, trois heures plus tard, il arborait un sourire satisfait, comme s'il venait d'accomplir une grande mission. Vital nous a rejoints pour le déjeuner, et je l'ai trouvé préoccupé. Je n'ai pas pu lui poser de questions avant que nous nous rendions au lycée Mangin, où nous devions prendre le thé « à l'anglaise » avec M. Antheil, l'instituteur d'André, et grand ami de Vital.

Le thé s'est bien passé, mais j'étais très impatiente de

savoir pourquoi Vital s'était montré si préoccupé à l'heure du déjeuner.

« Ce n'est rien, m'a-t-il dit. N'en parlons plus. Ce sera bientôt oublié. »

J'ai quand même réussi à le convaincre de se confier à moi, et il ne l'a fait qu'à la condition que je n'en parle ni à Béatrice ni à Gérard.

En quittant le tribunal, ce matin, Vital est rentré par son chemin habituel, c'est-à-dire par l'avenue Aristide-Briand et la rue circulaire. Non loin du commissariat de police qui se trouve face au parc des Sports, il a vu un homme en sortir, qui s'est avéré être Gérard, suivi d'un autre homme qu'il n'a pas reconnu tout de suite. Comme il n'y a pas de bâtiment dans le voisinage, Vital s'est glissé derrière un palmier pour les observer. Il savait d'instinct qu'il se passait quelque chose de bizarre, et cela s'est confirmé. Lorsque les deux hommes eurent descendu l'escalier du commissariat, Vital a reconnu le compagnon de Gérard : ce n'était autre que notre vieil ami, l'inspecteur Lenéru.

Lundi 22 juillet

Hier, nous sommes allés à la messe. Je ne pensais pas que Béatrice était particulièrement pieuse, mais elle a fait montre du plus grand sérieux. Gérard s'est présenté de lui-même au prêtre, et ils ont eu une conversation brève mais chaleureuse. Pour ma part, j'exécutais les gestes mais le cœur n'y était pas. Au cours de son sermon, le curé n'a rien dit des atrocités que les Boches ne cessent de commettre, alors que l'évêque d'Utrecht, lui, les a dénoncées. L'Église manque de fermeté, je ne puis m'en contenter.

Grâce au ciel, ils s'en vont demain. Leurs bagages sont bouclés et déjà ils semblent ailleurs. Ils reprennent le même chemin qu'à l'aller et comptent s'arrêter quelques jours à Rabat, où Gérard doit s'entretenir de sa nouvelle mission avec les autorités. Finalement, peut-être tout cela n'est-il pas aussi sûr qu'il le laissait entendre.

Mardi 23 juillet

Ils sont partis avec le sourire. Béa a promis d'écrire souvent et je lui ai dit que je lui répondrais. Comme il allait partir, je me sentais mieux disposée envers Gérard. C'est un homme plutôt sinistre, qui se consacre à l'entreprise familiale, dépourvu d'imagination et du moindre sens de l'humour.

J'ai écrit les lignes qui précèdent à midi. Depuis lors, mon opinion a changé. Les soupçons que je nourrissais à son endroit n'ont fait que se renforcer.

Nous les avons accompagnés à la gare, qui n'est pas très éloignée. Pendant ce temps-là, Shadiya a fait le ménage dans la chambre de nos hôtes. À notre retour, Shadiya avait terminé le ménage et préparait le déjeuner. Elle m'a appelée.

« *Ya*, madame ! *Koulshi bi-kheir ?* »

Je l'ai rassurée en lui disant que tout allait très bien, et elle m'a semblé soulagée. Quelques instants plus tard, elle m'a apporté quelques objets.

« *Chouf*, madame. Le mari de votre sœur, il a laissé des choses sous le lit. »

Ce n'étaient que des babioles : une brosse à cheveux, un chausse-pied en corne, un vieux journal.

« Gardez-les, lui dis-je. Ça ne vaut pas la peine de les leur renvoyer par la poste. »

Elle avait l'air satisfaite de son butin, mais avant de s'éloigner, elle m'a tendu le journal.

« Peux pas, madame… »

Quand je l'ai pris, je me suis rendu compte qu'il ne s'agissait ni de *L'Atlas* ni du *Sud marocain*, deux hebdomadaires que nous lisons ici, mais d'un journal bien différent. Je ne l'avais encore jamais eu entre les mains, mais je savais très bien de quoi il s'agissait.

« Vital, ai-je lancé. Viens voir un peu. »

Sans un mot, je lui ai tendu le journal. J'ai vu sa surprise quand il a vu le titre.

« Où as-tu eu ça ? » m'a-t-il demandé d'un ton sec que je ne lui avais encore jamais entendu.

Je lui ai dit où Shadiya l'avait trouvé.

« Tu sais ce que c'est ? »

J'ai acquiescé. C'était *L'Action française*, le célèbre journal du mouvement interdit de Charles Maurras. *L'Action française* défend des idées que Vital et moi abhorrons. Ce sont des ultras de la pire espèce, royalistes, bigots et antisémites. Ils prétendent aimer la France, mais ils sont prêts à travailler avec Pétain et avec les nazis.

J'ai repensé, alors, à ce qu'avait vu Vital devant le commissariat : Gérard en grande conversation avec Lenéru. Lentement, ils tissent leur toile ; ce qu'il y a de pire dans notre société vise à en finir avec tout ce qu'il y a de bien. Nous avons brûlé le journal dans le poêle, mais nous ne parvenons pas à nous débarrasser de son odeur.

20 novembre

J'ai vu le Dr Chomat ce matin. Heureuse nouvelle. Merveilleuse nouvelle. Je suis enceinte de six semaines environ. Nous avons calculé que mon bébé devrait naître au début du mois de juillet. Je l'ai dit à Vital quand il est rentré du travail, et il est fou de joie. Ce soir, je n'irai pas me coucher : je veux monter sur le toit et hurler la nouvelle à la cantonade.

LE PAVILLON DES ÂMES PERDUES

Taddert, le 22 mai.

Aucun doute : il n'était pas poursuivi. Plusieurs fois, entre Ouarzazate et Marrakech, il avait quitté la route, éteint son phare et attendu. Une fois, il s'était dissimulé dans un champ de noyers et une autre fois sous un pont par-dessus un torrent de montagne. Presque personne n'arrivait du sud-est, à part deux camions décorés de lumières multicolores et une petite voiture, trop lente pour des poursuivants.

Pas question de suivre le conseil de Djamil et de se rendre directement à l'aéroport. Pendant un jour ou deux, c'est là qu'ils l'attendraient en priorité.

La route serpentait dans l'Atlas comme une sorte de ver pris de folie, à travers des forêts de cèdres jusqu'au col de Tizi n'Tichka. Au fur et à mesure qu'il grimpait, la chaleur des contreforts faisait place au froid mordant de la montagne, et, lorsqu'il parvint au sommet, une vaste étendue de neige surgit sous la lueur de son phare. Autour de lui, ce n'étaient que rochers et éboulis baignés par la clarté de la lune. Un vent violent soufflait en hurlant sur le col, telle une armée de djinns venus s'affronter sur les sommets.

Il était plus de minuit : avec ses fréquentes haltes et

l'allure réduite qu'il avait dû adopter en raison du caractère sinueux de la route, il ne se trouvait qu'à mi-chemin de sa destination et il se sentait épuisé. À partir de là, la route redescendait vers la vallée, mais s'il continuait ainsi, à moitié endormi, il risquait de manquer un tournant et d'aller s'écraser plusieurs centaines de mètres plus bas.

Il décida que le moment était venu de se reposer. Il avait vu des petits cafés en venant de Ouarzazate, mais ne savait pas s'ils étaient encore ouverts. En examinant sa carte à la lueur du phare, il vit qu'il y avait un village nommé Taddert, après le col, mais il était peut-être risqué de s'y rendre : ses amis de Ouarzazate avaient sûrement prévenu par téléphone de son arrivée éventuelle.

Il découvrit alors une série de baraquements destinés à la vente de rafraîchissements. Il choisit le plus grand, força le cadenas avec une poignée de frein arrachée à la moto, rangea les bouteilles de Coca, Pepsi, Sidi Harazem et Oulmès qui encombraient le sol, avala une canette de Coca et s'installa pour la nuit.

La cabane était étroite et inconfortable, mais elle l'abritait du vent et un peu du froid. Il ne lui restait plus qu'à attendre l'aube.

Quelques heures plus tard, un soleil de cinabre se leva à l'est, au-dessus du mont Titsouit, incendiant de ses rayons le refuge de Nick. Il n'avait pas bien dormi, il souffrait d'un mal de tête lancinant et de courbatures dans tous les membres. En guise de petit déjeuner, il avala une bouteille de Cigogne, un soda trop sucré, et une barre de Nuts, puis, sans se donner la peine de ranger le désordre qu'il avait causé, il déposa une grosse poignée de dirhams sur une étagère, de quoi probablement bâtir un petit empire de limonadier.

Il sortit et contempla la pente raide, sur sa gauche, qui se terminait par une forêt, cinq ou six cents mètres plus bas. Il y poussa alors la moto, qui s'écrasa avec un bruit sourd, amorti par les arbres, et s'enflamma aussitôt. L'incendie se poursuivit pendant quelque temps, et Nick craignit d'avoir mis le feu à la forêt, mais le printemps avait été pluvieux et les arbres détrempés eurent tôt fait d'étouffer les flammes. Satisfait, Nick s'éloigna.

Il gagna ensuite à pied Taddert, un petit village abritant une rangée de cafés délabrés à l'intention des chauffeurs de camion et des touristes. Les rugissements de moteur des poids lourds qui passaient dans les deux sens déchiraient le silence du petit matin. Il aperçut un autocar transportant des missionnaires mormons d'âge plutôt mûr, et un minibus chargé de jeunes, qui, vu leurs sacs à dos, revenaient d'une randonnée dans le Haut-Atlas.

Il choisit un restaurant français bon marché, l'Auberge Le Noyer, et s'installa sur la terrasse dominant le torrent de montagne. Il commanda un café crème, des croissants, de la confiture, et même une omelette, que ce restaurant proposait pour le petit déjeuner à ses clients anglais.

Il avait choisi sa table avec soin, de façon à apercevoir la porte d'entrée. On devait le croire déjà à Marrakech, mais mieux valait rester prudent.

Il venait de terminer son omelette lorsqu'une bande d'une dizaine d'adolescents fit irruption dans le restaurant puis envahit bruyamment la terrasse, tirant tables et chaises pour s'installer. Derrière eux, arrivèrent deux adultes, un homme d'une trentaine d'années, coiffé d'un béret, et une femme un peu plus jeune, vêtue d'un jean et d'un tee-shirt. Belle comme le Haut-Atlas, songea Nick.

Il commanda un autre café, s'attaqua à ses croissants et prêta l'oreille.

Il était dans le pétrin. En cet instant, il aurait dû se trouver dans un avion, laissant derrière lui Ouarzazate, Djamil et toutes les casbahs du Maroc. Il ne fallait plus rien entreprendre, ne plus poser de questions, ne plus évoquer la mort de Peter, faire comme si rien ne s'était passé, sinon, s'il persistait à chercher quelque justice impossible, ils le tueraient comme ils avaient tué Peter et Daisy. Jusqu'au meurtre de Djamil, il avait cru que le fait d'être étranger lui conférait une manière d'immunité, mais à présent il lui fallait bien admettre qu'il n'en était rien.

Il avait vu le visage de son fils mort, et la fuite lui semblait désormais une trahison. Il fallait que justice soit faite.

Évidemment, il pouvait se rendre au consulat britannique et déposer une plainte en racontant qu'il avait vu les deux victimes, mais il savait où cela le mènerait. Un homme policé, en complet venu tout droit de Savile Row, lui expliquerait que tout devrait passer par les Marocains, et que toute autre attitude ferait figure d'ingérence inacceptable, et que, n'est-ce pas ?, nous avions des relations commerciales avec le Maroc, etc. Il avait déjà suffisamment perdu de temps dans sa vie sous les lambris dorés des bureaux, avec des gens qui vous écoutaient d'une oreille distraite.

Ou alors, il pouvait s'adresser directement aux autorités marocaines : leurs représentants se montreraient sans nul doute courtois, promettraient de mener une enquête et le raccompagneraient à la porte. Mais ils ne feraient rien, et, en toute franchise, il ne pouvait guère leur en vouloir : ils avaient d'autres soucis en tête.

Il dégustait son café à petites gorgées, contemplait le paysage d'une beauté à couper le souffle tout en s'efforçant de comprendre le débit haché des adolescents. À une table voisine, une jeune fille vêtue d'un débardeur rouge s'adressait avec véhémence à un sympathique garçon de son âge.

— Je m'en branle ! Arrête de dire des conneries. Moi, ça me branche, c'est tout.

La discussion, apparemment, portait sur une musique appelée acid jazz : ils projetaient tous de passer une nuit dans une discothèque parisienne, La Loco.

Lassé des histoires adolescentes, Nick se prit à observer la table du fond, où avaient pris place les accompagnateurs. C'était la femme qu'il regardait, bien entendu, sans parvenir à détacher d'elle son regard, au point qu'il en vint à craindre une réaction d'agacement de sa part. Mais comment résister ? Elle était vive, drôle, fascinante, et agitait sans cesse les mains en parlant.

Difficile de deviner la relation qu'elle entretenait avec l'homme attablé en sa compagnie. Ils avaient l'âge d'être amants, ou mariés, mais quelque chose lui disait qu'il n'en était rien. Parfois, pour souligner son propos, elle effleurait sa main ou sa manche, le faisait rire, ou bien s'écartait de lui pour jeter un coup d'œil sur leurs bruyants adolescents.

Après avoir déposé quelques dirhams à côté de sa soucoupe, l'homme, qui portait de grosses chaussures de marche et d'épaisses chaussettes, se leva et réclama le silence. Le moment était venu de rejoindre le minibus. En route pour Marrakech.

Pour Nick aussi, le moment était venu. Il se repassa mentalement le discours qu'il avait préparé et s'avança vers la femme, sentant que, de la part de l'homme, il aurait essuyé une rebuffade.

— Mademoiselle ? « Peux-je » parler avec vous un moment ?

Il avait fait intentionnellement une faute de français et exagéré son accent anglais.

— Euh… oui, bien sûr, mais dépêchez-vous, monsieur, nous sommes sur le point de partir.

— Excusez-moi… Vous parlez anglais ?

— Oui, c'est ma deuxième langue.

— Vous le parlez très bien. Bien mieux que moi le français. Eh bien… voilà, j'ai des ennuis, et j'ai entendu votre ami dire que vous alliez à Marrakech. C'est bien ça ?

— Oui. Nous sommes allés faire une randonnée et maintenant nous rentrons.

— Parfait, je crois que vous pouvez m'aider. J'ai été…

Il s'interrompit. Par la porte de la terrasse entrouverte, il venait d'apercevoir deux hommes qui pénétraient dans le restaurant. Le premier, d'après son allure, devait être le tueur, et l'autre, il l'avait déjà vu, la veille, dans la maison du maire.

Il jeta un regard autour de lui. Avait-il une chance de s'en sortir en sautant de la terrasse et en traversant le torrent ?

— Que se passe-t-il ? demanda la Française en voyant son air effrayé.

Puis, à son tour, elle aperçut les deux hommes qui scrutaient la salle du restaurant.

— Ce sont ces hommes ?

Il opina du chef.

Aussitôt, elle le poussa sur la chaise la plus proche, le prit dans ses bras et enfouit le visage de Nick contre sa poitrine. Puis elle lui caressa la nuque d'une main amoureuse. Quelques instants plus tard, les deux tueurs de Ouarzazate firent leur apparition sur la terrasse et remarquèrent tout de suite ce couple qui s'embrassait, mais la femme leur jeta un regard tellement courroucé qu'ils détournèrent les yeux.

— Qu'est-ce qu'il y a ? Qu'est-ce que vous voulez ? leur lança-t-elle.

Cela suffit. Levant la main en un geste d'apaisement, le premier des deux hommes tourna les talons, suivi de son compagnon.

— Ne bougez pas, chuchota-t-elle. Ils peuvent revenir.

Mais ce fut son collègue qui fit irruption sur la terrasse et la considéra d'un air stupéfait. Elle s'écarta de Nick.

— Ah ! Stéphane. Viens, viens. (Elle se tourna vers Nick.) Je te présente monsieur…

— Smith.

— Vraiment ?

Nick s'efforça de sourire.

— Plus ou moins.

— Dis-moi, Stéphane, ils sont partis, les deux tueurs ?

Elle décrivit les deux types à l'allure de gangsters.

— Je les ai vus monter en voiture, répondit le dénommé Stéphane. Ils en avaient après toi ?

Sans répondre, elle se tourna vers Nick.

— Contente d'avoir pu vous aider.

— Écoutez… si vous pouviez continuer. Il faut que j'aille à Marrakech. Je peux payer ma place, mais il faudrait que je sois au milieu d'un groupe comme le vôtre, pas en taxi.

Elle le considéra d'un air méfiant. Il ne semblait pas

dangereux, mais ici, dans ce trou perdu, comment en être tout à fait sûre ?

— Ils étaient armés, non ?

Il acquiesça.

— Vous ne voulez pas m'expliquer ce qui…

— Dépêche-toi, lança Stéphane avec impatience.

Ils étaient déjà en retard, et leurs adolescents devaient reprendre l'avion.

— D'accord, dit-elle. Il y a une place libre à l'arrière, mais au premier incident, vous descendez. Je suis avant tout responsable de ces enfants. Ils sont peut-être épouvantables, ils sont habillés de façon horrible, mais leurs parents ont payé très cher pour s'en débarrasser l'espace de deux semaines.

Ils grimpèrent dans le bus où les adolescents attendaient déjà, le nez collé aux vitres, et Nick prit place à l'arrière, comme convenu. Quelques minutes après le départ, elle vint le rejoindre.

— On pourrait peut-être se présenter, vous ne croyez pas ?

— Nick, fit-il, encore ému par la fraîcheur du Lalique sur sa peau.

Il remarqua alors un petit anneau en corail à son majeur : ni mariée ni fiancée, se dit-il, à moins qu'elle ne gardât le secret.

— Commandant Nicholas Budgeon.

Elle parut surprise. Soudain, son Anglais de rencontre possédait une identité, et le petit jeu qu'elle jouait jusqu'à présent gagnait en gravité.

Elle lui serra la main avec énergie.

— Justine. Justine Buoy. Bienvenue à bord de l'express de Marrakech !

14

Marrakech.

La police avait dressé un barrage à une dizaine de kilomètres de la ville, après le croisement de la P31 et de la route de Tamlelt. Quand le camion qui lui bouchait la vue eut tourné, il ne resta plus qu'une petite Renault devant eux. Nick aperçut alors les hommes qui l'attendaient, vêtus de l'uniforme gris de la Sûreté, et armés de pistolets automatiques. Il en remarqua aussi d'autres, disposés de chaque côté de la route, armés de petites mitraillettes. Jamais il n'aurait cru représenter un tel danger pour la société.

Les adolescents, eux, au comble de l'excitation, se pressaient contre les vitres pour mieux voir le spectacle. Justine leur intima l'ordre de se tenir tranquilles, puis gagna l'arrière du minibus.

— C'est vous, qu'ils cherchent ?

— Probablement. Ça doit être une opération conjointe des armées des cinq continents.

— Et qu'est-ce qui vous a rendu si célèbre chez nos amis de la police ?

— À mon avis, c'est le meurtre que j'ai commis hier soir, à Ouarzazate. Et sans doute aussi les deux autres meurtres commis dans une casbah des alentours.

Elle se figea sur place.

— Je ne comprends pas. Vous dites la vérité ? Quand même pas !

Il secoua la tête en souriant.

— Vous voulez savoir si j'ai vraiment tué ces gens ? Bien sûr que non. Je n'ai rien fait de mal, croyez-moi. Ce qui n'empêche pas ces hommes en gris de me rechercher.

— Dans ce cas, pourquoi… ? Bon, je comprends. Ou du moins, je crois comprendre. Vous me jurez que vous êtes innocent ?

— Je vous le jure.

Le minibus s'avança vers le barrage, au milieu des cris et des exclamations des jeunes vacanciers.

— Vite, lança Justine en montrant un espace vide entre deux rangées de sièges. Glissez-vous là et ne bougez plus.

— Non, c'est inutile. Je ne peux pas vous laisser prendre un tel risque.

— Vous voulez vous retrouver dans une prison marocaine ? Vous savez à quoi ça ressemble ?

— Oui, je le sais très bien.

— Dans ce cas, pas de discussion ! Baissez-vous et ne dites pas un mot.

Elle se redressa.

— Ça vaut aussi pour vous ! lança-t-elle d'une voix forte. Le premier qui ouvre la bouche aura affaire à moi.

Un policier tapa à la vitre avant et le chauffeur le fit monter à bord. Il tenait à la main une planchette sur laquelle était fixée une photo. Justine s'avança à sa rencontre.

— *Labesse, a sidi.* Que puis-je pour vous ?

Selon toute apparence, elle parlait l'arabe sans

difficulté, et le policier lui tendit la photo. Elle reconnut aussitôt Nick.

— Avez-vous vu cet homme ?

Il semblait embarrassé, ayant rarement l'occasion de s'adresser à une femme investie d'une certaine autorité, même subalterne.

Elle feignit d'examiner la photo avec attention, puis hocha la tête d'un air affirmatif.

— Oui, dit-elle. Je l'ai déjà vu.

— Récemment ?

— Oui. Ce matin. Au moment où nous quittions Ouarzazate. Je suis sûre que c'était lui.

— Vous êtes vraiment sûre ?

— Tout à fait. Il passait dans la rue, et je l'ai remarqué parce qu'il avait un visage particulier.

— À Ouarzazate ?

— C'est bien ce que je vous ai dit. Et maintenant, monsieur l'agent, si vous n'avez pas d'autres questions, il faut que nous repartions, parce que ces jeunes gens ont un avion à prendre. Nous pouvons y aller ?

Le policier acquiesça.

— Merci, dit-il. Merci beaucoup pour votre aide.

À peine était-il descendu du minibus que déjà il s'emparait de sa radio.

Il s'ensuivit une violente altercation entre Stéphane et Justine : il mit en doute sa santé mentale, son bon sens, son professionnalisme, et ne fut pas loin de la jeter hors du minibus.

— Tu te rends compte de ce que tu as fait ? hurla-t-il. Tu aurais pu tous nous faire arrêter. Tu imagines ce qu'aurait dit l'école, ou ce qu'auraient dit les parents, si le ministère des Affaires étrangères, au téléphone, leur avait appris que leurs petits chéris se trouvaient dans un cachot du Guéliz ?

— Non, je n'imagine pas. En tout cas, je suis sûre qu'ils seraient ravis. Bon, et maintenant lâche-moi.

Nick s'en mêla.

— Écoutez, Stéphane… je voudrais vous présenter mes excuses. C'est ma faute. Je n'aurais jamais dû vous faire courir un tel risque, mais je ne pensais vraiment pas que la police allait intervenir comme ça.

Stéphane se mit à gesticuler, fou de rage.

— Vous allez descendre de ce bus ! Et tout de suite, avant le prochain barrage. Vous m'avez compris ?

Justine tenta de s'interposer, tandis que le chauffeur, en arabe, leur intima à tous l'ordre de s'asseoir.

— Écoutez, fit Nick, dites au chauffeur de s'arrêter. Je vais descendre et gagner Marrakech par mes propres moyens. Je ne veux pas vous causer d'ennuis.

Stéphane se calma aussitôt.

— D'accord, c'est bon.

Il donna l'ordre au chauffeur de se ranger sur le bas-côté, où une famille d'alouettes à crête les observait, perchée sur un muret. Le minibus faillit emboutir la charrette d'un vieil homme, tirée par un cheval, et finit par s'immobiliser dans un crissement de freins. Nick gagna la portière, sous les applaudissements des jeunes. Justine le rejoignit.

— Ça ira ? demanda-t-elle.

— Vous avez fait tout ce que vous avez pu, mais si vous avez un moment, pourriez-vous appeler ce numéro ?

Il lui tendit un morceau de papier avec le nom et le numéro de Duncan, puis tira de sa poche une poignée de dirhams. Elle posa la main sur la sienne, en signe de refus.

— Ne vous inquiétez pas, j'appellerai. Si vous arrivez jusqu'à Djemaa el-Fna, je pourrais…

— Je ne comprends pas…

Mais avant qu'il ait pu terminer sa phrase, Stéphane ordonna au chauffeur de repartir, et Nick n'eut que le temps de sauter au-dehors.

Il regarda autour de lui : il n'y avait rien, pas même une ferme, et il devait lui rester une dizaine de kilomètres à parcourir à pied, ce qui promettait d'être fatigant. Sans compter qu'un Européen marchant sur une route de campagne sans même un sac à dos semblerait suspect, la première voiture de police à passer par là l'embarquerait. Il se rappela alors le vieil homme et sa charrette.

Celui-ci s'empressa d'empocher la somme que Nick lui proposa et ils partirent. Ce fut le voyage le plus lent de sa vie, mais au moins n'y eut-il pas d'autres barrages. Lorsqu'ils furent arrivés à la porte Bab Rhemat, Nick dut descendre : les ruelles étroites de la vieille ville étaient à peine assez larges pour le passage d'un âne bâté mais pas pour celui d'une charrette chargée d'oignons. Nick regarda s'éloigner le vieil homme aux cheveux gris, le dos voûté, comme accablé par l'adversité. Devant lui s'étendait la ville : il s'y enfonça, et quelques instants plus tard il eut l'impression d'avoir laissé derrière lui le XXIe siècle pour plonger en plein Moyen Âge. Il n'aurait su dire en quel siècle précisément il évoluait, mais les pavés des rues, les marches au seuil des échoppes, les portes des mosquées cachées, tout respirait le passé le plus lointain.

Pourtant, son principal problème était bien actuel : trouver de l'argent liquide. Il avait dans son portefeuille suffisamment de cartes de crédit pour s'offrir les meilleurs hôtels et les plus savoureux repas, mais il aurait été suicidaire de les utiliser. Les hôtels exigeraient un passeport, et sa fiche serait transmise le jour même à la police. Il pourrait s'offrir un repas, mais comment savoir si la police n'avait pas signalé son nom ? Et pour quitter la ville, il lui faudrait de toute façon acheter un billet, louer une voiture ou payer un chauffeur. S'il avait pu manger et dormir dans les bouis-bouis, mais les asiles de nuit n'acceptaient pas la carte American Express, et pour les vendeurs de brochettes, la carte Visa représentait autant d'intérêt que des billets de banque tchétchènes.

Les touristes viennent à Marrakech pour les raisons les plus diverses : le haschich bon marché, les aventures homosexuelles, la nostalgie de l'époque hippie, balisée par Brian Jones et les Master Musicians of Jajouka, le sentiment d'être sur le fil du rasoir, si près du désert, de l'Afrique, de quelque dieu barbare dont nulle église, nulle cathédrale ne saurait rendre raison. Quelques secondes après avoir pénétré dans la ville rouge, Nick éprouva tout cela à la fois. Les senteurs d'épices qui flottaient dans l'air chaud, les cris aigus des marchands, les odeurs des tanneries, et le tourbillon des visages, noirs, cuivrés, contrastant avec les visages blancs des touristes, l'attrait irrépressible des portes et des fenêtres entrouvertes derrière lesquelles on devinait le regard des femmes, les enfants qui couraient partout, les ânes chargés de paniers sur les deux flancs, conduits à travers d'étroites ruelles.

D'autres viennent à Marrakech – comme à Fès ou à Meknès, ses cousines impériales – parce qu'ils sont immédiatement engloutis par son passé. À la différence des villes anciennes d'Europe, Marrakech est une ville vivante, dont les murs chargés d'histoire abritent une vie qui n'aurait pas semblé étrange à ses habitants du XIIᵉ siècle.

Nick se sentait happé par l'éloquence de cet endroit, par ses pierres et par sa vie. Les boutiquiers, certains vêtus d'une djellaba, d'autres à l'européenne, le hélaient en l'invitant à contempler leurs trésors, mais il poursuivait son chemin vers le nord, sans quitter l'artère principale. On le harcelait bien de temps à autre, comme tous les touristes, mais plus il s'enfonçait dans la ville et plus son air absent agissait comme un repoussoir, et tous ceux, enfants ou jeunes gens, qui cherchaient à lui vendre du haschich, une femme ou un jeune garçon, finirent par le laisser.

Il ne savait pas où il allait, ni combien de temps il pourrait marcher ainsi avant d'être repéré et arrêté. Si seulement il pouvait changer d'apparence ! Un coup de téléphone à Duncan, et le tour serait joué : on lui virerait immédiatement de l'argent, il s'entretiendrait avec un diplomate de haut rang à Rabat et, dès demain, il se retrouverait dans un avion en partance pour Londres.

Ou bien il pouvait être tué très rapidement, car il ne devait sa survie qu'à la chance. Et à Justine. Elle lui avait dit quelque chose en arabe, avant qu'il descende du minibus, mais il n'avait pas eu le temps de lui demander des explications. S'agissait-il d'un nom de personne ou de lieu ? Il poursuivit sa route en réfléchissant à d'improbables stratégies. Quelque chose, cependant, lui disait que ni ses poursuivants ni la police ne tenaient à déployer trop ouvertement leur chasse à l'homme dans la ville. Peut-être n'avait-on pas encore donné sa photo aux hôtels. Dans ce cas, il pourrait descendre dans un établissement de prestige, comme La Mamounia, ou plus petit mais également luxueux, comme la Maison arabe, et utiliser sa carte Amex pour retirer de l'argent liquide et gagner l'ambassade britannique à Rabat. Mais dans ce cas seulement…

Autre possibilité, il pourrait appeler Duncan depuis une cabine téléphonique acceptant les cartes de crédit. Avant de quitter Ouarzazate, il avait lu dans son guide qu'à Marrakech la plupart des cabines acceptaient les cartes de crédit. Cela ne lui donnerait pas plus d'argent liquide, mais on lui viendrait en aide. À condition, bien sûr, que les principales cabines téléphoniques de Marrakech, rassemblées en deux endroits, ne soient pas déjà surveillées.

Il se laissait emmener par le flot des marcheurs. Dans son guide, il avait vu que la ville s'étendait sur un axe nord-ouest, sud-est ; la vieille ville ceinte de remparts, où il se trouvait en ce moment, était située à l'est, et la ville nouvelle, le Guéliz, à l'ouest. Cette cité moderne avait été fondée par les Français en 1913, soit un an à peine après leur conquête du Maroc.

Soudain, il se rappela autre chose : la principale attraction de Marrakech était une grande place où se produisaient acrobates, cracheurs de feu, dresseurs de singes et charmeurs de serpents. L'un des deux ensembles de cabines téléphoniques devait forcément être situé près de la place, devant un bureau de poste. Pourtant, même s'il ne parvenait pas à se rappeler le nom de cette place, il avait l'impression que le flot des marcheurs devait fatalement l'y conduire.

Il ne se trompait pas. Bientôt, il aperçut en levant la tête une plaque de rue rédigée en arabe et en caractères romains : « Djemaa el-Fna ». C'étaient bien ces mots que Justine avait prononcés avant que le bus ne reparte.

Un jeune marchand lui souriait. Sa boutique vendait surtout du matériel scolaire, cahiers, crayons et stylos.

— Entrez, monsieur, soyez le bienvenu…

Après un instant d'hésitation, Nick se dirigea vers le jeune homme.

— Qu'est-ce que ça veut dire, « Djemaa el-Fna » ?

Son interlocuteur le considéra derrière des paupières mi-closes, comme un lézard apercevant une mouche déjà hors de portée.

— Ça veut dire « le rendez-vous des morts », monsieur. Ce soir, vous les verrez. Ils seront tous là, les morts qui sont vivants et les vivants qui sont morts.

Nick songea alors avec une certaine inquiétude que cet homme le reconnaîtrait sans peine si on s'enquérait de lui. Sur un signe de tête, il s'éloigna, suivant un panneau indicateur.

— M'sieur, lança le jeune homme derrière lui.

Nick s'immobilisa.

— Vous êtes en danger, m'sieur, n'est-ce pas ?

Nick retint sa respiration. L'autre l'avait sûrement reconnu et allait appeler ses amis à la rescousse pour toucher la prime qu'on lui avait promise.

— En danger ? demanda-t-il. Que voulez-vous dire ?

— Je veux dire qu'il faut savoir reconnaître à la fois ses amis et ses ennemis, m'sieur.

Nick se retourna d'un bloc, mais l'homme avait disparu. Il se précipita vers la boutique, mais il n'y avait personne à l'intérieur. Ruelles étroites, *derbs* et *zenkas* partaient dans toutes les directions depuis la rue principale. Si le jeune homme s'était enfoncé dans ce dédale, jamais il ne le retrouverait.

Le cœur battant, il partit vers le rendez-vous des morts.

15

La place palpitait de vie, même en cette heure où seuls
les touristes les plus endurcis se hasardaient sous le
soleil de plomb. Des éventaires couverts occupaient
deux côtés de la place : on y proposait surtout des vêtements traditionnels, longues robes aux tons pastel, jupes
brodées, caftans, chemises. Un peu plus loin, des
vendeurs moins fortunés offraient leurs marchandises
ou leurs services sur des tables en plein air : marchands
de paniers, barbiers, arracheurs de dents qui agitaient
d'inquiétants instruments en souriant aux passants.

Nick avançait lentement, les tempes battantes, la peau
cuite par l'atroce chaleur, les yeux plissés pour se
protéger de la luminosité de ce ciel de désert. Ici, chacun
avait quelque chose à vendre. Des femmes proposaient
des produits de la campagne, oranges, dattes, melons,
herbes, bouquets de menthe fraîche, bols pleins d'épices
de toutes les couleurs et de toutes les senteurs, œufs,
poulets vivants dans des cages de bois.

Il observa une femme aussi vieille que le désert, qui
trônait derrière un comptoir bas rempli de substances
médicinales : herbes sèches, racines coupées en
morceaux, peaux de lézards et de serpents, grenouilles
séchées, fragments d'os, bouteilles aux liquides colorés

ou insectes baignant dans l'huile. Elle pesait ses produits sur une petite balance aux plateaux de cuivre, en marmonnant des paroles indistinctes qui devaient être des envoûtements. À un moment, elle croisa son regard, et il eut l'impression de la voir faire un geste rapide de la main, les doigts serrés, comme pour conjurer le mauvais œil. « *Khamsa fi aynek* », siffla-t-elle avant d'envelopper une poignée d'herbes sèches dans un papier journal pour un client. Se sentant menacé et vulnérable, Nick battit en retraite. Dans un coin de la place, des musiciens gnaouas se mirent à jouer sur un rythme lancinant qui faisait écho aux pulsations douloureuses dans son crâne.

Manifestement, ici tout se vendait et s'achetait : radios, réveils, lampes électriques et même piles d'occasion. Des jeunes gens proposaient des jeans fabriqués à Agadir ou à Casablanca, et portant des ersatz de marques comme « Lovis », « Wangler » ou « Calvis Kleim ». Un autre vendait des montres Cartier à trois cents dirhams pièce. À côté de lui, un vieil homme coiffé d'un fez crasseux avait disposé des rangées de lunettes à des prix défiant toute concurrence. Partout, on trouvait des cassettes vidéo et des CD piratés dont les vendeurs passaient les derniers succès avec le volume au maximum. Pendant ce temps, le regard tourné vers l'intérieur, les danseurs de la confrérie gnaoua chantaient et frappaient dans leurs mains tout en évoluant parmi la foule.

Nick éprouva soudain un vertige et, sans demander la permission, s'assit entre un homme barbu qui vendait des instruments à cordes fabriqués avec des carapaces de tortue, et une *nakasha* occupée à dessiner au pinceau des motifs au henné sur les mains d'une femme. Les bruits de la place l'assaillaient de toutes parts, une douleur lancinante lui martelait le crâne, il était pris de nausées et en même temps il avait faim.

Il ouvrit les yeux et regretta de n'avoir pas pris ses lunettes noires dans sa poche, la veille, quand il était allé voir Djamil. Une voix intérieure l'avertit qu'il fallait réagir rapidement, sinon il s'évanouirait et se réveillerait en pleine nuit dans une ruelle, dépouillé de ses vêtements et tremblant de froid.

Se rappelant le garçon qui vendait de fausses montres Cartier pour... disons, trente livres sterling, il se dit qu'il devait être facile de vendre une vraie montre de marque pour un peu plus.

Il portait au poignet une vieille Rolex, l'un des rares objets que lui avait légués son père à sa mort. La mère de Nick l'avait offerte à son mari en 1948, à l'occasion de sa démobilisation. C'était un modèle Viceroy, avec un élégant boîtier en acier et des aiguilles en or, et Nick savait bien qu'elle valait infiniment plus que trente livres. C'était pour lui un crève-cœur, mais il n'avait pas le choix. À regret, il la décrocha de son poignet et la posa sur le sol devant lui.

Pendant un long moment, il ne vint personne. Près de perdre conscience, il craignit qu'on ne profite de son évanouissement pour la lui voler. Une soif terrible le dévorait, sa bouche était comme du sable, ses lèvres plus sèches que de la peau de lézard mort. La faim le tenaillait aussi. Il savait qu'on peut survivre longtemps à la faim, mais pas à la soif. Des vendeurs d'eau passaient avec leurs costumes chatoyants, arborant leurs cruches et faisant tinter leurs tasses polies.

Parfois, un touriste ou un Marocain se penchait, prenait la montre et lui en proposait un prix dérisoire, comme s'il s'agissait d'une imitation. Il n'en voulait pas beaucoup d'argent, mais tout de même suffisamment pour s'offrir une nuit d'hôtel, quelques repas et de quoi parer au plus pressé. Chaque fois, il se récriait :

— Ça n'est pas une fausse ! Vous m'entendez ? C'est une vraie de vraie. Une Rolex !

Les gens éclataient de rire, reposaient la montre et s'en allaient voir plus loin. Mais que leur fallait-il donc ? Un certificat d'authenticité ? Un *dahir* du roi ?

Lentement, le ciel s'assombrissait. Cela faisait des heures qu'il était assis sur cette place, sans avoir réussi à vendre sa montre. La fièvre le gagnait et il éprouvait une furieuse envie de dormir. Un moment, il songea à aller se rendre au premier policier venu. Peut-être parviendrait-il à le convaincre qu'il était lui-même un vieux flic et qu'il devait bénéficier d'un traitement de faveur.

Il décida pourtant de s'en abstenir. Autour de lui, les marchands commençaient à remballer. Ils reviendraient au matin avec des œufs frais et des poulets caquetants, mais Nick avait lu que la place demeurait vivante toute la nuit, et qu'elle était même plus animée après le coucher du soleil, avec ses artistes de rue, ses musiciens et orchestres soufis qui chantaient et battaient le tambour. Il se dit qu'il commettait une erreur en restant assis là, au milieu des autres vendeurs de pacotille, et qu'il valait mieux aborder directement les touristes, des gens parlant anglais, à qui il pourrait expliquer la valeur de cette montre et l'affaire qu'ils feraient en la lui achetant.

— Combien la vendez-vous ?

Une voix de femme, qui s'exprimait en français.

Il haussa les épaules.

— Mais dites-moi, elle est authentique !

Il acquiesça.

— Elle est de 1948. Elle appartenait à mon père.

Un silence. Elle ramassa la montre, comme pour la passer à son poignet.

— Et vous, monsieur, êtes-vous authentique ?

Il leva les yeux et reconnut d'abord ses mains, il n'aurait su dire pourquoi, puis l'anneau en corail, malgré les brumes qui obscurcissaient son esprit.

Penchée en avant, elle lui prit le poignet et y rattacha la montre.

— Je crois qu'elle vaut beaucoup d'argent, dit-elle.

Une fois encore il acquiesça, un peu effrayé par sa présence, comme si la place se peuplait soudain de souvenirs. Ouvrant les yeux, il aperçut alors son visage éclairé par la flamme d'une lampe à gaz qu'un saltimbanque avait allumée non loin d'eux.

— Que s'est-il passé ? demanda-t-elle.

— Je ne sais pas... j'ai soif. Je suis... déshydraté. J'ai de la fièvre.

Elle posa la main sur son front brûlant.

— On dirait que je ne peux plus faire un pas sans vous rencontrer, reprit-elle en le saisissant par le coude pour l'aider à se lever.

Il faillit retomber, mais parvint à garder son équilibre et, titubant, se laissa emmener hors de la fournaise.

Sur la place parsemée de taches de lumière, des groupes de saltimbanques commençaient leurs représentations, des boxeurs s'affrontaient sur une petite scène, les Gnaouas dansaient au son de leurs castagnettes en métal, et, comme elle l'avait toujours fait depuis des siècles, la foule se massait autour des conteurs. Installé dans un restaurant en surplomb, Nick avait l'impression d'y avoir été transporté par quelque magicienne du désert, mais en levant le nez de son assiette il découvrit Justine, qui le regardait manger.

— Vous savez, je...

— Taisez-vous. Mangez.

Après une *harira* épaisse, il attaquait à présent un plat de côtelettes d'agneau grillées. Il avait voulu commander de la salade en même temps, mais elle l'en avait dissuadé, lui racontant d'affreuses histoires sur ses amis qui avaient fini à l'hôpital après avoir ingurgité une salade suspecte.

— Comment se fait-il que vous soyez encore ici ? demanda-t-il.

— Pourquoi pas ?

— Je croyais que vos jeunes randonneurs devaient prendre un avion.

— Effectivement.

— Dans ce cas… ?

— Vous voulez savoir pourquoi je suis encore ici alors qu'eux, à l'heure qu'il est, doivent être en train d'atterrir à Paris ?

— Eh bien, oui. Je sais que vous vous êtes un peu disputée avec votre collègue, mais…

— Stéphane et moi sommes associés, mais à mon avis plus pour très longtemps. Nous avons une petite agence de voyages, ici, à Marrakech, l'Agence scolaire. C'est assez simple : nous accueillons de petits groupes de jeunes Français pour une semaine ou deux, ils visitent Marrakech, font un tour dans le Sahara, quelques randonnées en montagne, puis nous les remettons dans l'avion. C'était ce que nous faisions aujourd'hui quand nous nous sommes rencontrés.

— Je pensais que vous étiez professeur.

Elle eut l'air vexée.

— J'ai l'air d'un professeur ?

Il haussa les épaules.

— Je n'en connais pas beaucoup. À quoi ressemblent-ils ?

— Ça dépend… si ce sont des Français ou des Britanniques.

Difficile de dire si elle le faisait marcher.

— Je ne savais pas que…

— Qu'il y avait une différence ? Mais bien sûr ! Une Française peut séduire un homme à un kilomètre de distance, tandis qu'une Anglaise, à un kilomètre, ressemble à un sac de pommes de terre ! (Elle redevint sérieuse.) Je vous ai blessé. Excusez-moi, un de ces jours, mon humour douteux va me jouer des tours. (Elle regarda l'alliance au doigt de Nick.) Vous êtes marié… à une très belle Anglaise.

Il l'arrêta d'un seul regard.

— Vous ne m'avez pas blessé, dit-il. C'était drôle et pas tout à fait faux. Quant à moi, c'est vrai que j'ai été marié, mais maintenant c'est terminé.

— Excusez-moi, je n'aurais pas dû…

— Non, pas de problème. D'ailleurs, ma femme n'était pas anglaise, mais française. Elle s'appelait Nathalie.

— Elle vous a quitté ?

— En quelque sorte. Écoutez, on ne pourrait pas changer de sujet ?

— Bien sûr. Excusez-moi encore, je suis incorrigible. Comment vous sentez-vous, à présent ?

— Ça va mieux, je n'ai plus ni faim ni soif. Mais pour le reste, rien n'a changé, je suis toujours en fuite, je n'ai pas d'argent, pas de moyen d'en obtenir facilement, je suis recherché par la police, et la moitié de la mafia du Maroc veut me faire la peau. À part ça, tout va bien.

— Vous oubliez une chose.

— C'est-à-dire ?

— Moi.

— J'allais vous le demander. Qu'est-ce qui vous

retient ici ? Déjà, ce matin, vous avez risqué gros en me protégeant des tueurs et de la police, et voilà que vous recommencez. Je ne suis ni jeune, ni beau, ni riche. Qu'espérez-vous de tout ça ?

Elle but une gorgée de son café qui refroidissait.

— Rien. Je pense simplement que vous êtes innocent. Je sais que le Maroc peut être un endroit terrible, que la police peut se montrer effroyable, et je sais aussi que si ces types, là-haut dans la montagne, vous avaient coincé, votre cadavre serait maintenant dans un fossé ou au fond d'un ravin.

— Excusez-moi. Je me conduis comme un ingrat, mais vous ne pouvez pas imaginer à quel point je vous suis reconnaissant. Vous m'avez sauvé la vie trois fois dans la journée, et là, j'ai l'air de quelqu'un à qui on vient d'annoncer qu'il a un cancer.

— Laissez tomber la gratitude. Ça ne vous tirera pas de ce mauvais pas. Mais rassurez-moi, dites-moi que je ne me suis pas trompée, et racontez-moi ce qui s'est passé. Quand tout ça sera éclairci, on réfléchira aux moyens de s'en sortir.

Il la trouvait belle à damner un monastère, et certainement capable de séduire un homme à n'importe quelle distance et par n'importe quel temps. Stéphane avait dû succomber mille fois à son charme. Lorsqu'elle aurait fini de le nourrir et de le rassurer, elle retournerait auprès de son associé, tomberait dans ses bras et lui raconterait l'incroyable histoire de ce drôle d'Anglais.

— Avant, dit-il, il faudrait peut-être qu'on s'inquiète de l'endroit où je vais passer la nuit. Et puis je dois absolument téléphoner.

— Les bureaux de poste ne ferment qu'à neuf heures du soir, mais je vous conseille de ne pas y aller. Le mieux, ce serait de trouver une cabine privée, elles utilisent des liaisons satellite.

— Si vous le dites.

— Mais oui, répondit Justine. Il y a même des cybercafés, par ici. Ça aussi, ça peut être utile. En tout cas, ce soir, vous dormirez chez moi… et vous pourrez utiliser mon téléphone.

— Non, c'est trop risqué, vous ne pouvez pas…

— C'est moi qui choisis les risques que je prends. Vous resterez avec moi jusqu'à ce que vous soyez en sûreté ou bien jusqu'à ce que je vous mette dehors. D'accord ?

— Entendu. Je ne suis pas en position de refuser, mais Stéphane, dans tout ça ?

— Stéphane ? Je ne comprends pas.

— Ça ne le gênera pas, de me voir m'installer chez vous ?

Elle éclata de rire, puis lui adressa un sourire.

— Vous vous méprenez. Stéphane n'est que mon associé. Je vis seule. Mais ne croyez pas que j'agisse ainsi avec tout le monde. Mes voisins me lapideraient, si c'était le cas. Je m'occuperai d'eux plus tard. Pour le moment, je voudrais que vous me racontiez votre histoire, depuis le début. Je vais commander d'autres cafés, ensuite vous commencerez.

16

Il était tard lorsqu'ils se mirent en route, et Nick se dit que cette ville avait été conçue pour la nuit, ou peut-être la nuit elle-même avait-elle été conçue pour la ville, tel un vêtement seyant. La chaleur du désert et l'obscurité remodelaient tout autour d'eux. Hauts toits et minarets jaillissaient vers les étoiles, tandis que la clarté de la lune découpait les pavés des rues et les seuils des maisons, les fontaines et les fenêtres, les dômes des *koubbas* et les escaliers des mosquées.

Plus ils s'éloignaient des zones touristiques, où restaurants et boutiques de souvenirs restaient illuminés jusqu'à minuit, plus la ville redevenait elle-même. Justine connaissait le chemin comme sa poche.

— Cela fait longtemps que vous vivez ici ? demanda Nick, désireux de rompre un silence trop lourd et de casser le rythme régulier de leurs pas sur les pavés inégaux.

Elle éclata de rire, et pour la deuxième fois il fut frappé par son rire, comme si, l'espace d'un instant, elle abandonnait les prudences de l'âge adulte.

— Vous n'aviez pas remarqué ?

— Quoi ?

171

— Que mon accent français est presque aussi mauvais que le vôtre.

— Mauvais ? Il m'a semblé parfait.

— Demandez à un Français. Je suis née à Marrakech. Mon père est médecin, et il est venu ici comme coopérant, dans les années soixante-dix. À la fin de sa mission, il s'est marié en France et s'est dépêché de revenir ici. Nous vivions dans le Guéliz, dans une petite rue près de l'avenue Poincaré. Ma mère, elle, aidait les jeunes coopérants à trouver un logement, leur faisait visiter la ville, les invitait à dîner. Elle est morte il y a trois ans, et mon père a décidé de prendre sa retraite en France, en emmenant mon jeune frère, qui a des difficultés scolaires. Moi, j'ai choisi de rester.

» Je suis marocaine autant que française, sauf que je suis chrétienne et que je ne sors pas voilée. Je parle mieux l'arabe que le français, j'ai plus d'amis marocains que français… voilà. J'ai pleuré toutes les larmes de mon corps quand j'ai vu mon père et mon frère s'envoler, à l'aéroport, et ensuite je me suis dégoté une maison dans la médina. Ici même, dans Derb el-Hajar.

Ils se trouvaient dans une ruelle enserrée par de hauts murs aveugles, si étroite qu'on y tenait à peine à deux. Ils s'arrêtèrent devant une porte de couleur vert passé, éclairée seulement par la lueur de la lune et des étoiles. Quelque part dans la nuit, un bébé criait, et plus loin un orchestre jouait pour un mariage, avec la sonorisation à fond, pour que toute la ville en profite. Elle ouvrit la porte.

Il se réveilla le lendemain matin avec le pire mal de tête de toute sa vie. Il se rappelait seulement avoir appelé Duncan Todd chez lui et avoir laissé un message sur son répondeur, lui demandant de le rappeler chez Justine.

Dans la cuisine, elle avait laissé un petit déjeuner à

son intention : croissants, brioches, du pain marocain tout frais, des fruits secs, du jus d'orange fraîchement pressé, du lait, du beurre et des yaourts dans le frigo, et du café à côté du percolateur.

Elle lui avait aussi laissé un mot lui expliquant qu'elle était partie à son bureau pour parler avec Stéphane. La veille, en effet, elle lui avait annoncé son intention de prendre quelques vacances, et de demander à un jeune Marocain de ses amis de la remplacer.

Sur un gros morceau de carton, posé contre un vase, elle avait ajouté un message au feutre :

« N'allez pas sur le toit ! ! ! Ne mettez pas les pieds dans le jardin ! ! ! Restez tout le temps dans la maison ! ! ! Si quelqu'un frappe à la porte, ne répondez pas ! Si le téléphone sonne, laissez le correspondant déposer un message afin que vous puissiez reconnaître sa voix. »

Elle avait rajouté en post-scriptum :

« En arabe, "allez-vous-en" se dit "*sir fhalek*". Ne l'utilisez sous aucun prétexte. Je vous recommande le silence le plus total. Le café moulu est dans un pot rouge, près de l'évier. Pour vous raser, vous pouvez utiliser le rasoir dans la salle de bains, mais c'est un rasoir de femme, alors faites attention si vous ne voulez pas vous écorcher la peau. Je n'ai pas d'après-rasage. Ne touchez pas le chat : il mord et il a probablement la rage. J. »

Il allait prendre un croissant lorsque la sonnerie du téléphone retentit. Quatre fois avant le déclenchement du répondeur. Il entendit le déclic, puis une voix d'homme, mais ne parvint à trouver le téléphone qu'au moment où celui-ci raccrochait. Pendant quelques instants, il se dit qu'il s'agissait peut-être de l'amant de Justine, et il en éprouva comme un pincement de jalousie.

173

Il appuya sur la touche « Écoute » et la voix de Duncan lui parvint, au milieu d'un bruit de friture.

« Nick, qu'est-ce qui se passe ? Tu ne me dis pas où tu es, avec qui, ni rien. Moi, je suis à l'aéroport d'Heathrow : j'ai un avion pour Paris dans dix minutes. Ce sera trop tard pour l'avion de Casablanca, mais je peux prendre un autre avion qui part d'Orly et arrive à Marrakech à quatre heures moins cinq, heure locale. J'imagine que tu ne pourras pas venir à l'aéroport. Donne-moi le temps de me rendre à mon hôtel, et on se retrouve là-bas. Disons à six heures, pour être sûrs. Je descends au Pullman-quelque-chose. Si tu ne peux pas y aller, essaie de me laisser un message là-bas. Je prends un congé sans solde pour venir, Nick, alors j'espère que ça n'est pas une histoire foireuse. »

Un bip, et le message prit fin. Nick écrivit l'heure du rendez-vous et le nom de l'hôtel sur un bout de papier, effaça le message et fourra le papier dans la poche arrière de son pantalon.

Elle revint en fin de matinée, avec un sac rempli de viande et de légumes.

— Vous êtes encore là ? demanda-t-elle.

— Et où pouvais-je aller, dans cette ville si accueillante ?

— Vous pouvez me faire un café ? J'ai horriblement mal aux pieds.

Il lui dit de s'asseoir et prépara du café pour un régiment. À cet instant, le chat fit son apparition et déposa une souris morte au milieu de la pièce, s'attendant à être félicité. Elle le caressa.

— Vous en avez un ? demanda-t-elle.

— Un chat ? Non. Nous en avions un, il y a quelques années, quand les enfants étaient petits… Mon Dieu, je me rends compte brusquement que je n'ai pas raconté à Marie-Joséphine tout ce qui vient de se passer.

— Prenez votre temps. Songez d'abord à vous sortir de cette histoire.

Le café ayant fini de passer, il se leva pour chercher deux tasses.

— Des nouvelles de votre ami ? demanda-t-elle.

— Oui.

Il lui expliqua la teneur du message de Duncan.

— Nous irons là-bas à cinq heures, dit-elle. Le Pullman se trouve dans le quartier de l'Hivernage, au sud de la ville française.

— Et qu'est-ce qu'on fera, entre-temps ?

— Vous me préparez le déjeuner, et moi je nourrirai le chat. Je prendrai un long bain. Ensuite, nous déjeunerons, mais, je le regrette, pas à la fraîche, parce que votre présence ici est un secret d'État, et je ne veux pas que mes voisins puissent vous apercevoir dans la cour.

— Vous ne craignez pas qu'on m'ait vu, hier soir ?

— J'en doute, mais on vous remarquera si vous sortez en plein jour. Quant au toit, il vous est interdit parce que vous êtes un homme. C'est le territoire des femmes. Elles vont sur les toits pour prendre un peu l'air, bavarder, et en profitent pour ôter leur voile, et peut-être même un peu plus. Elles mourraient de honte si un homme les apercevait comme ça.

— Et vos courses ? Votre épicier n'a pas trouvé que vous achetiez plus que d'habitude ?

— Je ne suis pas allé chez lui. J'irai ce soir, pour faire mes courses habituelles, mais pour celles-ci, j'ai dû me rendre dans un supermarché du Guéliz. Vous voyez à quel point je veille sur votre sécurité.

— Vous faites des réserves. Un peu comme pendant la guerre.

— Vous vous en souvenez ? demanda-t-elle, surprise.

— Bien sûr que non. Quel âge croyez-vous que j'ai ? Je tiens ça de mes parents, ils avaient toujours plein d'histoires à raconter. Le blitz, le rationnement. Mon oncle Ned, qui est tombé dans un puisard en tentant d'échapper à une bombe volante et qui s'est cassé les deux jambes et un bras. Et puis les parents de Nathalie, eux aussi, avaient des souvenirs de guerre. Je ne vous avais pas dit qu'ils avaient passé la guerre à Marrakech ? Lui occupait un poste dans l'administration pendant la période de Vichy. Au départ, il était venu créer une exploitation viticole.

— Quel genre de poste occupait-il, dans l'administration, ce… ?

— Gérard. Je ne sais pas exactement. Je crois qu'après la guerre ils préféraient ne pas trop en parler. Lui et la mère de Nathalie sont revenus en France par le premier avion. À l'époque, bien sûr, Nathalie n'était pas encore née.

— C'était donc un collabo ?

— Probablement. Vous savez, ce n'est pas le genre de choses qu'on demande. C'est une famille très puissante, de celles qui préfèrent éviter ces désagréments-là.

— Vous ne m'aviez pas dit que votre famille avait des relations aussi étroites avec Marrakech.

La veille, il lui avait raconté l'essentiel, mais le moment était venu de lui en dire plus.

— Pas ma famille, celle de Nathalie. C'est pour ça que je suis ici.

Il lui parla des papiers découverts chez Nathalie, et de ce qui l'avait poussé à envoyer Peter au Maroc.

— Pourquoi croyez-vous qu'il ait été tué ? lui demanda-t-elle lorsqu'il eut terminé.

— C'est ce que je suis venu tenter de découvrir. Visiblement, il a gêné quelqu'un ou posé des questions là où il ne fallait pas. Ou bien, tout simplement, Daisy et lui se sont retrouvés au mauvais endroit au mauvais moment.

— Est-ce que ça pourrait avoir un rapport avec ces papiers ? Avoir un rapport avec votre famille ?

— C'est possible. Mais je ne…

— Il faudrait retrouver ces papiers, refaire le chemin qu'il a parcouru et interroger les bonnes personnes.

— Et continuer d'échapper à la police. Et m'orienter dans des villes que je ne connais pas. Ah ! j'oubliais : interroger des gens en arabe. J'ai besoin d'un guide, mais comment en trouver un ?

— Vous croyez que c'est impossible ?

— Je ne peux pas demander à quelqu'un de me prendre en remorque tant que ces gorilles de Ouarzazate sont à mes trousses, et tant qu'on distribue ma photo à tous les barrages de police du pays.

Elle se leva et lui ébouriffa les cheveux.

— Vous êtes déjà en remorque. Vous me réglerez mes honoraires habituels, plus un pourcentage sur les trésors que vous découvrirez. Sans compter les taxes locales, bien sûr.

— Bien sûr. Et qui fait le travail ?

— Vous. À commencer par le déjeuner. Au fait, le chat s'appelle Napoléon.

Nick jeta un coup d'œil circonspect sur le monstre affalé sur le sol à côté de lui.

— Il a connu quelques batailles, hein ?

Elle sembla d'abord étonnée par la remarque, puis éclata de rire.

— En réalité, son vrai nom, c'est Napoléon III. Malheureusement, les chats, ici, ne vivent pas très longtemps, et c'est le troisième de la lignée. Mais il a survécu. N'est-ce pas, Napo ?

17

Avant de se rendre à l'hôtel, ils évoquèrent longuement la situation dans laquelle se trouvait Nick, sa sécurité, cette nouvelle enquête qu'il s'apprêtait à mener sur un double meurtre.

— La photo dont dispose la police est de bonne qualité, fit-elle remarquer. Comment ont-ils pu se la procurer ?

— Je ne sais pas… cela dit, mon passeport est resté à l'hôtel pendant un certain temps. Est-ce qu'ils auraient pu… ?

— Certainement, mais la photo qu'on m'a montrée était meilleure qu'une photo de passeport. En tout cas, il vous faut changer d'allure. Vous parlez bien le français, mais pas l'arabe, je n'ai donc pas le choix : je vais vous transformer en Français. J'ai fait quelques emplettes dans une boutique qui vend des accessoires de théâtre et des vêtements de soirée. C'est surtout destiné aux enfants, mais aussi aux quelques troupes de théâtre amateur animées par les étrangers qui vivent à Marrakech.

En souriant, elle tira d'un sac en plastique tout un assortiment de pots et de brosses.

Il lui fallut presque deux heures, mais à la fin il avait

tout à fait l'allure d'un Méditerranéen, avec ses cheveux d'un noir de jais, sa moustache et sa peau olivâtre (au moins celle des mains et du visage). Il ne pouvait évidemment pas passer pour un Marocain, mais en Français, il n'était pas mal du tout.

— Et les vêtements ? demanda-t-il. Les miens sont crasseux.

— Ne vous inquiétez pas, j'en ai acheté au Guéliz. Des vêtements d'importation. Voilà, vous pouvez vous changer dans la salle de bains. Je ne sais pas s'ils sont à votre goût, mais...

— Ils sont parfaits, mais il faut que je vous les rembourse. Combien vous dois-je ?

— Oubliez ça. Vous avez plein de cartes de crédit dans votre portefeuille.

— Des cartes, certes, mais pas de papiers d'identité. Et si je suis contrôlé par la police ?

— Je m'occupe de ça aussi. Je connais quelqu'un qui peut vous avoir un passeport français en vingt-quatre heures, peut-être même moins.

— Un faux ?

— Pour que vous vous fassiez prendre ? Non, un vrai.

— Volé ?

— Certainement. Mais à Ceuta ou à Melilla, pas au Maroc. Donc, le vol aura été signalé seulement aux autorités espagnoles. J'ai aussi retiré de l'argent à la banque, pour que vous ayez toujours du liquide sur vous. Ne l'utilisez qu'en cas de besoin, si on était séparés. Et puis... voici mon numéro de téléphone. Mieux vaut l'apprendre par cœur.

Ce qu'il fit, avant de déchirer le morceau de papier. Puis il lui donna à son tour un numéro.

— C'est celui de mon frère, à Oxford. S'il m'arrivait

quelque chose et que vous ne puissiez pas joindre Duncan, appelez-le.

Elle glissa le papier dans son carnet d'adresses, près du téléphone.

Il était presque temps pour eux de s'en aller.

— À votre avis, je peux sortir comme ça sans risque ?

Elle l'examina avec attention, puis éclata de rire.

— Non, pas avec cette moustache ! Il vaudrait mieux la tailler encore un peu. Avec ça autour des lèvres, vous ne pourriez pas boire une *harira*. Cela dit, monsieur Budgeon, vous ne sortez pas seul. Nous irons partout ensemble : désormais, c'est moi qui vous chaperonne.

Ils partirent pour l'hôtel à pied, car Justine n'avait pas de voiture, ce qui lui aurait été parfaitement inutile dans les ruelles de la médina. Pour les voyages plus lointains, elle en empruntait une à des amis ou en louait à bas prix. Ils marchèrent donc jusqu'à la porte Bab Doukkala et firent le reste du chemin en taxi. Devant l'hôtel, elle demanda au chauffeur de l'attendre : habitué de la porte Doukkala, il connaissait Justine de vue, et accepta sans difficulté.

Oui, M. Todd était arrivé, et il se trouvait dans sa chambre. Qui devait-il annoncer ?

Nick hésita : Duncan ne s'attendait pas à retrouver quelqu'un portant un nom français.

Justine vola à son secours.

— Dites-lui que M. Bouge et Mme Jean sont en bas.

— Bien, madame. Un instant, s'il vous plaît.

Le réceptionniste échangea quelques mots au téléphone avec son interlocuteur, puis raccrocha. Nick se sentait mal à l'aise. Dehors, c'était le Moyen Âge, et là il venait de pénétrer dans un hôtel moderne brillamment éclairé, avec un sol aux dalles soigneusement polies, une fontaine bruissante, des touristes aux costumes bigarrés qui se croisaient dans le hall comme des visiteurs dans une galerie d'art. Partout, des miroirs renvoyaient la lumière, mais aussi l'image des clients… et la sienne.

— M. Todd va vous recevoir. Chambre 419. Bonne journée.

Ils se dirigeaient vers l'ascenseur lorsque quelqu'un héla Justine. Nick se figea sur place. Justine se retourna et reconnut des coopérantes qui enseignaient à l'université Cadi Ayyad.

— Montez, dit-elle à Nick. Votre ami va vous attendre.

Sans hésiter, Nick s'engouffra dans l'ascenseur.

— Jeanine ! Victoire ! Quel plaisir de vous voir.

— Bonjour, Justine. On te dérange dans un moment important ?

— Un peu âgé pour moi, vous ne trouvez pas ?

— On a vu *Noce blanche*, ma chère. Tu sais sans doute que, pour les hommes, l'âge n'a jamais été une barrière à la passion.

— Il est ici pour affaires.

— Bien sûr. Ils sont tous ici pour affaires. Bon, il faut qu'on y aille. Ce soir il y a un grand dîner avec le directeur de la fac, et notre budget doit être reconduit demain. Au revoir, à bientôt.

— Appelle-nous, ajouta Victoire.

Justine promit d'appeler et les regarda s'éloigner d'un pas nonchalant vers le restaurant. Quand elle se retourna, son cœur faillit cesser de battre. Deux policiers de la Sûreté se dirigeaient en discutant vers l'ascenseur. De toute évidence, ils étaient là en mission.

La chambre 419 était située vers le milieu du couloir, mais avant de s'y engager Nick regarda de part et d'autre. Personne ne l'avait vu monter et l'étage semblait désert. Il s'avança et frappa doucement à la porte, qui pivota légèrement sur ses gonds. Duncan avait dû la laisser ouverte à son intention.

— Duncan ? C'est moi, Nick. Je suis content que tu sois là. Si ça ne te dérange pas, je ne referme pas la porte, il y a une amie qui me suit, et j'aimerais te la présenter.

Un petit vestibule menait à une autre porte entrouverte sur la chambre éclairée. Il y pénétra.

Duncan était allongé sur le dos, les yeux fixés au plafond, et d'un seul coup d'œil, Nick comprit qu'il avait été tué à coups de couteau. L'arme était encore fichée dans sa poitrine ensanglantée.

Il entendit des pas dans le couloir et étouffa un juron : le ou les tueurs avaient dû guetter son arrivée. Il chercha du regard une arme pour se défendre, mais au même instant Justine apparut dans l'encadrement de la porte.

— Justine… heureusement, c'est vous. Je viens de trouver Duncan comme ça. Son corps est encore chaud, ses tueurs ne doivent pas être loin…

Il vit alors son visage, et bien qu'habitué, déjà, à ses sautes d'humeur, il ne s'attendait pas à une telle réaction. Pourquoi le regardait-elle ainsi, avec colère et effarement, comme s'il l'avait trahie ?

— Non, Justine, ça n'est pas moi qui…

Mais déjà elle s'enfuyait à toutes jambes, comme pour échapper au couteau du sacrificateur.

Il voulut se ruer à sa poursuite mais, en ouvrant la porte du couloir, il se heurta à quelqu'un qui venait en sens inverse. Reconnaissant l'uniforme, il chercha à s'esquiver, mais un second policier surgit soudain à côté du premier et le saisit par le bras.

— Monsieur Budgeon ? Vous êtes en état d'arrestation.

Un peu plus loin, l'ascenseur amorçait sa descente.

DANS L'ANTRE DE L'ARAIGNÉE

18

Journal de Marie-Louise Guénaud
Marrakech, vendredi 20 juin 1941

Je suis désespérée. En dépit de certains revers, les Allemands continuent d'avancer. Dans le désert, à l'est d'ici, de nouvelles défaites se profilent, et les Anglais vont probablement se retrouver piégés en Égypte. Les chars de Rommel sont devant Tobrouk, contenus pour l'instant par une division australienne, et nos cinémas passent sans cesse des films à sa gloire. Tout le monde dit qu'il s'emparera bientôt du Caire. Les Arabes, eux, voient ça comme une libération pour leurs frères égyptiens. Quelle illusion !

Le problème, c'est que nous ne disposons pas d'informations fiables. Personne ne croit la presse officielle, il n'est pas toujours facile d'avoir la BBC (je ne sais même pas si on peut lui faire confiance), et les journaux français venus des autres parties de l'Empire sont pour nous de vraies pépites d'or ; les autorités cherchent à les confisquer même si, le plus souvent, ils datent de plusieurs mois. Le résultat de tout cela, c'est que nous en sommes réduits aux rumeurs et que personne ne sait au juste ce qu'il faut croire.

Nous faisons comme si la vie était normale, et je sais

bien qu'ici, au Maroc, elle est plus facile que dans la France occupée ou dans les autres pays que les Boches ont envahis ; André va à l'école tous les jours, Vital préside ses audiences avec un dégoût de plus en plus marqué, ma sœur est aux anges avec son bébé qui ressemble à un petit singe, et j'attends l'arrivée du mien avec impatience. André manifeste déjà de la jalousie, mais je l'encourage à jouer avec sa cousine, en sorte qu'il finira peut-être par trouver quelque intérêt aux bébés. Malheureusement, la petite Hélène n'a rien d'un bébé comme les autres, elle pleurniche à peine et reste toujours avachie, ce qui n'amuse pas du tout André.

Vital parle de démissionner. Il s'inquiète pour ses amis juifs. Avant la guerre, il connaissait beaucoup de Juifs du Mellah, et d'autres de France, venus s'installer dans le Guéliz. Dans l'ensemble, ils sont bien considérés au Maroc, et Vital s'intéresse fort à leur communauté. Ceux que j'ai rencontrés se sont toujours montrés courtois et fort civils, et je ne m'étonne pas que mon mari cherche à mieux les connaître.

Pourtant, en octobre dernier, un décret est paru qui prévoit d'envoyer tous les Juifs étrangers dans des « camps spéciaux ». En principe, ces camps ne sont pas destinés aux Juifs marocains, mais on dit qu'on en a construit beaucoup, et qu'en Algérie et en Tunisie tous les Juifs sont envoyés dans ces camps. Tous les Juifs algériens ont perdu leur nationalité française, bien qu'elle leur ait été accordée il y a soixante-dix ans. On ne sait pas exactement ce qui se passe dans ces camps, mais les gens y sont probablement soumis aux travaux forcés.

Et voilà qu'il y a trois semaines le gouvernement de Vichy a publié un nouveau décret sur l'arrestation administrative de tous les Juifs, qu'ils soient français ou arabes. Ce décret a été pris en application du récent statut des Juifs.

Le sultan Mohamed V fait ce qu'il peut pour protéger les Juifs marocains, mais son pouvoir est limité et il ne pourra pas résister indéfiniment à ces mesures. Par exemple, il ne peut pas s'opposer aux règlements qui prévoient les professions et les commerces que peuvent ou non exercer les Juifs, les écoles où ils peuvent envoyer leurs enfants, ou bien les dispositions qui ont pour effet de les renvoyer dans les vieux mellahs, dans des ghettos. Au tribunal, Vital a vu souvent des Juifs à qui l'on avait confisqué leur argent ou leurs biens, des citoyens juifs forcés d'abandonner un poste de fonctionnaire, et Dieu sait quoi d'autre. D'ailleurs, la façon dont les Allemands traitent les Juifs en Europe défie l'entendement.

Fedala, samedi 21 juin

Nous sommes venus passer le week-end à Fedala, avec Béatrice, Gérard et les enfants. Depuis qu'ils se sont installés à Marrakech, nous voyons beaucoup ma sœur et son mystérieux mari. Il aurait pu être nommé partout, mais non, il a fallu qu'il demande Marrakech ! Et nous ne savons toujours pas ce qu'il fait. Ce n'est pas vraiment le moment d'un séjour au bord de la mer, mais la chaleur et le soleil sont agréables. Fedala est un lieu de villégiature et, même en cette saison, il y a foule sur la plage ou dans les jardins ombragés. L'air de la mer est vivifiant, et André est ravi : c'est la première fois qu'il va à la plage, nous lui avons acheté un seau et une pelle avec lesquels il adore jouer dans le sable.

Pour nous, les adultes, c'est l'occasion de laisser de côté nos soucis. Non que ma sœur et son mari aient l'air d'en avoir beaucoup. Béa, bien sûr, s'inquiète pour sa précieuse petite Hélène : a-t-elle assez mangé, assez dormi, comment a-t-elle digéré ? Il est vrai que cette enfant est souffreteuse, mais je crois que c'est surtout parce qu'elle est trop couvée. Je ne dis pas qu'il ne faut pas un peu couver les bébés, mais Béatrice vit dans une inquiétude perpétuelle à son sujet et elle va en faire une enfant gâtée, qui risque de devenir insupportable.

Pour cette fin de semaine, nous nous efforçons d'oublier nos petites (et nos grandes) différences. C'est Gérard qui nous a amenés dans sa nouvelle voiture, une Peugeot 402 qu'il a fait venir de Marseille le mois dernier par bateau. Mon beau-frère semble jouir d'une grande influence, mais j'ignore d'où lui vient tout cet argent. Son vignoble ne peut pas encore être rentable, et je suis sûre qu'il a investi tous ses avoirs dans cette affaire. J'imagine donc qu'il doit recevoir de l'argent de Reims, c'est-à-dire de la zone occupée, ce qui implique des liens étroits avec les autorités allemandes.

Fedala me rappelle un peu Deauville, où nous nous rendions lorsque nous étions enfants. Il y a un casino, un terrain de golf, un champ de courses et une longue plage de sable blanc. Nous sommes descendus à l'hôtel Miramar, le meilleur de la ville, où la cuisine est excellente. L'hôtel ne se trouve qu'à quelques pas du casino, et Gérard affirme y avoir déjà gagné une « petite fortune ». Béatrice m'a appris qu'il avait commencé à jouer au casino de Marrakech, dans le quartier de l'Hivernage, mais ne m'a pas dit s'il perdait de l'argent.

Grâce au ciel, Vital, lui, n'a aucun penchant pour le jeu. D'ailleurs, je me demande même s'il a le moindre vice. Nous sommes en accord sur tout, et s'il n'y avait pas cette guerre, je vivrais le bonheur parfait. J'aime infiniment m'asseoir à ses côtés après le repas et discuter de choses et d'autres. Il est très informé sur tous les sujets et me parle de tout sans réticences. Je ne suis plus la même femme que celle qui est arrivée ici pour passer quelque temps chez sa sœur et son beau-frère. Je me sens moins superficielle, plus apte à affronter la réalité, ou du moins à regarder au-delà des apparences.

Avant de venir ici, nous avons passé la plus grande partie de la soirée de vendredi à discuter d'une affaire instruite au tribunal de Marrakech, dont il a entendu parler. Il s'agit d'un jeune homme, un Marocain de vingt ans nommé Aziz. C'est un garçon intelligent, mais il n'a pas su choisir ses amis. Il travaillait pour une société belge d'exportation de fruits secs, située dans la médina. Aziz était chargé des relations avec les producteurs marocains, et apparemment il remplissait bien sa tâche.

Après l'invasion de la Belgique, en mai, la société, dont le siège est à Bruxelles, a été reprise par une société allemande, et les ennuis ont commencé. Même les ports français renvoyaient la marchandise, et on parlait de fermer la succursale de Marrakech.

Et puis, il y a environ un mois, M. Wouters et M. Brusselmans, les deux associés chargés de la succursale marocaine, qui vivaient à Marrakech depuis plus de dix ans, ont été accusés d'entretenir des liens avec une cellule de résistants belges et de fournir des informations sur les navires transitant par les ports marocains. Je ne sais pas si tout cela est vrai, mais les deux malheureux ont été arrêtés et expédiés sous escorte à Marseille, d'où on les transférera à Bruxelles pour être interrogés par la Gestapo. Vital pense qu'ils seront condamnés à mort. Évidemment, il n'y aura pas de procès, ce sera la Gestapo qui prendra la décision, et leur exécution servira à terroriser la population.

Ces faits ont été reprochés également au jeune Aziz. Il est accusé d'avoir organisé les communications entre les travailleurs des ports marocains et ses patrons belges, mais sa grande erreur a été de s'être lié d'amitié avec des jeunes Français qui travaillent pour une autre société d'import-export, logée dans le même bâtiment. Ces jeunes gens ne sont pas seulement d'ardents partisans du régime méprisable du maréchal Pétain, mais encore des admirateurs de Hitler. Non contents d'avoir lâché Aziz à la première occasion, ils ont inventé des histoires sur son rôle supposé dans cette affaire.

Le magistrat instructeur a renvoyé le dossier devant la chambre d'accusation, et le malheureux va comparaître devant une cour d'assises. Heureusement, certaines difficultés de procédure pourraient lui sauver la vie. Comme il est marocain et musulman, la justice française va avoir du mal à le condamner à mort, sauf à obtenir l'autorisation d'un juge religieux, ce qui paraît hautement improbable vu la situation actuelle. La population marocaine ne se sent pas concernée par cette guerre, et l'exécution d'un des leurs pourrait entraîner des troubles.

Le procès doit avoir lieu mercredi, mais grâce au ciel, Vital ne présidera pas la cour d'assises. Il s'est entretenu avec les avocats du garçon, et il est persuadé de son innocence. Gérard et Béatrice sont au fait de la situation, bien sûr, puisque c'est Gérard lui-même qui a signé le mandat d'arrêt d'Aziz et qui a envoyé les Belges en prison, et donc à la mort. Tous deux sont convaincus de la culpabilité d'Aziz et ne comprennent pas pourquoi Vital s'intéresse à cette affaire.

« Et si ce garçon était innocent ? » leur a demandé Vital au cours du dîner. Nous étions attablés au restaurant du casino, où Gérard avait tenu à nous conduire. « Et si au cours du procès on prouve, comme je le pense, qu'il n'était en rien mêlé aux petites affaires de ses patrons ? »

Gérard, que je déteste de plus en plus, a haussé les épaules en disant que ça ne changerait rien.

« Comment ça ? s'est écrié Vital. Vous méprisez donc à ce point la cour d'assises ? Vous croyez qu'elle enverrait un homme à la mort même s'il était innocent ?

— Vous ne comprenez pas ce que je veux dire, mon cher Vital. Je suis persuadé que c'est important pour ce garçon, pour vous, et pour une abstraction nommée Justice ; s'il est condamné à mort, son exécution servira d'exemple. Comme cet homme qui a été envoyé à l'échafaud avant notre arrivée ici... comment s'appelait-il, déjà ? Ah, oui, Delavigne. Par les temps qui courent, il faut s'assurer que les indigènes se tiennent tranquilles. Ce qui veut dire qu'il faut sévir impitoyablement contre tous ceux qu'on soupçonne d'intelligence avec l'ennemi. En temps de guerre, on ne peut se permettre aucune faiblesse. Mais peut-être n'êtes-vous pas de cet avis.

— Mon cher Gérard, a répondu Vital, vous connaissez bien peu le peuple marocain. Ils se moquent éperdument de l'ennemi. Si les Britanniques arrivaient jusqu'ici et nous remplaçaient, en quoi s'en trouveraient-ils mieux ? Au contraire, leur situation serait probablement pire que celle des Indiens ou des Égyptiens. Mieux vaut encore le maître qu'on connaît. Mais si vous commencez à les arrêter sans raison, ou à les envoyer dans des camps ou à les exécuter, ne vous étonnez pas si un jour ils se soulèvent, et de la plus cruelle façon.

— Un soulèvement ? » Le visage de Gérard s'est empourpré et il a laissé tomber sa fourchette dans son assiette. Au-dehors, le vent de l'Atlantique venait battre aux fenêtres. « Prenez garde aux sentiments que vous exprimez en ma présence, Vital. Ailleurs, on pourrait considérer cela comme de la trahison. Je peux vous assurer que quiconque – et je dis bien quiconque – inciterait les indigènes à la révolte aurait à en répondre devant moi. »

C'est là que je suis intervenue, pour changer de sujet.

Dimanche 22 juin

Ce matin, nous sommes allés faire une longue promenade sur la route de Miramar, qui longe la plage sur trois kilomètres environ. Le vent de la veille était un peu tombé, mais nous avions les cheveux tout ébouriffés car nous ne pouvions porter nos chapeaux qui se seraient envolés.

Après un solide petit déjeuner, Gérard a suggéré que nous assistions tous à la messe. Dans son sermon, le prêtre, le père Augustin Farrère, a évoqué la vengeance de Dieu et prédit qu'elle s'abattrait bientôt sur les Britanniques qui avaient abandonné la vraie foi en faveur du protestantisme. Il m'a semblé fort arrogant, et pas seulement en raison de ces paroles-là.

Il recevait les fidèles en confession après la messe, mais je n'y suis pas allée. Cela doit bien faire huit ans que je ne me suis pas confessée, et j'ai dû commettre une infinité de péchés. Je suis sortie de l'église avec soulagement, et j'ai goûté avec plaisir le vent de la mer, mouillé et salé, sur ma peau. Pourquoi ce prêtre ne nous a-t-il pas invités à prier pour tous ces jeunes gens qui en ce moment même se trouvent en mer, à bord de navires de guerre ou de commerce, ou de sous-marins ? Ce doit être horrible de s'embarquer ainsi sans savoir si l'on reviendra.

Laissant Gérard et Béatrice à leurs confessions, nous

sommes partis tous les deux, main dans la main. Vital m'a proposé de rentrer à l'hôtel pour y faire l'amour, et j'avoue que j'ai été tentée. Il n'y a rien de plus merveilleux que de faire l'amour l'après-midi, mais il faut penser à André, et puis nous nous sommes dit que nos chers amis ne devaient pas avoir beaucoup de péchés à confesser.

Je redoute notre retour demain à Marrakech, avec les murs qui emmagasinent la chaleur suffocante tout au long du jour, pour la restituer au cours de la nuit.

Marrakech, lundi 23 juin

Le voyage du retour s'est déroulé sans événement notable. Gérard avait l'air plus détendu que d'habitude, et nous avons eu droit à son analyse de la situation. Il pense qu'à cette étape de la guerre la meilleure chose pour la France serait d'être complètement occupée par les Allemands. Il prétend n'éprouver aucune sympathie ni pour Hitler ni pour les buts qu'il poursuit, et pourtant il évoque avec admiration le Reich et l'ordre qui y règne. Il admire spécialement les camps de concentration, qui, selon lui, produiraient sur les détenus, qu'il appelle des criminels, un choc violent et salutaire. Je lui ai demandé comment il pouvait justifier les rafles de civils, les meurtres de compatriotes innocents, la déportation de Français loyaux qui n'avaient pas commis d'autre crime que d'aimer leur pays. Il s'est contenté de bredouiller quelques vagues explications et s'est mis à siffloter, comme si c'était là le cadet de ses soucis.

Après la guerre, lorsque la France aura retrouvé sa place, que ferons-nous de Gérard et des gens comme lui ? À moins que l'Allemagne ne parvienne à conquérir le monde, et que le mal finisse par triompher ?

Mardi 24 juin

Une journée horrible. Vital est revenu du tribunal, accablé. Au dernier moment, l'acte d'accusation du jeune Aziz a été alourdi d'un fait nouveau. Il aurait aidé une famille juive à fuir Marrakech. Il s'agit de Juifs belges qui vivent ici depuis cinq ans : le père dirige l'entrepôt de la société d'export pour laquelle travaillait Aziz. Ce jeune homme a un cousin qui travaille sur le port de Casablanca, et ensemble ils avaient mis au point un stratagème pour permettre à cette famille belge d'embarquer sur un cargo brésilien.

Le pire, c'est que c'est notre cher beau-frère qui a révélé le pot aux roses. Apparemment, c'est là l'essentiel de son travail. Ce n'est pas un policier au véritable sens du terme, mais un membre de la police secrète.

Mercredi 25 juin

Je ne veux plus de mon bébé. Dans quel monde va-t-il naître ? Parler d'une « nouvelle vie » semble une plaisanterie de mauvais goût.

Aujourd'hui, j'ai assisté au procès. Vital, lui, présidait une session de la cour d'appel, juste à côté, mais il voulait avoir un récit fidèle des débats.

L'affaire a été rondement menée. Avec deux chefs d'accusation, ce garçon n'avait aucune chance. Il a essayé d'expliquer ses actes, mais le président, un vieux bonhomme nommé Raclot, que j'ai rencontré une ou deux fois à des soirées, a écourté ses déclarations. En revanche, il a écouté avec attention le réquisitoire de l'avocat général, le sinistre de La Nézière. Lui aussi me connaît, et de temps à autre, il me jetait un regard glacial, comme s'il remettait en cause mon droit d'assister à l'audience. Je me sentais presque coupable par contagion.

Le verdict était prévisible. Aziz a été condamné à la peine de mort pour haute trahison. La guillotine doit être apportée de Casablanca, ce qui devrait prendre une dizaine de jours. Au petit matin, il sera conduit dans la cour de la prison et on lui tranchera la tête. Les mots sont impuissants à décrire la cruauté d'un tel acte. Vital compte écrire au gouvernement de Vichy, mais il connaît déjà la réponse.

19

Le bourreau prinst une corde, a laquelle tenoit actaché un groux bloc, a tout une douloere tranchant, hantée dedans, venant d'amont entre deux pousteaulx, et tire ladite corde, en maniere que le bloc tranchant a celui gennevoys tumba antre la teste et les espaules, si que la test s'en va d'ung couste et le corps tumbe de l'autre.

Jean d'Auton, *Histoire de Louis XII*, 1615.

Alger, Algérie
Fin juin 1941
(Texte crypté.)

Fao Idaho Control AT G-2, quartier général de l'armée américaine.

L'attaché naval m'a autorisé à utiliser leur machine à crypter SIGABA M-134-C, livrée il y a une semaine par le sous-marin *Pampanito*, et classée top secret, même pour l'ambassadeur.

J'ai rencontré hier soir trois membres des Français libres. Il n'est pas possible d'envisager de rencontres régulières : les espions de la Gestapo sont partout, sans parler des agents italiens de l'OVRA, et les mouvements de chacun sont surveillés. Mes contacts ici ont adopté les noms de guerre suivants : Jacques Texier, Raymond Déchelette et Yves Hasquin ; eux me connaissent sous le nom de Bob Ballinger.

Je suis convaincu que si les États-Unis déclaraient la guerre à l'Allemagne, l'Afrique du Nord représenterait la tête de pont idéale. Mes contacts m'assurent que la Résistance bénéficie d'appuis considérables au Maroc, en Algérie et en Tunisie. Cela est vrai également dans l'armée, y compris au sein de la Légion étrangère. Apparemment, les Allemands ont truffé la Légion de leurs ressortissants, ce qui a entraîné des ressentiments et une fracture au sein de ce corps. Je recommande l'infiltration de quelques GI dans la Légion, de manière à bénéficier d'informations de première main. À moins qu'il n'y ait déjà des Américains ?

Le vrai problème, c'est de recruter des gens fiables pour la Résistance. Les Français ne font pas confiance aux indigènes, il ne reste donc que les Français eux-mêmes. Ils manquent de radios, n'ont pas de transmetteurs de codes et ne possèdent que quelques armes et peu de munitions.

La Résistance française a placé un officier expérimenté à la tête des activités clandestines en Afrique du Nord, le commandant Léon Faye, et il semble disposé à travailler avec les Britanniques. En revanche, mes contacts ne savent pas s'il serait favorable à une intervention américaine dans la région. J'essaie d'organiser une entrevue avec lui.

Je crois que nous nous focalisons trop sur l'Algérie. Le Maroc possède une côte atlantique et permet des contacts avec l'Afrique de l'Ouest. À mon avis, c'est ici qu'il faudrait envisager un débarquement.

Mes contacts insistent beaucoup sur le fait que les Américains ne devraient pas encourager les mouvements indépendantistes chez les Marocains. Cela ne ferait que leur aliéner les colons, qui cherchent à maintenir le statu quo après la guerre. Assurez-vous que cette requête soit bien transmise à tous nos services de propagande. Si nous ne travaillons pas avec les Français, si nous ne parvenons pas à nous assurer de leur coopération au cas où nous entrerions en guerre, notre action serait vouée à l'échec.

Ballinger. 4927BC8.

Jeudi 26 juin 1941

15, rue du Docteur-Madeleine
(ancienne rue du Djenan-Hartsi),
Ville Nouvelle, Marrakech.

M. Pétrus Loustaunau-Lacau
Procureur de l'État
Vichy

Mon cher Pétrus,

En proie à de vives inquiétudes d'ordre personnel, j'ai choisi de m'adresser à vous. Sauriez-vous me donner un conseil, voire m'apporter votre aide ? Je vous joins des papiers relatifs à l'affaire d'un jeune Marocain qui vient d'être condamné à mort pour des crimes qu'à mon avis il n'a pas commis. Il est, à n'en pas douter, coupable d'une infraction mineure (bien qu'à mon sens il ne s'agisse pas là d'une infraction) : avoir aidé quelques Juifs belges à quitter Marrakech. Quelle que soit la façon dont on puisse interpréter la loi (ce garçon, pour sa part, a fait référence aux déclarations du sultan sur la protection des Juifs, en y voyant des garanties données à tous les membres de cette race), cette infraction ne peut en aucun cas emporter la peine capitale. De même, on ne trouve là aucun élément permettant de fonder l'autre chef d'accusation, celui de trahison.

J'ai écrit au ministère de la Justice, bien qu'en stricts termes de droit aucun pourvoi en cassation ne soit possible. En dehors de motifs strictement humanitaires, ces deux lettres visent un but tout simple : en ces temps-ci particulièrement, j'estime de la plus haute importance de conserver sinon l'affection, du moins la loyauté du peuple marocain. Il est inconcevable qu'un jeune Arabe soit condamné à mort pour avoir respecté les volontés de son sultan. Plus grave, le fait que des chrétiens exécutent un musulman pourrait être considéré comme un affront à leur religion, et je n'ai pas besoin d'insister sur les conséquences qui pourraient s'ensuivre.

Je m'en veux de compter ainsi sur notre amitié, mon cher Pétrus, mais vous connaissez mon honnêteté, ma loyauté envers mon pays. Je ne peux me résoudre à voir ainsi mourir un innocent pour satisfaire un goût bien nouveau pour le châtiment. Nous avons conquis le Maroc avec de nobles intentions et nous nous sommes engagés à aider et à protéger son peuple. Or, il se développe ici un fort mouvement en faveur de l'indépendance, et si nous guillotinons ce garçon, je crains fort que les Arabes n'en fassent un martyr. Aidez-moi à empêcher cela si vous le pouvez.

Je vous prie de croire, mon cher Pétrus, à l'assurance de mes sentiments les plus respectueux.

Vital

Journal de Marie-Louise Guénaud
Jeudi 26 juin

Aujourd'hui, j'ai reçu l'autorisation de rendre visite à Aziz en prison, dans le sordide quartier de haute surveillance. Quelle inhumanité d'enfermer ainsi un garçon dans une cellule qui ressemble à un four ! On m'a laissée le voir pour des raisons « humanitaires », parce que, apparemment, il n'a pas de parents, et que les grands-parents chez qui il vit sont dans l'incapacité de lui rendre visite. Vital a appris qu'ils dépendent de lui financièrement, et que leur propriétaire menace de les chasser s'ils ne paient pas le prochain terme. Voilà encore autre chose dont il va falloir s'occuper.

À l'occasion de ma visite, on l'a enchaîné au mur par les bras et par les jambes. J'ai eu beau protester, on m'a répondu que c'était pour ma propre sécurité. J'ai demandé qu'on nous conduise ailleurs que dans cette cellule, mais le geôlier s'est contenté de secouer la tête avec un affreux sourire.

« Comment allez-vous, Aziz ? » lui ai-je demandé après leur départ. Il m'a regardée sans répondre. « Je suis Mme Guénaud. Mon mari est juge, conseiller à la cour d'appel, et il s'est inquiété de votre sort. » Toujours pas de réponse. J'ai essayé de m'adresser à lui avec mes quelques mots d'arabe, mais il me regardait comme un caniche qui danse sur deux pattes.

« Très bien, ai-je dit. Je vais continuer à vous parler dans mon mauvais arabe, et vous me corrigerez si je me trompe. »

Il a fait comme s'il ne m'avait pas entendue, alors je lui ai parlé comme avec notre bonne : du temps, de ce qu'on trouvait au marché, des nouvelles de la guerre. On m'avait accordé un quart d'heure, sans me garantir une autre visite, en sorte que ce que je lui racontais lui importait peu.

Et puis il s'est passé quelque chose, au moment même où j'entendais des pas dans le couloir. Je venais de parler de notre bonne, Shadiya, et lui avais raconté comment elle avait cassé quelques verres dans la cuisine, le matin même. « *Tiyeh el-kisan men et-tabla* », lui avais-je dit, décrivant ainsi fort mal la déconfiture de la pauvre Shadiya. J'étais présente et je n'avais pu m'empêcher d'éclater de rire devant sa mimique. Elle, de son côté, semblait soulagée, pour ne pas dire stupéfaite, de ne pas avoir été punie pour sa maladresse.

Alors que je mimais la scène, Aziz a brusquement éclaté de rire. Disparue, sa réserve hautaine. Il a ri comme cela pendant une bonne minute, puis, alors qu'on entendait le bruit de la clé dans la serrure, il m'a lancé : « Votre bonne est une fille, pas un homme. Il faut dire *tiyeht* et pas *tiyeh*. »

Les gardiens sont entrés.

« Merci d'être venue me parler, m'a-t-il dit.

— Ne vous inquiétez pas, ai-je répondu. Je reviendrai. »

Et j'entends bien revenir, même s'il faut pour cela aller voir le directeur de la prison.

Peu après mon retour de la prison, la sonnette de la porte d'entrée a retenti, et Shadiya a introduit Béatrice. J'ai été surprise qu'elle ne m'ait pas prévenue de sa visite. Hors d'elle et essoufflée, on aurait dit qu'elle avait couru tout le long du chemin.

« Mais enfin, qu'est-ce que ça veut dire ? m'a-t-elle lancé en entrant dans le salon, où je prenais le frais.

— Qu'y a-t-il ? ai-je rétorqué d'un ton très calme, tout en sachant parfaitement de quoi elle voulait parler.

— Tu es allée rendre visite en prison à ce petit dégénéré. Comment as-tu pu faire une chose pareille ? C'est une honte pour la famille ! Une petite merde d'Arabe !

— Béatrice, ai-je répondu avec le plus grand sang-froid, si tu n'es pas capable de te maîtriser et de parler calmement, sans utiliser d'obscénités, je serai obligée de demander à Shadiya de te raccompagner.

— De me… ? Écoute-moi bien, madame Sainte-Nitouche, tu as toujours été une pimbêche, mais là, tu es allée trop loin. Quand je pense que toi, une chrétienne, une Française, tu es allée voir un… »

Folle de rage, elle n'en trouvait plus ses mots, et j'en ai profité.

« Non, Béatrice, c'est toi qui vas m'écouter, et tu vas essayer de comprendre, malgré ta petite cervelle d'oiseau. Par charité chrétienne, je suis allée voir un enfant de Dieu, et je suis atterrée par ton manque de réflexion, ton manque de cœur et d'esprit chrétien. Tu pourras m'accompagner quand tu voudras : dans cette terrible situation, il a besoin de voir des visages et des sourires amicaux. Si tu veux le savoir, je pense également qu'il est innocent, même si je ne t'oblige pas à partager ce point de vue. Mais ne me refuse pas le droit de rendre visite à un condamné à mort dans sa cellule, comme le Seigneur nous enjoint de le faire. Et maintenant, Béatrice, je crois que le mieux serait que tu t'en ailles. »

Et, avec l'aide de Shadiya, je l'ai mise dehors. Jamais

je ne m'étais ainsi dressée contre elle, et elle en était muette de stupeur. De retour au salon, j'ai éclaté d'un véritable fou rire.

Ce soir, Vital est revenu fatigué du tribunal. Après le dîner, il m'a annoncé la nouvelle : la guillotine est prête à être acheminée.

20

Journal de Marie-Louise Guénaud
Lundi 30 juin

Au petit déjeuner, Vital m'a expliqué comment allait se dérouler l'exécution. Il tient à ce que je l'apprenne, et je crois savoir pourquoi.

Ce qui m'horrifie le plus, c'est tout le cérémonial qui l'entoure, cette solennité, même si elle a lieu honteusement, hors de la vue du public, comme un acte obscène et sordide.

On a toujours estimé que les exécutions devaient avoir lieu en public, mais Vital m'a raconté qu'il y a quelques années, on a décidé qu'elles se passeraient uniquement dans les cours de prison. Seul un groupe de magistrats et de fonctionnaires doit y assister, pour lui conférer un caractère officiel.

Cet après-midi, on m'a accordé une autre entrevue avec Aziz. Étant donné que personne ne vient rendre visite à ce garçon, et eu égard à ma position, le directeur de la prison m'a permis de le voir une heure par jour jusqu'au dernier moment. Il m'a dit aussi que si le condamné manifestait le moindre remords ou s'il témoignait du désir de se convertir à la vraie foi catholique, il autoriserait un prêtre à le visiter. J'ai fait valoir qu'un musulman serait plus indiqué, l'un des chefs d'une confrérie soufie, par exemple, ou bien un imam, mais il a écarté ma proposition d'un geste dédaigneux.

Évidemment, ce garçon ne manifestera pas le moindre remords, puisqu'il est innocent. Il a parlé librement, aujourd'hui, et je lui ai posé des questions sur la famille juive qu'il a aidée. Ne savait-il donc pas qu'il était illégal d'aider les Juifs étrangers ?

« Vous autres Français ne comprendrez jamais, m'a-t-il répondu. Pour vous, c'est toujours "Français", "Allemand", "Belge". Pour un musulman, tous ces noms ne représentent rien. Quand je considère le monde, je ne le vois pas divisé, comme vous, en nationalités. Pour moi et mes amis, il n'y a que des musulmans, des juifs, des chrétiens, et des païens. Avant l'arrivée des Français, nous n'envisagions pas le Maroc comme un pays séparé, mais comme une partie de *dar al-islam*, la maison de l'islam. Maintenant, c'est *bayt al-ankabout*, la maison de l'araignée…

— Nous appelons ça une toile.

— Oui. Quelques fils, rien de plus. Une souris peut la détruire en quelques secondes. J'imagine que vous n'avez pas lu le Coran.

— Un tout petit peu. J'ai une traduction française, chez moi, mais je trouve que c'est un livre difficile.

— C'est vrai, c'est difficile, surtout en arabe, où chaque mot possède plusieurs significations. Mais si vous faites un effort pour le comprendre, vous verrez que les juifs et les chrétiens y sont appelés « les peuples du Livre ». Et cela parce qu'ils possèdent les livres de Dieu, la Torah et l'Évangile. Dieu les appelle également « les peuples de la *dhimma* ».

Il hésitait, s'efforçant de trouver le mot juste, mais moi je ne pouvais pas l'aider. Involontairement, mes yeux parcouraient sa cellule, qui ne devait pas faire plus de deux mètres sur deux. Aziz était toujours enchaîné au mur. Son visage ruisselait de sueur, et des gouttes coulaient sur sa fine djellaba. Cette pièce minuscule et crasseuse grouillait d'insectes, et j'avais du mal à dissimuler mon dégoût. Comment osait-on laisser un condamné à mort dans un endroit pareil ?

« Je crois que la *dhimma* est un accord, m'a-t-il dit. Dans ce cas-ci, Dieu accorde sa protection aux juifs. Tant qu'ils ne se conduisent pas avec arrogance et ne se rebellent pas contre les musulmans, ceux-ci doivent veiller à ce qu'il ne leur soit fait aucun mal. Quand j'ai vu que mes amis étaient menacés, je n'ai pas pu me tenir en retrait et les laisser se faire maltraiter. En tant que musulman, mon devoir était de les protéger. »

M. Henri Le Gentilhomme,
procureur de l'État, Marrakech.

1er juillet 1941

À la requête de M. Proudhon, procureur général près la cour d'appel, et en application de l'article 26 du code de procédure pénale, j'informe les personnes dont les noms suivent qu'elles sont tenues d'assister à l'exécution du traître Aziz Larbi, ladite exécution devant avoir lieu le mardi 8 du présent mois à la prison du Guéliz, à Marrakech.

M. René Raclot, président de la cour d'assises.

M. André Desfourneaux, substitut du

procureur, spécialement désigné par le procureur général.

M. Albert Peyravin, conseiller à la cour d'appel.

Journal de Marie-Louise Guénaud
2 juillet

Chaque jour, il m'en apprend plus sur lui. Avec quelle rapidité sa colère et sa timidité ont disparu ! Mais chaque heure est précieuse, il n'y a pas de temps à perdre et il a tant à dire. Moi, je l'écoute en souriant, comme si nous avions tout le temps devant nous. J'avais peur qu'il n'évoque son affaire, qu'il ne proteste de son innocence et me demande d'intervenir auprès de Vital et de ses juges pour un pourvoi en cassation. Mais, à ma grande surprise, il n'a rien fait de tout cela. Il semble accepter son destin, même si, de temps à autre, il laisse échapper quelque marque de regret pour le monde dans lequel il vivait encore un mois auparavant. Je n'ai rien à lui offrir en remplacement de ce que l'on va lui ôter, alors j'essaie de me montrer ferme et je l'encourage à parler des moments les plus heureux de sa vie. Il est assez triste de constater qu'il y en a eu peu.

À mon retour à la maison, Vital m'a annoncé que la guillotine était prête et serait livrée à Marrakech après-demain.

M. Henri Le Gentilhomme,
procureur de l'État, Marrakech.

3 juillet 1941

Au nom du peuple français

Il est ordonné à M. l'Exécuteur des hautes œuvres de se saisir du dénommé Larbi Aziz, condamné à la peine capitale par la cour d'assises de Marrakech le 25 juin 1941, et de procéder à son exécution dans l'enceinte de la prison du Guéliz, le 8 juillet, à l'heure légale du lever du soleil.

Journal de Marie-Louise Guénaud
4 juillet

Tous les jours, à présent, je lui apporte de bons plats cuisinés par Shadiya, de petites choses comme de la *harira*, et du thé à la menthe, commandé dans un café voisin. Il est apathique, il a renoncé à tout espoir, et pourtant il attaque ses repas avec un appétit qui me sidère, comme si son corps refusait d'admettre le sort qui sera le sien d'ici peu.

Vital continue de se démener, et je ne doute pas qu'en d'autres circonstances il aurait au moins obtenu un sursis à exécuter. Mais des amis commencent à lui chuchoter à l'oreille : « Ne te mêle pas de cette affaire », « songe aux conséquences », « ce n'est qu'un Arabe », « laisse le sultan s'occuper de ce garçon », « nous sommes en guerre, Vital, nous ne pouvons nous permettre le luxe d'être indulgents envers les traîtres », « mieux vaut tenir ta langue », « prends garde, sinon on va croire que tu appartiens à la Résistance », « fais attention », « sois prudent », « songe à ta femme, à ton enfant et à celui qui va naître », « tu en fais trop, quant à ta femme… ».

Aziz n'est pas un « garçon », bien sûr, c'est un homme qui avait la vie devant lui. Aujourd'hui, il m'a révélé qu'on lui avait présenté une jeune fille qu'il avait rencontrée plusieurs fois au cours de l'année (strictement chaperonnée, bien sûr), et qu'il pensait l'épouser.

208

Elle s'appelle Nouria, et elle est professeur dans une madrasa, une petite école arabe de la médina, où elle enseigne le français et l'économie domestique à des jeunes filles.

Aziz parle d'elle avec enthousiasme, et le portrait qu'il m'en a dressé m'a laissé une impression profonde. Il veut la voir et ne comprend pas pourquoi elle n'est pas venue lui rendre visite. Il ne possède même pas une photo d'elle. J'ai promis de me renseigner.

M. Antoine Solanges,
exécuteur des hautes œuvres,
à M. le Procureur de l'État, Marrakech.

Le 4 juillet 1941

Je tiens à porter à votre connaissance que les bois de justice sont arrivés à Marrakech, en provenance du port de Casablanca, et qu'ils ont été confiés à la garde de mon aide, M. Pilorges.

M. Pilorges et moi-même avons reçu le matériel suivant :

Une base en forme de croix, pesant 112 kilos.

Un ensemble de montants en bois de 2,50 mètres de hauteur, avec un haut transversal, équipé de cannelures en cuivre, languettes et tourillons en acier.

Une lame en acier, qui doit être affûtée.

Un mouton, ainsi que deux moutons supplémentaires.

Une bascule.

Trois cordes.

Une série d'amortisseurs de choc en caoutchouc.

Une lunette.

Ces éléments seront assemblés dans la cour de la prison demain, et le mécanisme essayé afin que tout soit prêt pour le 8 du mois courant.

Je vous prie d'agréer, monsieur le Procureur, l'assurance de mes sentiments respectueux.

Antoine Solanges

Bourreau d'État, région autonome de Marrakech.

21

Journal de Marie-Louise Guénaud
5 juillet

Il hante mes rêves et, avec lui, l'image effroyable de la guillotine. Je ne suis pas amoureuse de lui, je n'éprouve aucun désir charnel pour lui, mais une manière de passion, et l'idée de le perdre bientôt m'est insupportable.

J'ai réussi à voir Nouria à la madrasa, à l'heure du déjeuner. C'est une fille délicieuse, très jolie et réservée, comme doit l'être toute jeune musulmane. Nous sommes allées marcher dans le jardin du palais de Bahia, situé tout près de son école.

La malheureuse est dans tous ses états. Tous les jours elle va à la prison et demande à lui rendre visite, en arguant du fait qu'elle est sa fiancée, mais, comme elle n'a aucun papier pour prouver ses dires, les gardes la renvoient. Chaque fois, elle s'attend qu'on lui annonce son exécution. Je lui ai assuré qu'il était toujours en vie et lui ai promis de faire de mon mieux pour lui obtenir un permis de visite, mais sans rien lui garantir, bien entendu.

Je dois retourner à l'école demain pour l'emmener à la prison et lui ai dit aussi qu'Aziz aimerait avoir une photo d'elle. Elle en fera faire une dans un des kiosques de Djemaa el-Fna. Je lui ai conseillé d'aller voir le petit homme manchot, qui, peut-être en raison de son infirmité, accueille volontiers les femmes qui veulent se faire photographier sans leur voile.

À M. Vital Guénaud,
conseiller à la cour d'appel de Marrakech,
15, rue du Docteur-Madeleine
(ancienne rue du Djenan-Hartsi),
Ville Nouvelle, Marrakech.

Le 6 juillet 1941

Mon cher Vital,

J'ai reçu votre aimable lettre ce matin et je vous réponds tout de suite de façon à bénéficier du nouveau service de poste aérienne entre Vichy et Rabat. Vichy a été grandement transformée par tous ces événements. Il y a quelques mois encore, c'était une petite ville somnolente, terriblement provinciale et où il ne se passait pas grand-chose. À présent, on la croirait au centre de l'univers, ou tout au moins de l'univers français. Les membres du gouvernement et de la haute administration ont même du mal à se loger ! Je ne doute pas que vous viviez des jours plus tranquilles dans votre havre colonial. On raconte tant de choses sur Fès et sur Marrakech, les palmiers, les casbahs mystérieuses, les femmes si belles sous leurs voiles. Laissons l'Égypte aux Anglais et gardons pour nous le Maroc !

Mais qu'ai-je donc écrit là ? Ce sont des propos bien risqués, de nos jours, alors même que nos alliés allemands et italiens mènent de rudes batailles pour s'emparer de l'Égypte. Cela dit, je ne pense pas que la guerre dans ces régions-là vous affectera.

Dans votre lettre, vous ne me parlez pas de la très belle Mme Guénaud. J'écris « très belle » parce que notre cher Loys m'a montré la superbe photo prise à votre mariage. Elle semble tout à fait charmante, et mon informateur (encore Loys) me dit que vous attendez un heureux événement. J'en suis ravi pour vous : dire qu'à votre âge vous ne connaissiez pas encore les joies de la paternité ! Devançant vos questions, je vous apprendrai qu'Élise se porte comme un charme, et que l'aîné termine cette année sa classe de philosophie. Mais que lui réserve l'avenir ? Par les temps qui courent, il serait bien présomptueux de se prononcer.

En ce qui concerne votre martyr, j'ai bien peur de ne pouvoir rien faire. Je comprends vos inquiétudes relatives aux troubles qui pourraient naître chez les indigènes, mais c'est une question qui regarde les militaires. Je sais que le colonel Duquesne, qui dirige la garnison de Marrakech, est un formidable guerrier, et qu'il écraserait sur-le-champ toute tentative de révolte, au cas où un nouvel Abd el-Krim s'aviserait d'en lever l'étendard. Croyez-moi, mon cher Vital, laissez-lui régler ce genre de problèmes.

D'ailleurs, pour être franc, je dois vous dire que cette affaire risque de vous porter tort. On a appris ici vos multiples interventions en faveur de ce garçon, et tout le monde, dans le milieu judiciaire, je dis bien tout le monde, est d'avis qu'il faut que vous en restiez là. Arrêtez avant qu'il ne soit trop tard. L'époque n'est pas aux gestes nobles, ce que pourrait vous dire le premier lycéen venu. Notre pays vient de connaître la plus grande et la plus honteuse défaite militaire de son histoire, et aucun Français fidèle à sa patrie ne songerait à entretenir la moindre relation avec un traître. Il ne sert à rien d'objecter que ce garçon est fidèle à la France. D'abord, peu d'Arabes le sont, et même ceux qui protestent de leur fidélité, comme le Glaoui, voient avant tout les avantages qu'ils peuvent en tirer. Car enfin, Vital, ce garçon a reconnu qu'il avait tenté d'aider des Juifs à échapper à la juridiction française. On peut retourner la question dans tous les sens, il s'agit bel et bien de trahison, et il n'est bon ni pour vous, ni pour votre épouse, ni pour vos enfants que votre nom soit associé à ce crime. Je regrette de m'être à ce point étendu sur ce sujet, mais il fallait bien que ces choses-là soient dites. Un père soucieux de l'intérêt de son fils ne se serait pas adressé à vous autrement.

Pour aborder un sujet plus gai, sachez que de nombreux changements sont intervenus ici, et que vous auriez tout intérêt à revenir. Tous les postes intéressants autrefois occupés par les Juifs sont désormais vacants, et même la lanterne rouge de sa promotion peut espérer en récupérer un. Avec votre expérience et votre excellente réputation, vous n'auriez aucun mal à être nommé à un poste de prestige. Mais il faut vous hâter : ces postes ne demeureront pas vacants indéfiniment. Tant pis pour les Juifs, tant mieux pour les Français.

Prenez soin de vous, et suivez mon conseil. Et surtout, n'oubliez pas la règle d'or de tout magistrat : toujours suivre la raison et ne jamais se laisser guider par son cœur.

Amicalement,

Pétrus

Journal de Marie-Louise Guénaud
6 juillet

Aujourd'hui, j'ai conduit Nouria à la prison. Tout le long du chemin, elle tremblait, appuyée à mon bras. Elle dit qu'elle l'aime et qu'elle se tuera si on le guillotine. Je ne lui ai pas encore révélé que l'exécution doit avoir lieu dans deux jours.

J'ai demandé à voir le directeur de la prison et usé de toute mon influence auprès de lui. Il a accepté une visite, mais réduite à cinq minutes seulement. La malheureuse lui en a été reconnaissante, et je l'ai accompagnée jusqu'à la cellule, où les gardiens, malgré mes demandes, ont refusé d'ôter les chaînes d'Aziz. Elle en est ressortie comme morte, et je ne lui ai pas demandé ce qu'ils s'étaient dit au cours de ces cinq minutes.

Je l'ai ramenée à la médina en taxi. Durant tout le trajet, elle a regardé par la vitre d'un air hébété, mais sans pleurer une seule fois. Nous sommes descendues à la porte Aguenaou et je l'ai raccompagnée jusque chez elle, dans sa famille, au fond d'une ruelle obscure. Sa mère nous a ouvert la porte, m'a invitée à entrer. Une fois à l'intérieur, Nouria s'est évanouie. Avec l'aide d'une de ses sœurs, nous l'avons allongée sur un lit et aidée à reprendre conscience. Le mariage était accueilli favorablement dans cette famille comme dans celle du fiancé, et leur détresse est évidente. Je me suis entretenue avec la mère, l'une des sœurs nous servant d'interprète. J'ai expliqué la situation du mieux que j'ai pu, en insistant sur le fait qu'il n'y avait plus aucun espoir de le sauver. Sa mère m'a appris que le sultan avait exprimé au résident général son mécontentement de voir mis à mort un musulman dans de telles conditions, et qu'ils attendaient le résultat de cette entrevue. J'ai demandé quand elle avait eu lieu, et on m'a répondu : une semaine auparavant. Je leur ai alors dit que l'exécution était prévue pour le surlendemain, mais leur ai prié de ne l'annoncer à Nouria que quelques jours plus tard. La mère n'a pas réagi, mais j'ai senti qu'elle me comprenait.

« Revenez nous voir, m'a-t-elle suppliée. Quand tout cela sera terminé. *Allah yahennik, Allah yahennik*… »

Après mon départ, sa voix a résonné longtemps dans mes oreilles. Pendant plusieurs heures, je me suis sentie incapable de retourner à la prison, mais je ne pouvais pas non plus manquer ma visite, car je ne le verrai plus que deux fois. J'ai donc fini par m'y rendre.

À mon arrivée, j'ai bien vu qu'il était d'humeur sombre.

« Je me demandais où vous étiez, m'a-t-il dit.

— J'ai ramené Nouria chez elle et j'ai passé quelque temps avec sa mère et l'une de ses sœurs.

— Najiya. Oui, Najiya saura s'occuper d'elle.

— Et vos grands-parents ? ai-je lancé. Y aura-t-il quelqu'un pour s'occuper d'eux ?

— Après ma mort ? »

Les vannes, alors, se sont ouvertes. Il m'a parlé de ses grands-parents, de la mort de ses parents, de la façon dont ses frères et ses sœurs avaient été dispersés au moment de leur disparition et accueillis dans la famille. Il parlait sans reprendre haleine, et chaque fois qu'il prononçait un nouveau nom je devinais son désir de les revoir.

Ce soir, nous avons reçu la visite du Dr Monestier, le plus vieil ami de Vital à Marrakech, et qui est devenu également l'un de mes grands amis. Il travaille comme chirurgien à l'hôpital civil, non loin de la prison. Parfois, il vient nous voir sans prévenir (on fait moins de cérémonies, ici) et discute pendant des heures avec Vital. C'est un homme sage, toujours très bien renseigné, et je m'y suis grandement attachée.

Au cours de sa visite, il n'a rien dit qui ait pu me mettre dans l'embarras, et j'ai même senti qu'il approuvait mon attitude, bien que j'aie du mal à parler d'Aziz avec d'autres que Vital.

Avant son départ, j'ai pourtant tenu à lui poser une question.

« Docteur Monestier, si ça ne vous ennuie pas, j'aimerais… vous demander quelque chose.

— Mais bien sûr, Marie-Louise. Est-ce au médecin que vous vous adressez ? Je croyais que cela se passait bien avec le Dr Chomat. Il ne vous accorderait pas toute l'attention que vous méritez ?

— Si, si, c'est un excellent médecin. D'après lui, le bébé se porte à merveille, et il m'a assuré qu'il serait présent à l'accouchement, quoi qu'il arrive.

— Parfait. C'est un homme très compétent. Vous êtes entre de bonnes mains. Alors, s'il ne s'agit pas de votre grossesse, de quoi s'agit-il ?

— Vous savez, je pense, que je vais rendre visite à un jeune homme, en prison ? »

Il acquiesça, mais sans rien dire. Vital, qui se trouvait de l'autre côté de la pièce, est venu nous rejoindre et a déposé un baiser sur mon front.

« Je vais aller me coucher, a-t-il dit. J'ai une rude journée de travail, demain. Ne tarde pas trop, ma chérie. »

Je lui ai rendu son baiser, et j'ai senti son inquiétude lorsqu'il s'est retourné une dernière fois, nous laissant seuls, le Dr Monestier et moi.

« Il s'appelle Aziz. Il doit être guillotiné mardi à l'aube, et je crois qu'on ne peut plus rien faire pour empêcher son exécution.

— Vous le croyez innocent ?

— Oui, j'en suis convaincue.

— Très bien, cela me suffit. Que puis-je faire ?

— Aujourd'hui, il m'a posé une question à laquelle je n'ai pas pu répondre, et depuis je n'ai cessé d'y penser. Il m'a demandé s'il allait souffrir lorsque la lame de la guillotine lui trancherait le cou, et combien de temps il demeurerait conscient après. Cher docteur, que puis-je lui répondre ? Et je tiens à lui dire la vérité.

— Pourquoi m'appelez-vous toujours "docteur" ? s'est-il enquis avec un petit sourire. Considérez-moi comme un ami. Vous êtes la femme la plus courageuse que je connaisse, et j'admire la façon dont vous allez rendre visite à ce garçon. Je ne sais pas si moi-même j'aurais cette témérité, et je connais peu de Français qui agiraient comme vous. Mais vous m'avez posé une question…

» En vérité, la science ne peut y apporter de réponse exacte. Un certain professeur Soemmering a déclaré un jour : "Si l'air circulait encore dans les cordes vocales, ces têtes parleraient." Malheureusement pour lui, la plupart de ses collègues l'ont considéré comme un fou pour avoir dit cela, et je suis assez enclin à partager leur opinion.

» Pourtant, je ne peux pas non plus en rester là. De nombreux médecins se sont livrés à des expériences à ce sujet. En 1905, un certain Dr Beaurieux s'est placé de façon à observer la tête d'un criminel nommé Languille, au moment même où on la tranchait. Il affirme avoir constaté des contractions spasmodiques pendant cinq ou six secondes. Puis le visage s'est détendu et les yeux se sont fermés.

» À ce moment-là, Beaurieux a appelé Languille par son nom et, horrifié, il a vu les paupières s'ouvrir lentement et Languille le regarder. Cela a duré quelques secondes, puis les yeux se sont refermés. Il l'a appelé une deuxième fois, et, de nouveau, les yeux du supplicié l'ont regardé de façon consciente. Au troisième appel, Languille n'a pas réagi. Un certain Dr Pettigand a également observé quelque chose de similaire.

» Mais rien de tout cela n'est très scientifique. Il n'y a plus de flux sanguin, les nerfs qui mènent au cerveau ont été tranchés d'un coup, et le sang qui reste dans le cerveau a dû s'épancher. En résumé, ma chère, les lumières se sont éteintes. Il n'a aucune crainte à avoir. Dites-lui d'imaginer ce que pourrait être un coup violent porté à la tête. Ne perdrait-il pas conscience immédiatement, sans rien se rappeler par la suite ? Dans un moment comme celui-ci, il n'a que faire de la science, il a besoin qu'on le rassure. Lorsque vous le verrez demain, rassurez-le donc sur ce qui l'attend. »

22

7 juillet

J'ai fait de mon mieux. Je lui ai dit que j'en avais parlé avec le Dr Monestier, j'ai loué les grandes compétences de mon ami et laissé entendre qu'il avait des connaissances particulières en la matière. Mais je sentais bien qu'Aziz n'était pas complètement convaincu, et qu'il redoutait toujours de voir et d'entendre tout après la chute du couperet.

« Ne verrez-vous pas l'ange de la mort ? lui ai-je demandé, en tentant ainsi d'utiliser mes maigres connaissances en matière de religion musulmane.

— Cela se produira au cimetière. Deux anges viendront me questionner et me tourmenter. L'un est Monker, l'autre Naker. Ils me feront asseoir et m'interrogeront sur ma foi. Mais si je n'ai pas de tête, comment vais-je répondre ? »

Je lui ai dit que je pourrais faire en sorte qu'un prêtre mahométan l'assiste, mais il a rétorqué qu'il était trop tard pour rien changer. Je lui ai demandé si, dans sa religion, on pratiquait la confession des péchés, et il m'a répondu que non, qu'il suffisait de croire et de pratiquer le bien.

Il s'est enquis de mon futur bébé, et nous avons parlé

de son avenir, nous nous sommes demandé si ce serait un garçon ou une fille. Je lui ai dit que si c'était un garçon, je l'appellerais Aziz, et une fille, Aziza. Il a eu l'air à la fois surpris et heureux.

Puis, sans que nous ayons vu le temps passer, le moment était venu de m'en aller. Je le serrai dans mes bras du mieux que je le pus, et nous nous mîmes à pleurer. Puis, soudain, il me repoussa.

« Pourquoi ? m'inquiétai-je. Demain, il sera trop tard.

— Venez, demain matin, me dit-il, le visage ruisselant de larmes. À l'aube. Je veux que vous soyez là.

— Mais je ne suis pas…

— Je ne peux le demander à personne d'autre. Ne me laissez pas affronter ça tout seul. Promettez-moi que vous viendrez. »

J'ai réfléchi avant de répondre. Au cours de ces quelques jours, je lui avais fait tant de promesses. Pouvais-je lui refuser celle-ci ? D'un autre côté, l'idée de le voir subir ce châtiment barbare m'effrayait tellement que je craignais de m'évanouir, mais il avait besoin de courage et non de faiblesse. Alors je lui ai souri et lui ai dit oui, puis je me suis enfuie de cette cellule comme si j'avais tous les diables à mes trousses.

Mardi 8 juillet

Depuis cet instant, les démons ne m'ont pas quittée. Chaque heure, chaque minute, ils se multiplient. Mon Dieu, que puis-je faire ?

Vital a été bouleversé par la requête d'Aziz et m'a demandé de ne pas y aller, mais comment manquer à ma parole ? À la fin, il s'est rendu à mes raisons, mais semblait néanmoins mécontent.

Cette dernière nuit, je l'ai passée dans l'angoisse, sans dormir. Monestier m'a apporté un breuvage, mais je ne l'ai pas pris, car je risquais de ne pas me réveiller ou de m'assoupir dans la cour de la prison. Les démons n'ont que faire de l'absence de sommeil : toute la nuit, ils ont dansé leur sarabande autour de moi. De temps en temps, je m'endormais brièvement mais j'étais bientôt réveillée par d'effroyables cauchemars.

Je me suis levée tôt, bien avant l'aube, et j'ai gagné la prison. Cette fois-ci, Vital est venu avec moi. Pierre Valois, l'un des magistrats qui devaient assister à l'exécution, étant tombé malade au dernier moment, Vital en a profité pour le remplacer, en demandant que je puisse être présente moi aussi. On nous a fait entrer dans le bâtiment par une porte latérale, et nous avons suivi de longs couloirs avant de déboucher dans la cour. Une douzaine d'hommes, huit témoins et quelques fonctionnaires de l'administration pénitentiaire, étaient rassemblés autour de la grosse machine. Il faisait encore sombre et la scène était éclairée par quelques lampes tenues à la main.

Lentement, le ciel s'est illuminé, et lorsque le jour fut complètement levé le directeur a fait son apparition. Il m'a jeté un regard désapprobateur, mais n'a pas ralenti l'allure. Il a donné des ordres, puis nous avons entendu des bruits de clé et la phrase rituelle : « Soyez courageux. »

Quelques instants plus tard, on a amené Aziz, qui clignait des yeux dans la lumière du petit matin. Lui non plus n'avait pas bien dormi et avait sans nul doute été la proie de cauchemars.

Il m'a regardée. Je me tenais face à la guillotine, de façon qu'il me voie bien. Il m'a adressé un pauvre sourire, puis on l'a saisi par les bras et attaché debout sur la bascule. Après quoi, on a abaissé la planche et poussé sa tête dans la lunette. Mon cœur battait la chamade et j'étreignais violemment la main de Vital.

Un instant plus tard, on a lâché la corde, et la lame, alourdie par le mouton, est tombée avec force, tranchant d'un seul coup la chair et l'os. L'un des gardiens s'est avancé et a levé la tête en la tenant par les cheveux, pour bien montrer aux témoins que justice avait été faite.

Je ne sais quel démon s'est alors emparé de moi. J'ai lâché la main de Vital, me suis un peu avancée et j'ai appelé Aziz par son nom. Attendais-je une réponse ou bien cherchais-je à me persuader que les morts ne peuvent ni nous voir ni nous entendre ? Je ne m'en souviens pas, car j'étais à moitié en transe.

Ses yeux se sont ouverts, non pas obscurcis par un manque de conscience, mais sur un regard aigu, presque vif. Il m'a regardée droit dans les yeux, et sur son visage j'ai lu l'horreur. Puis ses lèvres ont bougé, comme s'il voulait dire quelque chose, et enfin ses yeux se sont refermés. Je n'ai pas prononcé son nom une seconde fois, et je me suis détournée.

Samedi 12 juillet 1941
M. et Mme Bombois
5, rue de la Fauvette
Épernay

Mes chers beaux-parents,

J'ai de bien tristes nouvelles à vous apprendre concernant ma tendre épouse, votre fille chérie Marie-Louise, mais vous me pardonnerez de ne pas entrer dans les détails. Ce qui est arrivé est arrivé, et nous devons désormais nous soutenir dans cette épreuve.

Hier, à onze heures du soir, après plusieurs

jours de maladie, ma chère épouse a perdu l'enfant qu'elle portait depuis des mois, et dont nous attendions la naissance avec tant de joie. La cause de cette tragédie est à n'en pas douter la tension due aux événements de ces dernières semaines. Son médecin, le Dr Chomat, et mon ami, le Dr Monestier, deux personnes parmi les plus estimables de cette ville, sont d'accord pour dire que cette perte est à mettre au compte d'événements extérieurs et non à une quelconque maladie ou faiblesse.

Elle éprouve en ce moment la plus grande détresse morale, à la fois pour ce bébé et pour la mort d'un jeune homme de notre connaissance, cruellement exécuté il y a quelques jours. Le bébé aurait porté le nom d'Aziz, un nom marocain qu'elle affectionnait tout particulièrement.

Soyez assurés que les meilleurs soins lui sont prodigués et qu'avec l'aide de la médecine, elle se remettra sous peu. Elle est jeune, je suis en bonne santé, et vous serez prochainement grands-parents.

Pardonnez-moi si je ne vous écris pas plus longuement, mais j'ai tant à faire à la maison, et les tribunaux ici sont fort encombrés, comme ils doivent l'être, j'imagine, en métropole. Nous pensons souvent à vous, et espérons que les rigueurs de l'Occupation ne dépasseront pas pour vous les limites du tolérable. Je viens de parler à l'instant avec Marie-Louise, et elle me charge de vous dire que, pour elle, le pire est passé, et qu'elle vous envoie tout son amour.

Béatrice est venue lui rendre visite plusieurs fois, mais pas Gérard, qui, pour être franc, ne nous apprécie guère. Je fais mon possible pour parvenir à une manière de réconciliation, mais Gérard est devenu un homme très différent de celui que vous avez connu en France. Ces temps sont éprouvants pour tout le monde. Pour autant, vous pouvez être fiers de votre fille Marie-Louise. Elle est courageuse, sage et attentionnée. Lorsque sera venu pour elle le moment d'accomplir son devoir, soyez certains qu'elle ne demeurera pas en arrière.

Votre beau-fils,
Vital

P.-S. : Il s'est passé un autre événement que, d'après moi, il ne faudrait révéler à Marie-Louise qu'en cas d'absolue nécessité. Ce jeune homme avait une fiancée, nommée Nouria, un nom magnifique qui signifie « illuminée » ou quelque chose d'approchant. Ayant appris la date de son exécution, la jeune fille avait plusieurs fois essayé de voir Aziz une dernière fois, mais à chaque tentative on l'avait renvoyée de la façon la plus brutale. Lundi matin, cependant, elle est arrivée à la prison avant l'aube et s'est présentée au gardien en faction. Cet homme, une canaille qui n'a quitté Paris que pour échapper à une arrestation, a réussi à persuader Nouria qu'il accéderait à sa demande en échange de ses faveurs.

Croyez-moi, qu'une jeune fille aussi religieuse et bien élevée ait pu envisager un tel marché paraît à peine croyable, mais son désespoir était tel qu'il a dû emporter toute autre considération. Seule lui importait la possibilité de voir son fiancé une ultime fois, de pouvoir lui dire son amour. Ce gredin l'a donc conduite dans la salle des gardes, l'a déshabillée et a abusé d'elle. À cet instant, ses collègues sont arrivés pour prendre leur service du matin et, voyant la fille nue et tremblante, ils ont eux aussi assouvi leurs bas instincts.

Comme si cela ne suffisait pas, l'un des nouveaux venus, un misérable nommé Lemaître, une brute dépourvue de tout sens moral, a emmené la fille nue jusqu'à la cellule du condamné à mort, voisine de la salle des gardes. Tandis qu'un de ses amis réveillait Aziz, Lemaître exhibait les charmes de la malheureuse devant ce garçon qui la voyait nue pour la première fois et comprenait forcément qu'on lui avait volé son honneur. Je préfère ne pas imaginer ce qui est passé par l'esprit de ce pauvre garçon, mais je sais qu'il a dû emporter ses pensées jusqu'à la guillotine.

Comme vous pouvez vous en douter, l'histoire ne s'arrête pas là. La famille de Nouria, inquiète de son absence mais devinant qu'elle s'était rendue là-bas, est arrivée trop tard à la prison. Elle était déjà partie, silhouette furtive dans les ombres du petit matin, pour gagner le djebel Guéliz, la colline qui surplombe le camp militaire Mangin, puis a escaladé les fortifications couronnant le sommet.

On ne saura jamais combien de temps elle aura hésité, mais peu après une sentinelle a aperçu son corps au pied des remparts. Suivant la coutume, elle a été enterrée le jour même dans le cimetière musulman, à l'est de la vieille ville. Marie-Louise ignore tout cela, et je ne tiens pas à ce qu'elle le sache pour le moment. J'imagine que, plus tard, elle demandera des nouvelles de cette fille et qu'elle apprendra alors la vérité, mais on peut lui épargner les détails. Soyez assurés que je mets tout en œuvre pour faire traduire ces criminels en justice, mais je crains que leur châtiment ne soit bien léger.

LES SALLES DE MÉDITATION
DE SI MAHMOUD ABOU CHAIB

23

Elle sortit en courant de l'hôtel, les yeux emplis de larmes. Il l'avait trompée, il l'avait trahie en assassinant cet homme sous ses yeux. « Eh bien que la police l'arrête ! songea-t-elle. Qu'on le mette en prison et qu'on jette la clé ! »

Elle essuya les larmes qui lui brouillaient la vue, et deux hommes qui se tenaient devant l'hôtel lui lancèrent ce regard inquisiteur que les Marocains réservent aux étrangères. Depuis longtemps, elle avait appris à passer outre les regards qui déshabillent, à les balayer d'un geste ou d'un ricanement.

Elle s'apprêtait à faire de même, mais déjà les hommes avaient reporté toute leur attention sur l'entrée de l'hôtel, semblant attendre quelque chose. Ils riaient.

Comme le plus grand des deux se penchait légèrement pour jeter son mégot de cigarette, Justine aperçut son visage à la lueur d'un lampadaire. C'était l'un des deux voyous du restaurant de Taddert. Le cœur battant, elle s'éloigna de quelques pas.

Elle venait de comprendre son erreur. Elle aurait dû voir tout de suite que Nick n'avait pas tué Duncan Todd, pour autant que ce fût bien son collègue, allongé sur le sol. Pourquoi aurait-il fait venir son ami jusqu'à

Marrakech pour le poignarder ? Et aussi ouvertement ?
C'était absurde.

Ces deux hommes, devant l'hôtel, étaient les tueurs.
Après avoir poignardé Duncan, ils avaient averti la
police dès l'arrivée de Nick. Soit ils l'avaient reconnu
malgré son déguisement, soit ils étaient remontés
jusqu'à lui grâce à Justine. Et s'ils attendaient dans la
rue, c'était probablement pour s'assurer de son arrestation, avant de rentrer à Ouarzazate.

Un mouvement se produisit à l'entrée de l'hôtel, et
Nick apparut, menotté, entre deux policiers, devant une
petite foule de clients et d'employés. Nick avait été
frappé, cela se voyait, sa chemise et son pantalon étaient
maculés de sang. Une nuit de cellule, se dit Justine, et il
avouerait tout ce qu'on lui demanderait.

Elle se rappela alors le taxi qui les attendait. À travers
la vitre ouverte, s'échappaient des volutes de fumée de
cigarette et la musique de Cheb Zahouani, le célèbre
chanteur de raï algérien.

Sans hésiter, elle se précipita sur les policiers qui traînaient Nick vers leur voiture. Le premier, un Berbère
immense, le tenait de la main gauche, tout en essayant
de joindre quelqu'un sur son téléphone portable, probablement le commissariat, tandis que l'autre, tout jeune,
maintenait Nick avec fermeté en l'abreuvant d'injures.

— Messieurs ! s'écria Justine. Faites quelque chose.
Les assassins sont là-bas, je les ai vus poignarder
l'Anglais, là-haut ! Celui-ci n'est qu'un complice. Vite,
ils vont s'enfuir !

Les deux policiers s'immobilisèrent, stupéfaits ;
Justine, de son côté, avait agi spontanément, cherchant
avant tout à créer une diversion pour permettre à Nick de
s'enfuir.

Elle n'avait pas pensé aux deux tueurs de Ouarzazate.

En voyant une inconnue les montrer du doigt aux policiers, l'un d'eux tira un pistolet de la poche de sa veste, pendant que l'autre détalait à toutes jambes.

— *Dghiya ! Dhgiya !* s'écria Justine. Dépêchez-vous ! Il y en a un qui s'enfuit !

Le plus grand des deux policiers, dégainant lui aussi son arme, se lança à la poursuite du fuyard, alors que l'autre truand ouvrait le feu. Touché, Nick bascula en arrière, entraînant le policier avec lui.

Justine poussa un hurlement, courut vers Nick, mais glissa dans une flaque de sang. Il avait été touché à la cuisse et sa blessure saignait déjà abondamment.

Le policier se remit debout et riposta plusieurs fois, manquant son agresseur qui, après avoir tiré une dernière balle, s'enfuit à la suite de son compagnon.

— Dépêchez-vous ! hurla Justine. Je me charge de votre prisonnier. De toute façon, il ne peut pas bouger.

Le policier hésita une fraction de seconde mais, voyant Nick allongé dans une mare de sang, il se rua à la poursuite du fuyard. Ramener deux tueurs, c'était bon pour l'avancement !

— Vite, souffla Justine. Vous pouvez vous lever ?

Avec peine, Nick acquiesça. La douleur était atroce et augmentait à chaque instant. Il fallait d'urgence lui poser un garrot.

— Ne vous évanouissez pas avant d'être en sécurité. Allez, appuyez-vous sur moi.

Voyant Justine et son fardeau se diriger vers lui, le chauffeur du taxi, au lieu de s'éloigner en trombe comme auraient fait nombre de ses collègues, descendit de voiture et se précipita pour les aider. Il saisit Nick sous les aisselles et l'installa sur le siège arrière. La petite foule qui avait assisté à l'échange de tirs ne fit rien pour les arrêter, et la voiture démarra dans un crissement de pneus et un beuglement d'avertisseur.

— À l'hôpital ? demanda le chauffeur.

— Non, non, pas à l'hôpital. C'est là qu'ils iront voir en premier. Ramenez-nous à Bab Doukkala. Ensuite, je me chargerai de lui.

— Laissez-moi vous aider.

Elle secoua la tête en signe de refus. Pas question que le chauffeur connaisse son adresse. Il pouvait déjà donner une bonne description d'elle à la police, et une petite armée ne tarderait pas à encercler son pâté de maisons.

— Désolée, dit-elle à Nick, mais il faut que je le fasse.

Malgré ses cris de douleur, elle ôta son pantalon à Nick et déchira une longue bande de tissu, qu'elle posa en guise de garrot sur le haut de la cuisse.

« Ne meurs pas, songea-t-elle. Je n'ai pas fait tout ça pour que tu meures maintenant. »

Il poussait des cris de douleur, et rien, ni les caresses ni les mots d'encouragement de Justine, ne parvenait à le calmer.

Pourtant, le saignement diminua. Utilisant le reste du tissu, elle appliqua des compresses sur sa blessure. Le taxi roulait à vive allure, faisant jaillir des palmiers inclinés dans le pinceau de ses phares.

Ils furent rapidement rendus à destination. Le chauffeur aida Nick à descendre de voiture et à s'appuyer contre la muraille de pierre rouge, sous l'œil intéressé des badauds.

— Tenez, dit Justine en tendant au chauffeur tout l'argent qu'elle avait sur elle.

— Non, *allala*, je ne veux rien.

— Je vous en prie. Prenez au moins quelque chose

pour votre voiture. Le siège arrière est trempé de sang. Vous ne voulez tout de même pas que la police le découvre dans cet état !

La remarque ne manquait pas de bon sens.

— Bon, d'accord. Mais pas tout.

Il prit quelques billets dans la liasse, mais elle en ajouta quelques-uns qu'elle fourra dans sa paume.

— Et la police ? demanda-t-elle. Que répondrez-vous s'ils vous posent des questions ?

Il cracha sur le sol.

— Moi, je veux rien savoir de la Sûreté. Pas plus que de ceux de la circulation. Ne vous inquiétez pas, je ne dirai rien. Ce soir, je n'étais pas là-bas. J'ai emmené des touristes visiter les remparts.

Ils se serrèrent la main et il remonta en voiture. Elle observa un instant les lumières rouges s'éloigner dans l'obscurité, puis retourna auprès de Nick, qui saignait toujours et avait perdu connaissance.

Parmi la foule des badauds se trouvaient plusieurs jeunes gens avec leur vélomoteur. Ils venaient souvent là en été pour faire des courses de vitesse sur les rues droites de la Ville Nouvelle, ou bien traînaient leur désœuvrement dans l'espoir, en général vain, d'accrocher une étrangère.

Justine s'approcha d'eux et leur parla à voix basse.

— Mon ami, ici, a été blessé. Il faut que je le conduise chez un médecin, mais je ne peux pas l'amener à l'Hôpital civil. Vous comprenez ?

Sourires et hochements de tête complices accueillirent ses paroles.

— J'aurais besoin d'un vélomoteur, mais j'ai très peu d'argent sur moi. Si l'un de vous veut bien m'en prêter un… un autre pourrait me suivre. Je vous paierai demain. C'est promis.

L'un des jeunes s'avança, un adolescent vêtu d'une veste de cuir noir à faire pâlir James Dean.

— Où voulez-vous aller ?

— Vous connaissez le dispensaire du Dr Monestier ?

— Je sais où c'est, lança un autre jeune, vêtu d'un tee-shirt blanc.

— Dans ce cas, suivez-moi là-bas, dit Justine. L'un de vous veut-il monter sur le porte-bagages ?

24

— J'ai fait ce que j'ai pu.

Le médecin déposa le fil et l'aiguille, puis ôta ses gants en caoutchouc.

— Le saignement devrait cesser, ajouta-t-il, mais il a perdu beaucoup de sang, il faut lui faire une transfusion.

— Vous ne pouvez pas… ?

Justine regarda Nick, allongé sur la table d'examen, encore inconscient.

— Il faudrait d'abord que j'aie du sang. Ici, il n'y en a pas. Je vais devoir envoyer Marcel en chercher à la polyclinique, demain matin. Franchement, je pense qu'il aurait fallu l'envoyer directement là-bas, ou à bien à l'Ibn Tofail.

— Non, c'est hors de question. Je vous réglerai tout ce que vous prendrez à la polyclinique, mais il faut que ce soit vous qui remplissiez les documents.

— Qu'est-ce qui vous fait croire que je ne vais pas me rendre à la police pour signaler l'arrivée d'un blessé par balle ?

— Parce que vous travaillez ici, dans la médina, alors que vous pourriez exercer de façon beaucoup plus lucrative dans la polyclinique du Sud.

Il sourit. Chaque fois qu'il souriait ainsi, elle en avait

la chair de poule, mais le brave docteur ne semblait pas se rendre compte de son effet sur les femmes.

— Et comment appelleriez-vous ça ?

— L'esprit de contradiction. Vous préférez les gens à l'argent. Et vous ne vous êtes jamais marié, donc vous avez de l'énergie à dépenser. Il est en danger ?

Le médecin haussa les épaules. À cette question que tout le monde posait, il avait mille moyens de répondre à côté. Mais pas avec Justine. Il la connaissait depuis qu'elle était enfant, l'avait suivie et aidée à grandir. Elle soulignait son esprit de contradiction, mais il savait bien qu'en la matière, elle aurait pu lui en remontrer.

— Oui, si vous insistez pour qu'il reste ici ou bien si vous l'amenez chez vous. Que se passerait-il si je l'envoyais à la clinique ?

— La police viendrait l'arrêter et, d'ici quelques mois, il serait pendu.

— Donc, c'est bien un criminel ?…

— Ce n'est pas le moment d'en parler, mais, non, ça n'est pas du tout un criminel.

Le médecin regarda l'homme étendu sur la table.

— Il a beaucoup souffert. Je vais demander à Marcel d'aller chercher le sang tout de suite.

Il appela son assistant, un jeune coopérant, qui, comme bien d'autres avant lui, avait tenu à tout prix à travailler pendant un an au dispensaire du légendaire Dr Monestier. Marcel était beau garçon, mais peu soucieux de son apparence. Il avait les cheveux en bataille, une veste et un pantalon de bonne coupe mais tout froissés, et des poches sous ses yeux gris. De toute évidence, il n'était pas venu à Marrakech en vacances.

Son attitude était empreinte de sérieux, sans la raideur que cet adjectif pourrait impliquer. Le jeune médecin était un peu effacé, presque timide. Tandis que le

Dr Monestier lui donnait des instructions, le jeune homme ne cachait pas le respect que lui inspirait son aîné. Après un sourire crispé à l'adresse de Justine, Marcel disparut dans la nuit.

— Je lui ai dit d'aller à l'hôpital Antaki, il peut s'y rendre à pied, ça ne devrait pas prendre longtemps.

— Et la qualité du sang ? S'il est contaminé...

— Ne vous inquiétez pas. Tout se passera bien. Faites-moi confiance.

— Après sa transfusion, j'aimerais bien qu'il reste ici pour dormir un peu.

— Et après ça ? La police va venir, Justine, vous vous en doutez, n'est-ce pas ? À Marrakech, il n'y a pas beaucoup d'endroits où un blessé peut se faire soigner. À l'Antaki, ou plutôt, étant donné sa blessure, à l'Ibn Tofail ou l'Avenzoar, peut-être même la polyclinique. Quand ils seront allés dans tous ces établissements, ils feront le tour des médecins de la ville. Votre arrivée ici n'est pas passée inaperçue, vous savez. Pourquoi ne pas le conduire chez vous ?

— Chez moi aussi ils viendront. Au plus tard dans la matinée.

— Ils ne peuvent pas pénétrer chez vous sans mandat.

— Je ne pensais pas à la police.

Marcel revint avec plusieurs litres de sang du groupe A. La perfusion était déjà posée.

— Il fait parfois des réactions allergiques ? demanda Monestier.

— Je n'en ai pas la moindre idée. Je n'ai fait sa connaissance qu'hier.

— Ah bon ? dit-il, surpris. Et vous affirmez pourtant qu'il est innocent ?

— Oui, je n'ai pas le moindre doute. Mais pour ce

qui est des allergies, ça sera probablement plus long à vérifier.

— Oh, d'ici quelques minutes nous serons fixés.

Dix minutes plus tard, Monestier revint en souriant après avoir tiré le rideau autour du lit de Nick.

Ils le laissèrent dormir, puis Monestier expliqua que les patients allaient arriver au dispensaire dès sept heures du matin.

— Je ne peux pas le laisser ici, ajouta-t-il. Même si la police n'est pas venue directement, les rumeurs vont commencer à circuler.

— Est-ce qu'on peut l'emmener loin ?

— Non, pas très loin. Pas question, par exemple, de le transporter en voiture. De toute façon, il doit y avoir encore plus de barrages routiers qu'avant.

Justine considéra son vieil ami d'un air pensif : il avait les traits tirés et elle avait déjà beaucoup exigé de lui.

— Est-ce que vous pourriez m'aider à le conduire hors des remparts ? demanda-t-elle.

La *zaouia* de Si Mahmoud Abou Chaib se trouvait sur un terrain désertique, à l'extérieur des remparts ouest de Marrakech, pas très loin de Bab Khemis. Construite au XVe siècle pour les besoins de la confrérie soufie de Chaibiya, elle était à présent en ruine, excepté le mausolée, abritant les restes du fondateur, Si Mahmoud. En son temps, ce saint homme avait joui d'une immense réputation en Afrique du Nord, ses chansons étaient sur toutes les lèvres, ses prières recueillies par les plus habiles calligraphes.

— Vous n'êtes jamais venu ici ? s'étonna Justine. Pas même enfant ?

— À l'époque, cet endroit nous faisait trop peur. On ne s'y aventurait pas.

Et, comme si ses souvenirs d'enfance lui revenaient soudain, il jeta autour de lui un regard méfiant. Peu de temps après sa mort, des théologiens de la région avaient déclaré Si Mahmoud hérétique ; bien que de tels anathèmes eussent peu de poids auprès des confréries religieuses, habituées aux condamnations des orthodoxes, celle-ci, en revanche, fit son effet.

Le nombre des adeptes diminua et la confrérie finit par disparaître. L'encre noire des prières de Si Mahmoud fut effacée, et de nouvelles plumes inscrivirent d'autres invocations. Avec le temps, la *zaouia* fut désertée, Si Mahmoud fut maudit, et sa tombe devint un repaire de démons et de fantômes. Seuls les plus courageux s'y hasardaient encore, ou bien les amoureux à la recherche de solitude.

Ils avaient emprunté une mule à un voisin, réussi à hisser Nick dessus, et parcouru les rues désertes où résonnaient leurs pas, sous la clarté laiteuse de la lune.

Monestier avait également chargé sur la mule deux matelas en mousse des canapés de son salon, et les avait disposés dans une des pièces de la *zaouia*.

— Ramenez la mule, dit Justine. Moi, je vais rester avec lui, mais envoyez votre assistant dans la matinée, avec de quoi manger. Plus tard, on s'arrangera mieux.

Le médecin tenta de discuter, mais elle se montra intraitable. De toute façon, il ne pouvait pas abandonner les patients qui allaient se presser, nombreux, dans sa salle d'attente.

— Vous êtes sûre que ça ira ?

— Vous n'avez quand même pas peur des fantômes ? demanda-t-elle en riant.

— Non, pas des fantômes, mais ça n'est pas un

endroit sûr. Il y a des gens qui ont été agressés, ici. Et en plus, une femme seule... vous prenez des risques. N'oubliez pas que vous devrez être chez vous demain, lorsque la police viendra.

Elle acquiesça.

— Allez-y, maintenant. Je me débrouille. Quand ce sera plus sûr, nous le ramènerons en ville.

La silhouette de Monestier s'éloigna en direction des murs crénelés de la ville rouge, blanchis dans l'obscurité par la froide lueur de la lune. Un peu plus loin, à l'est, considérablement réduite par le soleil de l'été, l'Issil coulait entre ses deux berges aux pentes douces.

Justine retourna dans la petite salle où dormait Nick, encore sous l'effet de la morphine que lui avait administrée Monestier, et s'allongea près de lui. Il poussa un petit cri lorsqu'elle le recouvrit d'une couverture, puis se rendormit. Elle ferma les yeux et s'efforça de dormir elle aussi, mais en vain.

Une longue nuit de veille s'annonçait, et les pensées se bousculaient dans son esprit. Était-elle ici par choix ou contre sa volonté ? On eût dit qu'un destin implacable les capturait tous les deux dans ses rets, comme si leur présence en ces lieux était inéluctable. Dans le même temps, il lui semblait maîtriser encore la situation : elle finirait bien par les sortir de cet engrenage infernal.

25

Il nageait en eaux profondes, ses pieds s'étaient mués en palmes et ses mains griffaient l'eau silencieuse pour le tirer sans cesse plus avant. Parfois il se sentait lourd et hors d'haleine, la poitrine écrasée par la pression, parfois léger, l'esprit clair, presque comme une libellule se jouant des vagues. Puis les courants sous-marins le happaient, il perdait toute capacité à se mouvoir et devait affronter à nouveau le silence et l'obscurité, comme s'il n'était plus qu'à mi-chemin de la mort.

Le deuxième jour, Monestier supprima la morphine au profit d'autres antalgiques, et Nick se réveilla de plus en plus fréquemment, quoique pour de courtes durées.

— Laissez-le dormir, prévint le médecin, mais dites-moi si son sommeil vous paraît trop profond, ou s'il y a quoi que ce soit d'inhabituel.

La première fois, il se réveilla normalement ; il était très tard, et le ciel noir était piqueté d'étoiles. Au-dessus de lui, la flamme d'une bougie semblait aussi éloignée qu'elles.

Le temps passa, ses idées s'éclaircirent un petit peu. Derrière la flamme, il distingua des mouvements indistincts. Il ferma les yeux, mais parvint à lutter contre le sommeil. Quand il les rouvrit, une femme était penchée sur lui. Quel était donc son nom ?

— Ça ira, dit-elle, rendors-toi, et, l'espace d'un instant, il crut que c'était Nathalie, car elle avait parlé en français et l'avait tutoyé. Dors, tu es en sécurité. Tu ne risques plus rien.

Il devait donc s'inquiéter ? Mais de quoi ?

— Justine… (Il se souvenait seulement de son nom.) Est-ce qu'elle… ?

— Elle va bien. Je vais bien. Dors, maintenant.

Cette nuit-là, il se réveilla à plusieurs reprises, et chaque fois il découvrit des changements dans la disposition des étoiles dans le ciel.

Elle était toujours là, veillant sur lui, et ses terreurs se fondirent dans la nuit. Il croyait voir son visage, lui étreindre la main ; c'était une illusion, bien sûr, mais elle se trouvait bien tout près de lui, et il savait que ce n'était pas Nathalie. Nathalie reposait dans sa tombe, la femme qui le veillait se nommait Justine et il ne savait presque rien d'elle.

Il s'éveilla pour de bon à l'aube du troisième jour. Le ciel était encore pourpre, parsemé de minuscules étoiles à peine perceptibles au-dessus des palmiers et du minaret.

— Bonjour, dit-elle. Tu as faim ?

— Je suis affamé. Je ne me rappelle plus quand j'ai mangé pour la dernière fois.

— Il y a quelques jours. Je n'ai pas grand-chose : des sardines en boîte, mais Marcel va amener du pain, tout à l'heure. Tu n'as pas encore le droit de manger beaucoup, mais le docteur a dit que tu devais boire. Il fait chaud, ici, pendant la journée, et il ne faut pas que tu te déshydrates.

— Qui est Marcel ?

— L'assistant du médecin. Un coopérant.

— Je croyais que tu avais déjà un amoureux. Celui de l'autocar.

Elle se mit à rire.

— Stéphane ? Pauvre Stéphane, je l'ai beaucoup déçu. Il trouve que j'en fais trop, comme Audrey Hepburn dans *Diamants sur canapé*. Je n'ai jamais vu *Diamants sur canapé*, mais il paraît que c'est un film magnifique. Tu l'as vu ?

Il acquiesça et faillit dire « à sa sortie », mais se ravisa.

— Et alors, c'est vrai ? Elle en fait trop ?

Sa jambe le faisait atrocement souffrir, mais il parvint à sourire.

— Oui, beaucoup trop. Mais, bien sûr, dans la vie elle n'était pas comme ça. Elle était très… c'était quelqu'un de très bien. Il n'y en a plus guère comme elle.

— Et élégante.

— Oui, c'est vrai. J'imagine que toi aussi tu peux être élégante, quand tu en as envie.

Elle fit une petite moue en fronçant le nez.

— Mais moi je suis française. Nous n'avons pas besoin de faire d'effort : chez nous, c'est naturel. (Elle hésita.) Ta femme est très élégante ?

— Nathalie ? Elle était adorable.

— Tu dis toujours « elle était », comme si…

— Exactement. Elle s'est suicidée. Excuse-moi de t'avoir induite en erreur… mais nous en parlerons une autre fois. J'ai horriblement mal à la jambe, tu n'aurais pas quelque chose contre la douleur ?

— Pardon, j'aurais dû te les donner il y a une heure, mais je ne voulais pas te réveiller.

Elle tira d'un sac une boîte de comprimés de dihydrocodéine.

— Ils sont à libération progressive, dit-elle en les lui tendant avec un verre d'eau. Ils ne t'abrutiront pas comme la morphine.

— Je veux seulement que ça apaise la douleur, répondit-il avec une grimace.

Elle lui prit la main gauche et l'étreignit. Un moment de silence s'écoula, mais elle ne lâcha pas sa main. Il finit par se détendre.

Marcel fit son apparition avec des miches de pain encore chaudes enveloppées dans un linge, et une sorte de camembert local, déjà bien avancé.

— Prenez donc le petit déjeuner avec nous, proposa Justine en faisant de la place au jeune médecin.

— Je ne peux pas rester longtemps. Le Dr Monestier veut que je revienne le plus rapidement possible parce qu'il va y avoir beaucoup de monde, ce matin. Quand je suis parti, il y avait déjà trois patients atteints du sida qui attendaient. Ça empire de semaine en semaine, et il n'y a pas assez d'argent pour les médicaments. Ce vieux monsieur est un saint, mais la bonne volonté ne peut pas tout.

— Il n'est pas si vieux que ça, fit observer Justine. Il doit avoir la soixantaine. Nick non plus ne trouve pas que ça soit si vieux que ça, n'est-ce pas, Nick ?

— Je n'en sais rien, je n'ai que quarante-cinq ans.

Elle sourit et se tourna de nouveau vers Marcel.

— Il n'aimerait pas avoir des locaux plus grands, de façon à pouvoir accueillir d'autres coopérants, comme vous ?

— Il a peur que le ministère français de la Coopération ou bien les autorités ici mettent la main sur son dispensaire. Il dit qu'il sait ce qu'il fait et, d'une certaine façon, il a raison. Son père lui a appris les rudiments du métier, et pour le reste il s'est formé tout seul.

— Tout ça est très bien, mais il ne peut pas compromettre son travail par fierté ou par entêtement. Il a besoin d'argent et de personnel.

Marcel termina sa tranche de pain et ses sardines, balaya les miettes d'un revers de main et se leva.

— Il faut vraiment que j'y aille. S'il n'est pas trop débordé, le Dr Monestier viendra voir Nicholas avant le déjeuner, mais il faut être prudent. Il y a des policiers partout.

Marrakech n'était pas l'endroit idéal pour un fugitif. Même dans la médina, on avait dressé des barrages pour ralentir le flot humain qui encombrait les souks et les petites places médiévales, avec leurs fontaines pour les pauvres. La police ne disposait que de la photo de Nick, et elle avait déjà dû faire le tour de la ville.

Justine avait reçu la visite des policiers et leur avait montré toutes les pièces de sa maison sans appréhension. Elle avait bavardé avec eux, leur assurant qu'elle ferait tout son possible pour les aider à retrouver l'assassin anglais, mais elle se doutait que, tôt ou tard, un employé de l'hôtel, voire un de ses amis, ferait le lien entre elle et Nick.

Tandis que Marcel s'éloignait, Nick lança un regard étonné à Justine.

— Dis-moi, comment s'appelle ce médecin, celui dont Marcel a parlé ?

— Le médecin ? Monestier. Pourquoi ?

— Oh ! rien, une simple coïncidence.

— Non, dis-moi…

— C'est que… un peu avant de se suicider, Nathalie, ma femme, avait en sa possession une caisse de papiers que lui avait envoyée un notaire, en France. Il y en avait de toutes sortes : des documents légaux, des lettres, un journal intime, plein d'affaires concernant sa famille.

J'ignore pourquoi ce notaire lui avait fait parvenir tout ça. J'y ai seulement jeté un œil, puis j'ai transmis le tout à Peter en me disant qu'il arriverait peut-être à en tirer quelque chose. C'est pour ça qu'il est venu au Maroc, et c'est là-dessus qu'il enquêtait quand il a été tué.

— Je vois. Mais quel rapport avec le Dr Monestier ?

— Probablement aucun, mais je me rappelle qu'il était question d'un certain Dr Monestier, ici, à Marrakech. Pendant un moment, j'ai pensé qu'il pouvait s'agir du même homme, puis j'ai compris mon erreur : les lettres et le journal intime datent de la Seconde Guerre mondiale, et un médecin qui aurait exercé à l'époque serait très, très vieux.

Elle hésita. Les joues de Nick reprenaient un peu de couleurs. Du bout des doigts, elle écarta une mèche qui barrait le front du blessé.

— Tu as peut-être raison. Ce Dr Monestier est le deuxième du nom à exercer à Marrakech. Son père était médecin avant lui, pendant la guerre.

Monestier passa plus tard que prévu, après une matinée difficile. Des mères lui avaient amené leurs enfants atteints du sida : il leur avait distribué quelques comprimés, quelques conseils, puis les avait renvoyées chez elles regarder leurs bébés mourir. Ce n'était pas pour ça qu'il avait ouvert son dispensaire, et l'absurdité de la situation menaçait de l'emporter.

Le lendemain de la fusillade, la police était venue chez lui, comme chez tous les médecins de la ville, à la recherche d'un homme blessé par balle. Monestier leur avait ouvert son dispensaire et promis de leur signaler toute personne répondant à la description de Nick.

— J'ai besoin de savoir la vérité, dit-il après avoir

pris sa tension. Tout, depuis le début. Je mets en jeu mon dispensaire, l'œuvre de toute une vie.

Nick entreprit alors le récit de son histoire. La vérité, sans détours ni fioritures.

— Et donc, vous croyez que tout ça a un rapport avec ces papiers que votre femme a reçus et qui datent de la Seconde Guerre mondiale ? Franchement, ça me paraît peu vraisemblable. Ici, la guerre est oubliée, vous savez. Seuls quelques Français sont restés. S'il y a encore des souvenirs de tout ça, c'est en France qu'il faut les chercher, pas ici.

— Pourtant, je suis persuadé que c'est dans ces papiers que se trouvent les raisons de la mort de Nathalie, et de celle de Peter aussi.

— Votre famille a vécu ici pendant la guerre ?

Monestier observa une cigogne qui s'envolait d'une tour, sur les remparts. « Ce soir, se dit-il, il faudra prendre le risque de ramener l'Anglais en ville. »

— Pas la mienne, celle de Nathalie. Il y avait son père et sa mère. Ils sont rentrés en France après la Libération. Lui s'est à nouveau occupé de l'affaire familiale.

— Laquelle ?

— Il était négociant en vins. En champagne, pour être précis.

— Je vois. Comment s'appelaient-ils ?

— Le Tourneau. C'était le nom de jeune fille de Nathalie. Sa mère était une demoiselle Bombois.

— Le Tourneau ? Ici, à Marrakech, vous dites ?

Le médecin avait soudain l'air très intéressé.

— Oui. Attendez que je me rappelle… lui s'appelait Gérard, et elle, Béatrice.

— Y avait-il d'autres membres de la famille qui vivaient ici à la même période ?

— Je… je ne crois pas, dit Nick.

249

— Une sœur, par exemple ?

— Une sœur de qui ?

— De cette Béatrice.

— Nathalie ne m'a jamais parlé d'une tante.

— Je vois. Est-ce que le nom de Guénaud vous dit quelque chose ?

— Non, je ne crois pas… attendez, si, j'ai vu ce nom dans les papiers.

— Vital et Marie-Louise Guénaud.

— Oui, c'est ça. Les papiers sont encore à Oxford. On pourrait vérifier.

— Je crois qu'effectivement vous devriez le faire.

— Qui étaient-ils ? Vous le savez ?

— Les Guénaud ? Lui était conseiller à la cour d'appel. Elle, c'était la sœur de Béatrice Le Tourneau. Quelque chose me dit que c'est vous qui avez raison. Depuis la guerre, on a caché la vérité à propos des Guénaud. Et apparemment, on est prêt à tout pour que cette vérité ne sorte pas.

26

Le quatrième jour, elle comprit qu'elle était amoureuse de lui. Puis elle se dit qu'elle l'avait toujours su. En le voyant venir vers elle, dans ce petit restaurant de Taddert, elle avait succombé au coup de foudre, mais sans se l'avouer. Ensuite, elle l'avait revu sur la Djemaa el-Fna, accroupi dans la poussière, son unique possession de valeur posée devant lui, et son regard empreint de désespoir l'avait profondément émue. Elle avait senti qu'elle l'aimait.

Pourtant, elle n'offrait pas son cœur facilement. Dans sa courte existence, elle n'avait connu que deux relations durables, l'une de deux ans, l'autre de quatre, et ses deux amants avaient dû la courtiser longtemps. Les deux fois, elle avait été à l'origine de la rupture, et en avait souffert, sans pour autant perdre pied. À présent, en le regardant dormir, elle se disait que s'il la quittait ou s'il mourait, elle ne s'en remettrait pas.

Il s'était endormi peu après le petit déjeuner. Pour passer le temps, elle avait apporté un roman de Paul Bowles, mais ne pouvait pas lire, préférant observer les expressions changeantes sur le visage de Nick. Soudain, il battit des paupières et la regarda, avant de grimacer de douleur en essayant de s'asseoir.

Ne suis-je mue que par la pitié ? se demanda-t-elle en l'aidant à se redresser. Se serait-elle ainsi attachée à lui s'il n'avait pas été dans une situation aussi dramatique ?

Monestier voulait qu'il revienne en ville le plus rapidement possible, mais la chasse à l'homme se poursuivait. Pour la deuxième fois, des policiers se rendirent chez elle, des inspecteurs en civil.

Visiblement, ces deux-là avaient regardé trop de mauvais films policiers, avec des flics en veste de cuir noir, qui fument à la chaîne des cigarettes roulées à la main. Ils exhibèrent leurs cartes sans un sourire, en la toisant d'un regard peu amène.

Leurs pensées n'étaient pas bien difficiles à deviner : comment se fait-il qu'elle soit toute seule ? Où est sa bonne ? Comment son mari lui permet-il de se montrer comme ça à la porte ?

— Nous voudrions vous parler.

— À quel propos ?

— À propos de vos déplacements.

— Mes déplacements ? Quels déplacements ?

— Il y a trois jours, on vous a vue à l'hôtel Pullman, le soir de la fusillade.

C'était le plus grand des deux qui avait parlé, un costaud qui devait faire du culturisme et trahissait sa nervosité en pliant et dépliant ses doigts.

— J'ai déjà répondu à ces questions.

— Peu importe. Nous voulons vous entendre à nouveau.

— Entrez donc.

Elle s'effaça pour les laisser passer, mais ils la considérèrent d'un air méfiant, comme si elle cherchait à les compromettre.

— Votre mari est là ?

— Je ne suis pas mariée.

— Dans ce cas, nous ne pouvons pas entrer, affirma son collègue, un jeune homme maigre qui devait se sentir plus à l'aise avec un couteau qu'avec ses poings.

— Soit vous entrez, soit vous partez. Il n'est pas question que je reste là, sur le seuil, avec deux flics qui m'interrogent. Alors, qu'est-ce que vous choisissez ?

Elle voyait bien qu'à tout prendre ils auraient préféré la passer à tabac sur-le-champ, histoire de lui apprendre les bonnes manières.

— Dans ce cas, quelques minutes seulement, dit le grand.

Au salon, elle leur proposa un alcool ou un Coca. De toute évidence, ces deux gaillards qui jouaient les affranchis auraient aimé boire une bière, mais si jamais leurs pères ou leurs frères apprenaient la chose… Ils déclinèrent les deux propositions.

Elle s'assit, tandis qu'ils demeurèrent debout, la dominant de toute leur hauteur.

— Jeanine et Victoire Lamartine vous ont vue à l'hôtel Pullman. Ce sont des amies à vous, n'est-ce pas ?

— Oui, bien sûr. Je l'avais déjà dit aux policiers qui sont venus me voir.

— Elles ont dit que vous étiez avec un homme.

— Ah bon ? Mais pas du tout. Je n'étais pas *avec* lui. C'était un Canadien, je crois, un peu perdu, et je lui indiquais seulement son chemin. Apparemment il est entré dans l'hôtel aussitôt après moi. Elles ne vous l'ont pas dit ?

— Si. Mais si vous n'étiez pas avec cet homme, que faisiez-vous, dans cet hôtel ?

Elle promena son regard tout autour du salon et, soudain, ne se sentit plus chez elle. Avant, c'était son abri, son refuge face à un monde souvent hostile, et à présent, elle s'y retrouvait en compagnie de deux hommes en veste de cuir qui la harcelaient de questions.

— Ça aussi, je l'ai expliqué. Cet automne, nous allons recevoir un petit groupe de gens qui comptent faire une randonnée dans les contreforts de l'Atlas. J'étais venue voir la direction de l'hôtel pour négocier leur accueil.

— La direction dit que…

— J'y suis allée sans prendre rendez-vous. Je devais régler ça avant de partir en vacances.

— Alors pourquoi n'avez-vous pas parlé à quelqu'un ? Au moins à l'employé de la réception.

— Pardon ? Vous avez oublié ce qui s'est passé ? J'ai demandé à quelqu'un comment joindre le directeur, mais c'est à ce moment-là qu'il y a eu la fusillade, à l'extérieur. Quand tout est redevenu normal, je suis partie.

— Pourquoi cela ?

— C'est très simple : j'étais seule, je me sentais vulnérable, on m'avait dit que quelqu'un s'était fait tirer dessus dans la rue, je n'avais aucune envie de traîner dans les parages. Je suis rentrée directement ici. Mais enfin, pourquoi me posez-vous toutes ces questions ? Je suis suspecte ? C'est ça ? Mais suspecte de quoi, exactement ?

Elle les avait déstabilisés, les forçant à abattre leur jeu.

— Non, vous n'êtes pas suspecte. En tout cas, pas pour l'instant. Mais nous devons explorer toutes les pistes. Après tout, vous étiez présente à l'hôtel.

— Comme des dizaines d'autres gens, peut-être des centaines. Pourquoi moi ?

— Vous étiez seule. Personne ne peut vous fournir d'alibi.

— Est-ce un crime d'être célibataire, au Maroc ? Vous pensez qu'une femme devrait être chaperonnée partout où elle va ?

— Nous avons un mandat de perquisition.

— Encore ?

— Oui, excusez-nous.

Ils visitèrent toutes les pièces, sans trouver la moindre trace de l'Anglais. Souriante, en français, prenant bien garde de ne pas se laisser aller à de dangereuses comparaisons, elle leur demanda s'ils avaient des pistes.

— Ça ne regarde que la police, répondit le maigre à la peau tannée.

— Bien sûr, répondit-elle, mais le peuple a le droit d'être informé. Comment une femme comme moi, célibataire, peut-elle dormir tranquille en sachant qu'il y a des tueurs en ville ? On n'est pas à New York, quand même ! Pourquoi ne pas faire votre travail, au lieu de persécuter les gens ? Pourquoi n'attrapez-vous pas cet Anglais ? Il ne doit pas être bien difficile à trouver. S'il a déjà tué, il va tuer encore, mais au lieu de ça, vous perdez votre temps ici.

Cette tirade produisit son effet. Ils perdaient pied face à cette femme qui vivait seule comme les prostituées, présence étrangère dans la médina. Elle était impudique, outrage à tout ce qu'ils tenaient pour sacré, mais elle avait conservé sa nationalité française, et ils ne pouvaient rien contre elle. En outre, elle avait fait savoir que le consul de France était un de ses amis (ce qui était vrai), et que ses parents, en France, avaient beaucoup d'amis haut placés.

Elle les sentit vaincus par son attitude hautaine. Depuis l'âge de douze ans, elle avait appris à se défendre contre les assiduités importunes des Marocains. Dans ce pays, on se marie généralement tard, mais la plupart des hommes ne peuvent jamais approcher les femmes célibataires. Ils vivent dans un monde où les femmes sont voilées, mais tous les jours, dans les rues, sur les plages, ils voient des Occidentales à moitié dénudées qui plaisantent et rient avec des hommes qui ne sont pas leurs proches. Ils regardent des films américains (soigneusement expurgés) dans lesquels des femmes superbes choisissent elles-mêmes leurs partenaires masculins et font l'amour avec des hommes qui ne sont pas leurs maris.

Après la Seconde Guerre mondiale, un mythe en vogue dans la région voulait que, la plupart des hommes ayant été tués, les femmes européennes viennent en Afrique pour assouvir leur prodigieux appétit sexuel. Les Marocains croient que toutes les étrangères sont disponibles, en sorte qu'ils les dévisagent, les suivent, les abordent dans les rues, et se trouvent tout déconfits lorsqu'elles les rembarrent. Un homme qui approcherait une Marocaine comme une étrangère serait immédiatement roué de coups, voire pis.

Lorsqu'elle se fut assurée que les policiers avaient bien quitté sa rue, elle se rendit à pied à la *zaouia*, où l'attendait son Anglais, profondément endormi.

27

— Monestier ne veut pas que tu restes ici plus long-temps, dit-elle.

— Moi, j'aime bien cet endroit. Il y fait frais, je béné-ficie de ta compagnie, j'ai…

— Tu es beaucoup trop vulnérable. Il y a des gens dangereux qui rôdent par ici, tu sais. Derrière, là, il y a une décharge où plein de miséreux viennent faire de la récupération. Certains d'entre eux sont un peu dérangés, et Monestier craint qu'ils ne s'en prennent à toi. Parfois, il y a aussi des touristes qui passent près de cette *zaouia*, ainsi que des bergers avec leurs chèvres ou leurs moutons.

— Tu m'avais pourtant dit que ce lieu était considéré comme maudit, que les gens préféraient l'éviter.

— C'est vrai, et jusqu'à présent ça nous a protégés, mais… on ne sait jamais. Par exemple, c'est le seul endroit de Marrakech où de jeunes couples peuvent se rencontrer ou faire l'amour. Si une chèvre s'égare dans les ruines, le berger, souvent un enfant, prendra le risque de venir la chercher plutôt que d'être battu à son retour chez lui. Un jour ou l'autre, tu seras découvert, et la police arrivera aussitôt.

— Je pourrai toujours t'appeler.

Elle lui avait donné son portable, pour les cas d'urgence.

— Écoute, Nick, ici, ce ne devait être qu'un refuge provisoire. J'aimerais te savoir dans un lieu plus sûr. Les policiers sont venus chez moi deux fois, ils ne repasseront pas. Monestier voudrait que tu t'y installes ce soir même.

— Ça peut se faire sans risque ?

— Je le crois, et Monestier aussi. Il faut que tu dormes dans un vrai lit, et avec ta blessure tu as besoin de plus d'hygiène. Et puis je me sentirais beaucoup plus rassurée si je te savais tout près.

— Tu t'inquiètes vraiment pour moi ?

Elle se leva, comme pour gagner la sortie, regarda au-dehors puis se retourna.

— Je ne pense qu'à toi.

Pour la première fois, il se demanda si elle n'éprouvait pas quelque chose pour lui.

Avec l'obscurité, les nuages descendaient des montagnes. Il pleuvrait le lendemain ou le surlendemain, et peut-être même y aurait-il une tempête. Raison de plus pour ramener Nick en ville. Assis à côté de Justine, il regardait les murailles rouges de Marrakech faiblement éclairées par les étoiles. Des taches de lumière dansaient sur les tours et les minarets, et la brise agitait doucement la frondaison des palmiers. Non loin de là, des moutons bêlaient et l'on entendait le tintement de leurs cloches. Çà et là, des chiens aboyaient, comme pour défendre leurs territoires. Nick les imaginait rôdant dans l'obscurité, guettant leurs proies de leurs yeux jaunes qui capturaient brièvement le sombre éclat venu du ciel.

— C'est ici qu'on venait chanter les louanges de Dieu, dit soudain Justine. Ce genre de réunion s'appelle une *hadra*, ce qui signifie « être en présence de Dieu ». Ils s'asseyaient en cercle et psalmodiaient les noms de Dieu. Ça s'appelle une *dhikr*.

— Ce qui veut dire ?

— Le souvenir. L'expression correcte est *dhikr Allah*, le souvenir de Dieu. À la lueur des chandelles, pendant la nuit, ils invoquaient Dieu en se balançant d'avant en arrière et se laissaient peu à peu gagner par la transe, jusqu'à ce que leur cheikh les ramène à eux. Cette pratique existait dans toute l'Afrique du Nord, la Turquie, l'Asie centrale… d'une certaine façon, c'est ça le véritable islam. Mais j'imagine que tu n'as pas très envie que je te fasse un cours là-dessus.

— Au contraire, c'est intéressant. Y a-t-il encore ces *hadras* ?

— Oui, il y a encore des confréries. Pas comme autrefois, bien sûr, mais quelques-unes.

— Ils nous laisseraient assister à l'une de leurs réunions ?

— Assister ? Je ne crois pas. Tu as dû voir qu'on ne peut même pas pénétrer dans une mosquée.

— Dans ce cas, restons ici pour nous imprégner de cette atmosphère.

— Dans quelques *tarikas*, on récitait des poèmes. Souvent, le fondateur de la confrérie laissait en héritage des hymnes religieux ou des poèmes. C'étaient des poèmes d'amour, mais adressés à Dieu, qui tenait la place de l'être aimé. Certains des plus beaux poèmes arabes ont été composés sous cette forme.

— Tu en connais ?

— Bien sûr ! On les enseigne à l'école comme chez vous on enseigne Shakespeare.

Il rit. Sur le mur le plus proche, au sommet d'une tour crénelée, la lueur des étoiles éclairait un nid de cigogne.

— Je n'ai pas pu aller plus loin que « *to be or not to be* ».

— Vous autres Anglais, vous devriez avoir honte. Vous avez de grands poètes, de grands dramaturges, de grands romanciers, mais aucun de vous n'est capable d'en réciter une ligne.

— Récite-moi un poème, un de ces…

— *Qasidas*. Ce sont des poèmes d'amour. Les poètes arabes les ont chantés en Espagne, puis les troubadours les ont fait connaître en France et dans toute l'Europe. Les chrétiens ont été surpris d'apprendre qu'ils pouvaient parler du cœur. Et pourtant, aucun écolier français ou anglais n'est capable de citer le nom d'un seul poète arabe.

— Tu dois en connaître certains par cœur. Récite-moi un vers ou deux.

À travers l'entrée en ruine, elle contempla un instant le ciel étoilé et la ville rouge, et un poème lui vint aussitôt aux lèvres, comme si elle l'avait elle-même composé pour eux ce soir.

— C'est tiré d'un poème d'Ali Mahmoud Taha, un poète égyptien mort en 1949, à l'âge de quarante-huit ans. Écoute :

« Regarde la nuit tomber autour de nous. Le temps est venu, ma chère, allons.
L'ange de l'amour nous appelle à son autel étincelant
Tandis qu'ici les ténèbres exaltent les hymnes des soufis et leurs chants d'amour.
La joie de l'obscurité pénètre le monde, l'eau et les arbres,
Les nuages et leurs ombres dans le ciel.

> Et maintenant rêvons, toi et moi, car cette nuit
> sera notre nuit d'amour... »

Elle s'interrompit, mais Nick savait que les vers se poursuivaient, que la vision du poète s'enfonçait plus loin encore dans les ténèbres.

— Il devait se trouver dans un endroit semblable à celui-ci, dit-il.

— Au bord du Nil, répondit-elle, furieuse contre elle-même d'avoir ainsi révélé ce qu'elle tenait à garder secret.

— Il y a une rivière non loin d'ici. Elle pourrait être notre Nil.

— Il y avait la lueur de la lune.

Elle avait peur à présent de son propre désir, et se demandait ce qu'il entendait par « notre Nil ».

— Nous reviendrons ici quand la lune sera de nouveau pleine, dit-il.

— Tu n'en as pas assez de cet endroit ?

— Si, mais pas de cette nuit.

Il s'assit à côté d'elle, étendant devant lui sa jambe blessée. Un orchestre de criquets menait grand bruit.

— Nous avons environ quinze ans de différence, reprit-elle enfin, un peu effrayée par ce qui allait suivre.

— Quinze ans, ce n'est rien. Ça passe en un instant. Je ne m'y connais guère en poésie, mais quand j'étais jeune, j'ai passé une semaine à apprendre par cœur un poème d'Andrew Marvell, qui m'avait beaucoup touché. Un jour, je t'en enverrai le texte complet. Mais écoute donc...

> « Eussions-nous tout le temps du monde,
> madame, cette coquetterie ne serait point un
> crime.

Nous réfléchirions, tranquillement assis, à la façon de passer nos longues journées d'amour…
Mais dans mon dos j'entends sans cesse le chariot du temps qui se rapproche,
Et là-bas devant nous s'étendent les déserts de la vaste éternité. »

Elle ne réagit pas tout de suite, mais il vit que les mots de Marvell l'avaient touchée.

— C'est plus difficile pour moi, Justine. Moi non plus je n'ai pas voulu cela. Je suis encore en deuil. Pour Nathalie, pour Peter. Tant de choses occupent mon esprit, tant de soucis. Mais je ne peux m'empêcher de penser à toi. Quand tu n'es pas là, je m'imagine que tu es à mes côtés, quand…

— Quand je te laisse ici, je suis obligée de rentrer chez moi. C'est de la folie, n'est-ce pas ?

Il trouva sa main dans l'obscurité et l'étreignit.

— Il faut quitter le pays, affirma-t-elle.

— Ça n'a rien à voir avec ce dont nous parlons.

— Tu crois ? C'est pourtant la condition sine qua non.

— La condition ?

— De mon amour pour toi. Je ne veux plus te voir blessé, je ne veux pas te voir mort ou emprisonné à vie, je ne veux pas risquer de te perdre…

Elle pleurait. Il la prit dans ses bras, la serra contre lui et peu à peu ses larmes cessèrent.

— Tu ne peux pas poser de conditions comme ça, objecta-t-il. Moi-même j'ai essayé, mais ça n'a pas marché. Je me suis dit, je l'aimerai si je retrouve les assassins de Peter, ou si j'arrive à me remettre de la mort de Nathalie, ou à me tirer de ce pétrin. Sauf que je t'aimais déjà, et que je n'y pouvais rien. Tout ça n'aurait rien changé. Tu le comprends ?

Elle acquiesça et s'appuya plus lourdement contre lui. Elle avait peur.

— De toute façon, reprit-il, il faut que je retrouve ces assassins. Je n'ai pas le choix. Je suis le seul à pouvoir le faire, le seul à en avoir le désir. Entre les truands de Ouarzazate et la police d'ici, l'affaire n'est pas près d'être résolue. Duncan aurait pu m'aider, mais sa mort ne fait que compliquer un peu plus les choses. D'un autre côté...

Soudain, elle éclata de rire.

— Qu'y a-t-il ?

Sans rien comprendre, il la voyait prise d'un fou rire. Elle s'arrêta brutalement.

— Mais enfin que se passe-t-il ?

— Rien de grave, je t'assure. C'est de nous que je ris. On vient de s'avouer notre amour, et qu'est-ce qu'on fait ? La plupart des couples, à notre place, seraient en train de s'embrasser, ou plutôt en train de se déshabiller, et nous, on est là à discuter d'une enquête criminelle. Je ne sais pas ce qui t'excite, Nick, mais moi, ça n'est pas de parler de la police.

— Tu ne m'as pas encore dit ce qui t'excite, toi.

— Ça, il va falloir que tu le découvres tout seul. J'imagine qu'un ancien policier comme toi n'ignore rien des femmes.

Sentant que son humeur avait changé, elle s'interrompit.

— « Le cimetière est un endroit tranquille et plein de charme », dit-il en citant la phrase célèbre et en regardant autour de lui le mausolée abandonné. « Mais personne, je crois, ne s'y étreint. »

Il la prit alors doucement dans ses bras et l'embrassa sur ses lèvres brûlantes...

— « Et maintenant, prenons du bon temps... »

28

Le médecin et son assistant les rejoignirent un peu après minuit.

— Il faut prendre le risque, dit Monestier. On n'a pas le choix. Une petite fille de quatre ans a disparu, les recherches s'intensifient depuis hier, et demain ils comptent fouiller tout ce secteur. Si vous restez là, ils vous trouveront à coup sûr. Il y aura des policiers, des soldats, et des civils venus prêter main-forte… Vous n'aurez aucune chance.

Monestier avait loué une petite ambulance privée dans laquelle il comptait emmener Nick jusqu'à Bab Doukkala ; une fois là-bas, il le conduirait en fauteuil roulant jusqu'au dispensaire. Plus tard seulement, on le transférerait chez Justine. La nouvelle identité de Nick devait écarter tous les soupçons : arrivé un peu plus tard que prévu, le passeport falsifié était parfait, et Nick se nommait désormais Guy Malafosse, né le 3 janvier 1957 à Lyon.

Ils se mirent en route lentement, sans allumer les phares. L'ambulance était à peine assez grande pour les accueillir tous. Justine conduisait, avec Marcel à ses côtés, tandis que Monestier était assis à l'arrière près de Nick, la jambe plâtrée. Son dossier médical indiquait :

« fracture du fémur ». Le plâtre le faisait souffrir, mais Nick préférait ne plus prendre d'antalgiques, à cause des effets secondaires de la dihydrocodéine.

À la porte Bab Doukkala, Monestier et Marcel emmenèrent Nick en fauteuil roulant, pendant que Justine allait garer l'ambulance près de la gare routière, où on viendrait la chercher le lendemain matin. L'ancienne poterne était fermée, comme la plupart du temps, mais elle pénétra en ville par la porte moderne que personne n'avait jamais songé à fermer.

Tout le long du parcours, bien que soulagée de savoir Nick en sûreté, la jeune femme ne pouvait s'empêcher de jeter des regards inquiets autour d'elle, comme désorientée dans ce dédale de ruelles sombres et pourtant familières.

Les bruits d'un mariage, qui n'était pas encore fini malgré l'heure avancée, étaient perceptibles. Justine avait souvent assisté à de telles fêtes, assise des heures durant sur une banquette inconfortable, à siroter des thés à la menthe trop sucrés, gavée de couscous et de pâtisseries, avant de rentrer chez elle, épuisée, sur le coup de trois ou quatre heures du matin. Elle plaignait les jeunes mariées, recouvertes de voiles et de bijoux, enveloppées de brocarts, perdues, perchées sur leur trône tout au long des festivités.

Elle avait été invitée à ce mariage. Farida, la fille d'Abdelhak Choukri, un libraire chez qui Justine achetait de temps à autre des livres arabes, épousait son cousin Abdelaziz. Comme elle l'avait prévu, cela faisait une heure environ que les invités quittaient les lieux par petits groupes, ce qui pouvait expliquer sa présence dans la rue à une heure aussi tardive.

Les chansons marocaines et algériennes qui avaient retenti jusque-là cessèrent brusquement, et le silence s'abattit sur le quartier. Quelques instants plus tard s'élevèrent les premières mesures de l'une des plus célèbres chansons d'Oum Kalsoum, la reine des chanteuses arabes, morte quelque vingt-cinq ans auparavant mais plus vivante que jamais. Justine s'immobilisa, comme probablement tous ceux qui dans les rues avoisinantes entendaient les premiers mots d'*Al-Atlal*, la célèbre *qasida* d'Ibrahim Naji.

« *Ya fouadi…* » Oh ! mon cœur.

Un frisson familier lui parcourut l'échine. Cette chanson, qu'elle avait entendue d'innombrables fois, la bouleversait toujours autant.

« *Ya fouadi…* » La voix modulait, chargée d'émotion et parfaitement maîtrisée.

« *Ya fouadi…* » Pour la troisième fois. On sentait le public retenir son souffle. Puis la voix de la diva s'enflait en terminant la première moitié du vers. « *La tasil ayna l'hawa.* » Oh ! mon cœur, ne demande pas où le désir s'en est allé…

Après trois vers, la musique s'évanouit. Comme si elle venait de s'arracher à un enchantement, Justine regarda autour d'elle et reconnut l'endroit où elle se trouvait : elle n'était plus qu'à quelques rues de chez elle.

Alors, comme elle s'y attendait, retentirent les percussions, suivies du long youyou des femmes. On amenait la mariée à la maison de son époux, qui jusqu'à cet instant n'avait jamais vu le visage de sa promise, ne lui avait pas même effleuré la main. À présent, on devait la conduire à la chambre à coucher, où ils feraient l'amour maladroitement, presque entièrement habillés.

Un peu plus tard, le marié proclamerait la virginité de sa femme, et une autre procession s'en retournerait à la maison des parents de la jeune épousée, porteuse de la bonne nouvelle. À l'heure du petit déjeuner, un membre de la famille ramènerait la culotte de la mariée à la mère, qui la laverait elle-même, heureuse de voir ainsi confirmée la virginité de sa fille.

Justine frissonna, éprouvant soudain un intense désir d'être nue avec Nick, de faire l'amour avec lui sans la présence derrière la porte d'un groupe d'amis et de membres de la famille attendant de recueillir les quelques gouttes de précieux sang.

La procession s'éloigna, et elle poursuivit son chemin, croisant quelques invités qui s'en retournaient chez eux, ombres sans visages disparaissant au coin des ruelles.

Elle l'aperçut en s'engageant dans sa rue, silhouette furtive contre le mur. Derrière lui, une faible lueur provenait des quelques marches descendant à une cave, et où il avait dû l'attendre depuis un moment.

— Qui est là ? demanda-t-elle à voix basse, tout en connaissant déjà la réponse.

Pas de réponse.

— Je vais appeler la police, lança-t-elle. Ou mes voisins. Ils s'occuperont de vous.

— Je suis de la police. (C'était le plus petit des deux policiers qui lui avaient rendu visite dans la journée.) Je suis l'inspecteur Laghzaoui.

— Si vous avez des questions à me poser, il faudra revenir demain matin.

— Où étiez-vous ? Comment se fait-il qu'une femme célibataire soit dans la rue à une heure pareille ?

— À votre avis ? Vous n'avez pas remarqué qu'il y avait un mariage, dans le quartier ?

— C'est là que vous étiez ? C'est sûr ? Il y a des gens qui vous y ont vue ?

— Ce que je fais de mes soirées ne vous regarde pas.

À moins qu'il n'y ait eu une autre fusillade ? Ou bien alors, peut-être y en a-t-il encore une de prévue, et vous voulez vous assurer que je n'y serai pas.

Il s'avança vers elle, trop près, beaucoup plus près qu'il n'est permis à un homme d'approcher une femme dans cette société. Elle sentait son hostilité, sa force, sa lubricité. Il avait dû songer au mariage voisin, à ce qui se déroulait dans la chambre à coucher, y mêlant un flot d'images tirées d'affiches de cinéma et de photos de magazines, tout ce qui pouvait alimenter ses fantasmes. Justine, elle, sentait brûler en elle les mots du poème :

« Ya fouadi, la tasil ayna l'hawa. »

— Demain matin, j'ai du travail, dit l'homme. Je n'ai pas le temps de venir ici vous interroger. Mais j'ai des questions à vous poser. Faites-moi entrer, ça ne sera pas long.

— Il n'en est pas question. Je suis fatiguée et je veux aller me coucher. Vous savez très bien que je ne peux pas faire entrer un homme seul dans ma maison.

— Vous n'êtes pas musulmane. Les chrétiennes ont le droit de faire ce qui leur plaît. Faites-moi entrer. Nous pouvons passer un accord : je vous dirai ce que vous voulez savoir. Je ne resterai pas longtemps.

Elle lui posa la main sur la poitrine, très doucement, pour ne pas paraître agressive, mais il se raidit et lui saisit le poignet.

— Ne me repoussez pas !

À nouveau retentit un roulement de percussions, suivi par le youyou des femmes, que l'on entend aussi à l'occasion d'une mort ou d'une naissance.

« Ya fouadi… ya fouadi… ya fouadi… »

— Lâchez mon bras.

— Vous n'allez quand même pas vous battre,

rétorqua-t-il. Il vaut mieux aller à l'intérieur que rester dans la rue, vous ne croyez pas ?

Saurait-elle entrer chez elle tout en l'empêchant de la suivre ? Elle n'avait aucune idée de sa force véritable.

Il plongea alors la main dans la poche de sa veste et en tira un petit objet métallique. Un déclic, et la lame d'un couteau jaillit. La situation avait changé, comme si un troisième personnage s'était invité dans la ruelle. Plus question, dès lors, de se défendre. Il promena lentement la longue lame au-dessus de ses seins…

Tout à coup, on entendit un bruit de pas venant dans leur direction, des pas d'homme. Une ombre émergea de l'obscurité, et le policier replia son couteau, qu'il tint cependant contre sa cuisse.

— Que se passe-t-il ? Vous importunez ma sœur ?

C'était la voix de Marcel, qui s'exprimait en français. Elle dissimula un soupir de soulagement.

Le policier s'avança vers Marcel. Le fait d'avoir sorti son couteau avait libéré son agressivité, qu'il tournait à présent contre le nouvel arrivant.

— Attention, Marcel, s'écria-t-elle. Il a un couteau.

Mais, faisant mine de ne pas avoir entendu, Marcel marcha droit sur le policier.

— Écoutez, je ne veux pas d'ennuis. Et je pense que vous non plus. Allez-vous-en, et on oubliera tout.

Le policier sembla soudain prendre conscience des soucis qui l'attendaient au cas où cet homme serait effectivement le frère de cette femme. Dans les pays musulmans, les hommes de la famille possèdent un droit absolu sur l'honneur des femmes. Le frère pouvait tuer sa sœur sur-le-champ en toute impunité et, de la même façon, tuer celui qui tentait de la violer, sans que quiconque y trouve à redire.

— Comment être sûr que vous êtes bien son frère ? Vous pourriez être son amant, son…

— Je vous l'ai dit, je suis son frère. J'ai aussi des amis haut placés à l'ambassade de France. Réfléchissez aux conséquences de vos actes. Nous ne voulons pas d'ennuis. Madame a demandé que vous la laissiez tranquille, alors il vaut mieux que vous partiez.

Pendant quelques instants, le policier hésita. Il n'avait jamais couché avec une femme, pas même une prostituée, et éprouvait une furieuse envie de se débarrasser du frère et de conclure son affaire avec la femme. D'un autre côté, les retombées pouvaient être terribles pour lui. S'il était convaincu de viol, sa vie ne vaudrait plus très cher. Il cracha par terre, puis s'éclipsa en faisant un large crochet pour éviter Marcel.

— Entrons, fit Marcel, lorsque le policier se fut suffisamment éloigné.

La main de Justine tremblait en mettant la clé dans la serrure.

— Il avait un couteau, dit-elle.

— Je sais. Je l'ai vu. Allez, on entre.

Elle lui tendit les clés, et ce fut lui qui ouvrit la lourde porte en bois.

— Nick va bien ? demanda-t-elle lorsqu'ils furent en sécurité à l'intérieur.

— Oui, ça va. J'étais venu m'assurer que vous étiez bien rentrée. Apparemment, j'ai bien fait.

Elle lui étreignit la main et l'embrassa sur la joue, puis le conduisit au salon.

— J'ai besoin d'un cognac, soupira-t-elle. Vous en voulez un aussi ?

— D'accord, mais un petit. Je ne reste pas longtemps, juste le temps de vous remettre. Qui est ce type, vous le connaissez ?

Elle s'apprêtait à le lui dire, quand elle s'interrompit brusquement et se précipita vers la porte. Quelques instants plus tard, il l'entendit vomir dans les toilettes. À son retour, elle était livide.

— Excusez-moi, mais… c'est un type dégoûtant. Je pense encore à son couteau.

— Ne vous inquiétez pas, il ne reviendra pas.

— Je n'en suis pas si sûre, dit-elle d'un air songeur.

Un peu avant l'aube, ils amenèrent Nick chez elle dans son fauteuil roulant. Il ne pouvait pas demeurer au dispensaire, trop de gens allaient et venaient dans la journée, et Monestier, qui hébergeait déjà Marcel dans son appartement exigu, ne pouvait le recevoir.

On le conduisit dans la chambre d'amis, où l'on aida Nick, vêtu d'un superbe pyjama vert déniché par Marcel, à s'allonger dans le lit. Quelques minutes plus tard, il dormait profondément.

— Nous allons partir, dit Monestier. Nous devons commencer tôt.

— Vous commencez toujours tôt, mais vous avez veillé toute la nuit. Vous ne voulez pas au moins que je vous prépare un petit déjeuner ?

— Non, ma chère. Vous aussi, vous avez besoin de dormir. Vous avez été sacrément secouée : Marcel m'a tout raconté. Nous allons nous relayer pour faire de petits sommes au cours de la journée. Nous reviendrons ce soir.

— Entre-temps, conseilla Marcel, faites bien attention. N'ouvrez qu'aux gens que vous connaissez, et s'il y a quoi que ce soit de suspect, dites que vous êtes malade.

Elle les raccompagna à la porte et, l'espace d'un

instant, entrevit le ciel pourpre encore incendié d'or, les galaxies pâlissantes qui s'en retournaient à l'obscurité.

« *Oh ! mon cœur* », songea-t-elle.

De retour à la chambre d'amis, elle contempla l'homme qu'elle aimait, endormi comme un enfant. Sans même ôter ses vêtements, elle s'allongea à ses côtés et se tint serrée contre lui avant de sombrer à son tour dans le sommeil.

Les deux médecins revinrent le soir, comme promis, et Justine leur prépara un tajine d'après une recette de sa mère.

— Notre invalide va bien, annonça-t-elle.

— Pas si bien que ça, protesta Nick. J'ai toujours du mal à marcher et je souffre.

— Je vais m'en occuper, ne vous inquiétez pas, le rassura Monestier.

— Mais plus de di… hydro…

— N'ayez pas peur, ce n'était qu'une prescription temporaire. De toute façon, il faut que j'examine d'abord votre jambe. Si vous n'avez pas d'infection, je vous donnerai quelque chose de plus doux. Par ailleurs, sachez que Marcel a une formation d'acupuncteur, alors, si vous êtes d'accord, il peut vous piquer.

— Plutôt mourir !

Marcel sourit.

— Ne craignez rien. Si vous avez toujours mal, nous essaierons les aiguilles. Ça n'est pas douloureux et ça vous soulagera.

Au cours du dîner, Monestier évoqua Béatrice Le Tourneau et sa sœur Marie-Louise, leurs maris, Gérard et Vital, et leurs enfants. Il raconta également la façon dont Marie-Louise avait perdu l'enfant qu'elle portait après avoir assisté à une exécution capitale.

— Je n'ai pas tous les détails, dit le médecin, je ne

sais que ce que m'a dit mon père. Mais il m'a laissé quelques papiers de cette époque. Je vais tâcher de les retrouver, comme ça je pourrai peut-être vous en raconter plus.

— Savez-vous comment ça s'est terminé ? Est-ce qu'ils sont tous rentrés en France après la guerre ?

— Je regrette, mais je ne sais pas grand-chose à ce sujet. Mon père, lui, a continué de vivre ici, même après l'indépendance. Ils ne s'en sont jamais pris à lui. Il n'avait plus guère de contacts avec la métropole, surtout après la mort de ma mère. Mais je vais voir ce que je peux trouver. Et puis nous découvrirons peut-être quelque chose dans les papiers qu'a conservés votre frère.

— Espérons, mais il faut que je le guide, pour qu'il ne cherche pas à l'aveuglette. Et puis je suis très inquiet pour ma fille.

— Vous saurez lui parler. Bon, eh bien, moi, je ne compte pas veiller trop tard, ce soir. Je vais passer la nuit ici au cas où Nick aurait besoin d'aide. Marcel s'occupera du dispensaire. Quant à vous deux, les tourtereaux… je vous conseille de ne pas vous coucher dans le même lit, ce soir, et de dormir.

— Comment… ? demanda Justine, stupéfaite.

— Vous pensiez vraiment que personne ne le remarquerait ? Cela fait plusieurs jours que vous vous regardez avec des yeux de merlan frit. Si vous ne vous étiez pas déclarés, je crois que Marcel et moi l'aurions fait à votre place. Nous avons même parié sur le temps qu'il vous faudrait pour vous l'avouer. N'est-ce pas, Marcel ?

— Allons, docteur. Dans notre profession, on ne parie pas sur la vie des gens.

Il adressa un sourire à Nick.

273

— Mais nous avons parlé de vous deux, bien sûr. Et nous nous sommes dit que c'était une bonne chose. Si vous arrivez à rester en vie.

Marcel partit. La ruelle l'engloutit, et quelques instants plus tard, ses pas s'évanouirent dans l'obscurité. Justine ferma la porte derrière lui et revint dans la salle à manger, où Monestier examinait le contenu de l'armoire aux alcools.

Nick, lui, se trouvait au salon.

— Tu crois qu'il a raison ? demanda-t-elle.

— Qui ? Monestier ?

— Oui. En disant qu'il faut qu'on dorme chacun de son côté.

— Oh ! je suis sûr qu'il a raison, mais pas certain que ça nous fasse vraiment du bien. Qu'en penses-tu ?

Elle l'enlaça.

— Moi, je trouve que c'est une idée horrible. Il faut simplement que tu fasses attention à ta jambe, c'est tout.

— Marcel est parti sans me piquer.

— Ne t'inquiète pas, il revient demain matin.

— Dans ce cas, allons débarrasser, et puis…

À cet instant, on frappa cinq ou six fois à la porte.

— Va en haut, chuchota Justine. Vite !

Nouveau coup à la porte, plus fort, cette fois-ci. Justine gagna le vestibule.

— Qui est là ? demanda-t-elle en arabe, puis en français.

On frappa de nouveau.

LA MAISON DU GLAOUI

29

Marrakech, 1er juillet 1942.

Jamais elle ne s'était sentie aussi nerveuse. Une rencontre de hasard au cours d'une réception, une brève conversation, et voilà qu'elle se retrouvait à la terrasse de l'hôtel La Mamounia à attendre quelqu'un qu'elle ne connaissait pas et à qui elle n'avait aucune raison de faire confiance. De toute évidence, elle n'était pas taillée pour ce genre de choses. Son cœur battait trop vite, elle éprouvait une douleur derrière l'œil gauche et d'effroyables crampes d'estomac.

Elle ne cessait de jeter des regards inquiets autour d'elle, s'attendant à chaque instant à voir surgir une patrouille antisubversive du général Hauteville qui se saisirait d'elle pour la jeter dans un cul-de-basse-fosse. Inutile, en effet, de lui rappeler que La Mamounia abritait le quartier général de la Commission allemande.

À une table derrière elle, un groupe de femmes à l'air martial, mal fagotées, devisaient en allemand, ignorant visiblement les merveilles architecturales qui les entouraient, les motifs entrelacés sur les colonnes et les peintures sur le plafond en bois.

Deux hommes, vêtus de l'uniforme noir des SS, se tenaient debout à quelque distance, l'un appuyé à une colonne, l'autre une tasse de café à la main. La réputation des SS ne lui était pas inconnue, et un frisson parcourut tout son corps. Au Maroc, ils ne disposaient guère de pouvoir, mais le général Noguès, résident général à Rabat et violemment opposé aux Alliés, tenait à leur faire bonne impression, et il pouvait compter sur l'appui de la majorité des colons français, partisans de Pétain. Les colons n'aimaient pas pour autant les Allemands, mais recherchaient leurs faveurs ; ils détestaient encore plus les Anglais, et se montraient prêts à dénoncer ceux de leurs voisins qui auraient pu constituer une menace pour les forces nazies combattant en Afrique du Nord.

Au cours de sa maladie, qui avait duré des mois, hantée par la perte de son bébé et par le souvenir de l'exécution, elle avait failli plusieurs fois renoncer à la lutte et, sans Vital, jamais elle n'aurait pu reprendre le dessus. Bien que physiquement elle eût surmonté sa fausse couche, elle demeurait cloîtrée chez elle et recevait peu de visiteurs. Béatrice venait presque tous les jours, et même Gérard, un peu plus tard, une fois apaisée sa colère contre son « imbécile de belle-sœur » ; mais leur compagnie lui pesait, et quand elle se sentit suffisamment remise, elle s'efforça de les tenir à distance.

Lorsque les pluies eurent cessé et que la chaleur fut revenue, ses deux médecins lui recommandèrent de sortir. Mme Monestier, une femme aimable qui ne se séparait jamais de son chapeau de paille à ruban bleu, l'emmenait pour de longues promenades dans les jardins d'Aguedal de Bahia. Pendant des semaines, elle se contenta de propos anodins, évoquant son enfance à Nice, les jours heureux de sa jeunesse où la courtisait assidûment le Dr Monestier, et puis son garçon, qui, elle l'espérait, suivrait les traces de son père et deviendrait un jour un grand médecin.

Elle ne parlait jamais de la guerre, de Pétain, de Hitler, ni même de Rommel ou de l'Égypte, sujets qui faisaient l'ordinaire des conversations en ville. De son côté, Marie-Louise n'avait aucun désir de raviver des souvenirs douloureux et se laissait imperceptiblement attirer dans l'univers douillet de sa nouvelle amie.

Mais Mme Monestier n'était ni aussi terne ni aussi superficielle qu'elle voulait bien le laisser paraître. Si Marie-Louise n'avait pas été à ce point submergée par son chagrin, elle se serait aperçue que la femme du médecin avait l'esprit aussi aiguisé que son mari, et qu'elle portait sur la société marocaine un regard perspicace.

Béatrice, plus préoccupée de son standing que de la santé de sa sœur, lui avait rendu sans le vouloir un grand service en mettant sur le compte d'une grossesse difficile un intérêt autrement inexplicable pour le traître Aziz. Bien sûr, l'exécution du jeune homme avait eu un effet délétère sur sa santé mentale, mais sa fausse couche ne prouvait-elle pas que cette grossesse se passait mal depuis le début ?

Au printemps, grâce aux efforts de sa sœur, Marie-Louise était définitivement réhabilitée aux yeux des femmes de la bonne société française de Marrakech. « Ne lui parlez jamais de bébés, chuchotaient-elles dans les salons. Ni de guillotine. Surtout de guillotine, d'ailleurs. » Le regard hautain, Béatrice ajoutait : « N'oubliez pas que tout cela est dû à ses hormones. À son bébé malade. À cette guerre horrible. »

Les bonnes fées veillaient sur elle, et lorsque les fleurs de mimosa cédèrent la place aux fleurs rouges et coralline, la réputation de Marie-Louise était à nouveau sans tache.

Quelques mois plus tard, pour marquer le début de l'été, les Allemands annoncèrent, pour la fin du mois de juin, un grand dîner suivi d'un bal à La Mamounia, mais cet événement n'était pas aussi facile à organiser qu'il le semblait à première vue. On ne pouvait inviter aucun membre de la cour, puisque le sultan avait refusé de recevoir dans ses palais un seul membre de la délégation allemande. Celle-ci avait essuyé une rebuffade semblable de la part de Thami Pacha el-Glaoui, vrai dirigeant du Sud marocain, dont le grand palais dominait la médina. Son refus s'étendait – du moins en principe – à tout son entourage et à ses obligés.

La Commission dut se contenter des Français fidèles à Vichy. Noguès accepta volontiers de se déplacer depuis Rabat avec un grand nombre de ses collaborateurs. Hauteville serait présent, bien sûr, de même que le colonel Ribaud et les autres. Les magistrats étaient également invités, ainsi que des hauts fonctionnaires. Bien entendu, il n'y aurait aucun Juif, quelle que fût leur position sociale.

C'était la première sortie de Marie-Louise, et elle l'avait trouvée détestable. Il y avait là les arrivistes de toujours, trop heureux de faire la roue aux réceptions de l'occupant, quelques représentants de la communauté internationale de Tanger, et un groupe de Marocains de la haute société qui n'avaient de liens ni avec le roi ni avec le Glaoui.

Elle dansa surtout avec Vital. Les officiers allemands, surveillés par leurs bovines épouses, faisaient de leur mieux pour danser au moins une fois avec une Française, mais évitaient soigneusement les Marocaines. Peu avant la fin du bal, l'un des collègues de Vital, le juge

Pierre Valois, dont l'absence en ce jour fatal lui avait permis d'assister à l'exécution d'Aziz, l'invita à danser.

Tandis qu'ils tourbillonnaient sur le parquet, Valois devisait de choses et d'autres. Il était bon danseur, et ils se mêlèrent ainsi aux autres couples, sans se faire remarquer. Pourtant, au moment où l'orchestre attaquait les dernières mesures de la valse, il se pencha à son oreille.

— Rendez-vous demain après-midi à trois heures, sur la terrasse. Ne soyez pas en retard.

Puis il s'inclina en souriant et disparut.

— J'ai l'impression que tu plais bien à Pierre, remarqua Vital lorsqu'elle se rassit à côté de lui.

Elle protesta, il insista, et le bal ne tarda pas à prendre fin. Elle ne lui parla pas du curieux rendez-vous de Valois.

Elle n'avait pas refusé parce qu'il n'y avait jamais eu entre eux la moindre attirance ni rien qui ressemblât à de la séduction. Quelque chose lui disait que son invitation était d'une autre nature. Elle se trouvait donc à l'heure dite sur la terrasse de La Mamounia, prête à découvrir la vérité, ou bien, si Pierre avait l'intention de la séduire, à le rabrouer vertement.

L'officier allemand, appuyé jusque-là à une colonne, s'approcha d'elle et, à un mètre de sa table, claqua des talons et s'inclina.

— *Gnädige Frau.*

— Oui ?

— Je m'inquiétais de vous voir ainsi seule, dit-il dans un français excellent, ce qui lui avait sans doute valu d'être affecté à la Commission. Je me présente : Standartenführer Gustav von Hodenberg. Je crois vous avoir vus, vous et votre mari, hier soir au bal. Puis-je vous être utile à quelque chose ?

Elle fut aussitôt prise de panique et dut se persuader

qu'elle ne courait aucun danger. Cet homme cherchait probablement à lier connaissance en pensant qu'elle était venue là en quête d'un amant.

— Bonjour, Marie-Louise, je suis en retard, excuse-moi.

La voix de femme, derrière elle, lui fournissait le prétexte idéal pour ne pas répondre à von Hodenberg. Elle se retourna et découvrit Jeanine Gimpel, professeur au lycée français. Elles s'étaient déjà croisées quelques fois, mais se connaissaient à peine.

— Bonjour, Jeanine, mais tu n'es pas du tout en retard. Je te présente… Stand… excusez-moi, mais vos grades sont si longs et difficiles à retenir, dit-elle avec un faible sourire.

— Standartenführer, répondit-il en souriant lui aussi. Je crois que ça correspond chez vous à « colonel ». Standartenführer Gustav von Hodenberg. À votre service, *gnädige Fräulein*.

Il claqua de nouveau des talons en s'inclinant vers Jeanine.

Marie-Louise fut surprise d'apprendre qu'il était colonel, car il ne semblait pas avoir plus de trente ans, mais il est vrai qu'en temps de guerre, les promotions sont plus rapides. Jeanine lui adressa un signe de tête et lui répondit qu'elle était une *Frau*, et non une *Fräulein*. Il ne se montra pas offensé : les Françaises réagissaient toujours ainsi.

— Je me suis trompé, dit-il à Marie-Louise. Je vous présente mes excuses.

Il s'en retourna auprès de son ami, à côté de la colonne. Jeanine s'assit.

— Inutile de m'expliquer, dit-elle. Ils font ça pour un oui ou pour un non, et ils se croient polis. En fait, je crois que ces pauvres diables se sentent bien seuls, et qu'ils sont à l'affût de la moindre aventure avec une femme. Il sait que ton mari aurait des problèmes s'il se plaignait.

Elle ôta son chapeau et le posa de l'autre côté de la table.

— On prend un café ? Ou bien tu préfères un thé ? Accompagné de ces délicieuses pâtisseries qu'ils font ici ?

— Je ne viens pas souvent, et je n'ai jamais goûté ni leur thé ni leurs pâtisseries.

— C'est pourtant agréable de prendre le thé à l'anglaise, pour changer, tu ne trouves pas ?

Mais, avant que Marie-Louise ait pu répondre, elle avait déjà hélé le serveur.

— Deux cafés crème, deux bouteilles d'eau plate et des pâtisseries. Et vite, hein, j'en ai marre, moi, des Arabes paresseux !

Il s'éloigna. En voyant le visage de Marie-Louise, Jeanine éclata de rire.

— Je t'ai choquée. Excuse-moi.

— Non, non, ça ne me regarde pas.

— Ah ! Marie-Louise, il va falloir t'habituer à ce qu'on parle aux Marocains sur ce ton rude. À partir d'aujourd'hui, tu vas te montrer dure avec eux, leur parler sèchement. Mais si un officier allemand t'adresse la parole, tu lui répondras poliment, et même amicalement.

— Je ne comprends rien à tout ça. On m'a donné rendez-vous ici à trois heures. Je ne te connais presque pas, on ne peut pas dire que nous soyons amies.

— Tu vas voir que très rapidement nous allons être les meilleures amies du monde.

— Mais qu'est-ce que ça veut dire, tout ça ?

— Je crois que tu le sais déjà. Je crois que tu sais très

exactement pourquoi toi et moi nous nous rencontrons ici aujourd'hui.

Marie-Louise la regarda, sidérée.

— La Résistance… murmura-t-elle. Tu appartiens à la Résistance.

Jeanine acquiesça.

— Ça fait longtemps que nous t'observons, que nous recevons sur toi des rapports de la part de gens que tu ne soupçonnerais même pas. Personne n'a oublié le courage dont tu as fait preuve.

— Le courage ? Mais je n'ai jamais…

— Le courage peut prendre bien des formes. Je crois que peu d'entre nous auraient fait ce que tu as fait pour ce pauvre Aziz. Dire que tu es restée avec lui jusqu'à la fin, et le prix que tu as payé dans ta chair…

— Je ne pouvais pas agir autrement. Si tu l'avais vu…

— Je vois que tu es encore bouleversée, alors changeons de sujet. Parlons de ta première mission, par exemple.

— Mais je n'ai pas dit que je voulais rejoindre la Résistance ! Je ne peux pas, comme ça… il faut que j'en parle avec Vital.

Jeanine hocha la tête en signe de dénégation.

— Non, il ne vaut mieux pas. Même quand les deux membres d'un couple sont résistants, nous préférons qu'ils appartiennent à des cellules différentes, et qu'ils n'en parlent jamais entre eux.

— Tu veux dire que Vital…

— Je ne peux pas te le dire. Et, à la vérité, je n'en sais rien. Mais je sais qu'il est sympathisant.

À cet instant, le serveur revint avec les cafés, l'eau et les gâteaux. Jeanine le renvoya d'un geste brusque. Elle savait que les bruits circulaient rapidement, et l'endroit était idéal pour se bâtir une réputation.

— Écoute, Marie-Louise, je ne peux pas te laisser le temps de la réflexion. Il me faut une réponse aujourd'hui. Je ne te garantis pas qu'il n'y a pas de danger, mais c'est important, et ça le deviendra plus encore au cours des mois à venir.

— Tu veux dire qu'il va y avoir… un débarquement ?

— Doucement. Je ne peux pas te répondre, mais nous sommes arrivés à un moment critique de cette guerre. Les principales actions de la Résistance ont lieu en métropole, mais les événements d'Afrique du Nord peuvent avoir d'immenses répercussions sur la guerre en Europe. Bois ton café. J'ai besoin d'une réponse avant qu'on parte.

Marie-Louise tendit la main vers sa tasse, puis se ravisa.

— C'est bon. Ma décision est prise. Merci de me l'avoir demandé. Je suis avec vous. On leur fera rentrer leurs sourires dans la gorge.

Jeanine lui adressa un sourire.

— Tu es bien sûre ?

Marie-Louise opina du chef.

— Tu n'imagines pas le plaisir que ça fera aux autres, reprit Jeanine. Et maintenant bois ton café, on va aller faire une petite promenade. Nous avons beaucoup de choses à voir ensemble.

30

Câble codé M55XL896
Origine : Ambassade des États-Unis.
Section OSS.
Tanger, le 27 juillet 1942.

De nom de code : PATRIOT [colonel William Eddy, chef de poste de l'OSS, Afrique du Nord]. Nom de code FAO : SUNRAY [général Bill Donovan, oc OSS], quartier général Torch [Norfolk House, Piccadilly, Londres].

Avons reçu votre communication du 25/7/42 concernant l'opération Torch. D'autres informations vous seront communiquées lorsque la date du débarquement aura été fixée. Notre service vous fournira des bulletins hebdomadaires à propos du Maroc, y compris les territoires espagnols, jusqu'au débarquement.

Hier, réunion à l'hôtel el-Minzah. Étaient présents : le commandant Léon Faye (représentant les Français libres), le capitaine Beaufre (forces armées marocaines), et l'homme d'affaires et millionnaire Jacques Lemaigre-Dubreuil. Lemaigre affirme connaître plusieurs officiers dissidents capables de mener à bien un coup d'État si nous en prenons la décision. Il insiste pour que nous nommions le général Giraud à la tête de l'État en remplacement de Pétain, surtout compte tenu du fait que Roosevelt semble détester de Gaulle. Lemaigre estime également qu'il ne faudrait pas négliger l'amiral Darlan, en dépit de ses propos anti-alliés. Il aime bien les Britanniques et dispose d'une énorme influence en France.

La plus grande partie des troupes françaises paraît demeurer fidèle à Pétain. Bob Murphy et moi pouvons rassembler environ dix mille irréguliers arabes au Maroc. Ce ne seront pas des combattants extraordinaires, mais ils peuvent se révéler utiles pour des opérations de diversion au moment du débarquement.

Il faut agir rapidement. Obéissant aux ordres des Allemands, Laval a remplacé les officiers antialle-mands et pro-Alliés par des collaborateurs. À Marrakech, la police est dirigée par un fasciste français nommé Le Tourneau, qui est de mèche avec une poignée de membres de la Gestapo envoyés il y a quelques mois dans cette ville en tant qu'« observateurs ».

La police de Vichy aurait arrêté plus de trois cents officiers français soupçonnés d'apporter leur soutien à différents mouvements clandestins. La Gestapo aiderait la police à faire parler les détenus, tandis que certains auraient déjà été exécutés. Les fascistes français tiennent à présent les postes militaires clés dans toute l'Afrique du Nord, et il est certain qu'ils s'opposeront au débarquement et donneront l'ordre à leurs hommes d'ouvrir le feu sur les troupes alliées. Peut-être avons-nous déjà trop attendu.

D'ici là, pour qu'ils puissent se rendre utiles, les Français libres du Maroc ont besoin d'armes et de munitions. Faites en sorte qu'ils obtiennent ce qu'ils demanderont. Je présenterai une autre requête pour les armes qui doivent être distribuées aux tribus.

28 juillet 1942.
O/C Dépôt du matériel, Le Caire.
Conformément aux requêtes de la 1re Armée, je vous prie de bien vouloir faire parvenir par parachutage au groupe patriotique du Maroc les fournitures suivantes :

— Mitraillettes Sten	:	1 000
— Munitions de 9 mm	:	800 000
— Fusils 303	:	500
— Munitions 303	:	200 000
— Grenades à main	:	2 000
— Grenades Hawkins n° 75	:	2 000

Capitaine J. Wellinghouse
De nom de code Sunray, quartier général Torch, à nom de code Patriot, section OSS, ambassade des États-Unis, Tanger.
29 juillet 1942.

Ultrasecret
À détruire après lecture

Les noms de code Ancien marin [Winston Churchill] et Casablanca [F. D. Roosevelt] commencent à avoir des doutes sur la situation au Maroc et en Algérie. Ils se sont engagés à lancer l'opération Torch, car la suite des opérations exige absolument l'ouverture d'un deuxième front. Mais ils ne lanceront leurs troupes dans la bataille qu'avec la certitude qu'elles ne s'enliseront pas en Afrique du Nord. La débâcle du Chaudron, le mois dernier, suivie de la perte de Tobrouk, a beaucoup frappé les esprits.

Churchill veut être sûr que des forces irrégulières appuieraient un débarquement. L'Algérie, à cet égard, semble assez sûre, mais nous sommes toujours inquiets pour le Maroc, notamment au vu de vos informations selon lesquelles des fascistes tiennent un certain nombre de positions militaires clés.

Apparemment, le pacha de Marrakech, le Glaoui, qui exerce son influence sur la partie sud du Maroc, serait hostile aux Allemands et disposerait de forces considérables dans la région. J'ai parlé à nom de code Monsieur Legrand [le général de Gaulle], et il m'a fait savoir qu'en cas de victoires, l'appui apporté aux Français libres serait récompensé comme il se doit.

Il faudra envoyer quelqu'un de confiance pour s'entretenir avec le Glaoui, et j'enverrai moi-même plus tard un représentant du quartier général pour mettre au point les détails. Il y a urgence. Si vous avez besoin d'argent ou de matériel pour cette mission, faites-le-moi savoir, car elle pourrait bien être l'une des plus décisives de cette guerre. Ne laissez aucune échappatoire au Glaoui. Si les promesses n'ont pas d'effet, utilisez la menace : je crois savoir que ce type est sensible aux arguments frappants. Cela dit, faites attention à ses cachots. On dit que ceux qui y sont jetés ne revoient plus jamais la lumière du jour.

Station d'écoute Funkabwehr
Amiens, France
29 juillet.

Le caporal des transmissions déplaça doucement le *Frequenzenstellung* oblong sur son récepteur E52a « Köln ». Un message adressé à l'ambassade américaine arrivait sur la fréquence Londres-Tanger. Pendant quelques minutes, sa machine intercepta la transmission radiotélégraphique. Lorsque l'opération fut terminée, il demanda à son assistant d'introduire le message sur une bande télétype et n'y pensa plus.

L'assistant, un jeune Berlinois nommé Hans Piepe, affecté à Amiens seulement quelques semaines auparavant, composa un numéro sur le télétype et attendit la connexion directe. Par chance, il l'obtint trois minutes plus tard. Il y avait eu un important trafic tout au long de la journée, mais il commençait à se ralentir. Il introduisit sa bande et la vit disparaître, à la vitesse d'environ soixante mots par minute.

Au quartier général de Fremde Herre, section occidentale des services d'évaluation allemands, les meilleurs cryptographes de l'Abwehr reçurent le message codé de Donovan. S'apercevant de l'importance de ce qu'il venait de recevoir, l'officier de permanence l'amena dans la salle voisine, où il pouvait être déchiffré à l'aide d'une machine américaine reconstruite, une US SIGABA M-134-C.

31

— Il faudra être très prudente avec lui, Marie-Louise. Par certains côtés, il est plus puissant que le sultan et dispose de plus d'influence que le résident général. Dans sa région, sa parole fait loi. Il peut faire destituer, arrêter, torturer ou tuer quelqu'un pour la raison la plus infime, ou même sans aucune raison. En surface, c'est un homme extrêmement policé : il parle couramment le français, un peu l'anglais, passe beaucoup de temps en Europe, et c'est un excellent joueur de golf.

» Mais ça n'est qu'en surface. En dessous, c'est un vrai barbare. Je ne dis pas qu'il se tient mal à table, au contraire, pour ce genre de choses, il est très raffiné. Mais, avec les Marocains, il peut se montrer haineux et cruel. Dans le passé, ses armées se sont livrées à de nombreux massacres, et ses cachots sont jonchés d'ossements.

— Ça n'est donc pas qu'une rumeur ?

— Ici, ma chère, tout est rumeur, mais, dans le cas du pacha, la vérité est encore pis que la rumeur.

» En tout cas, il est immensément riche, plus riche même que le roi, et incorruptible. Difficile de savoir comment il accueillera la proposition des Alliés, mais on ne peut douter de son courage ni de celui de ses hommes. S'il le faut, ils combattront les Allemands jusqu'au dernier.

Jeanine Gimpel portait une robe à fleurs, légère, qui lui arrivait juste au-dessus des genoux et, avec sa silhouette frêle, son petit chignon, ses lunettes, sa peau blanche qu'elle s'efforçait de protéger du soleil, elle avait tout de la maîtresse d'école. Elle avait les yeux cernés et devait dormir aussi mal que Marie-Louise depuis l'exécution d'Aziz.

Jeanine lui avait proposé de venir nager dans la petite piscine derrière le casino, et l'heure semblait bien choisie, car après le déjeuner, il n'y avait presque personne. Partageant une cabine pour femmes, elles pouvaient parler librement sans attirer l'attention.

— Il faudrait se déshabiller, suggéra Jeanine, sans ça l'employé va finir par se demander ce qu'on fabrique.

Elle se tourna, de façon que Marie-Louise pût l'aider à déboutonner sa robe, et à sa grande surprise, celle-ci s'aperçut que la sage maîtresse d'école portait une lingerie bien plus raffinée que ses classiques vêtements d'été ne permettaient de soupçonner. Le chignon et les lunettes ne laissaient en rien deviner le corps sensuel qui s'offrait à présent aux regards de Marie-Louise.

— Et n'oublie pas sa réputation en tant qu'homme, reprit Jeanine.

— Oui, j'ai entendu dire qu'il aimait les femmes, dit Marie-Louise en se tournant à son tour pour que Jeanine déboutonne sa robe.

— S'il aime les femmes ? Il avait quatre-vingt-seize concubines dans son harem, et à la mort de son frère, il a récupéré ses cinquante-quatre épouses. Depuis lors, je ne sais pas combien il en a ajouté. Ses émissaires parcourent les villages berbères à la recherche de filles qu'ils expédient à sa casbah. Jamais plus elles ne

revoient la lumière du jour. Et des hommes à lui surveil-
lent les gares de chemin de fer pour repérer les Européennes qui voyagent seules...

— Ça m'étonnerait ! s'exclama Marie-Louise en
passant sa robe par-dessus sa tête.

Elle rougit en songeant à ses tristes sous-vêtements,
tandis que Jeanine faisait glisser sa culotte dans un frou-
frou de soie.

— Il aime les femmes, ma chère, et il a suffisamment
d'argent et de pouvoir pour parvenir à ses fins. Quand il
te verra, il ne te sautera pas dessus, mais il te déshabil-
lera du regard en se demandant s'il va ou non te faire la
cour. Tu es très jolie. Je dirais même que tu es tout à fait
son genre. Avec un beau maquillage...

— Tu ne suggères quand même pas que...

— Bien sûr que non. Bon, voyons un peu ce qu'il y a
sous cette triste lingerie. Je suis étonnée que ton mari
supporte ça.

— C'est pour ça que tu m'as amenée ici ?

— Ne t'inquiète pas. Tu es l'épouse d'un juge
français, et le Glaoui sait jusqu'où il peut aller. Mais
l'issue de la guerre peut dépendre de l'impression que tu
lui feras. Je ne te demande pas de coucher avec lui, mais
je ne t'enverrais pas là-bas si je n'étais pas sûre que tu
saurais le séduire si nécessaire.

— Excuse-moi, mais c'est impensable. Un homme
comme ça, un...

Elle s'interrompit. Au-dehors, des enfants criaient en
s'éclaboussant dans la piscine.

— Un Marocain ? C'est ça que tu allais dire, Marie-
Louise ? Un indigène ? Un musulman ? Un Arabe ? Je
te croyais au-dessus de ça. D'ailleurs, est-ce que ça
serait aussi terrible ? On dit que c'est un amant

extraordinaire, capable de satisfaire une femme plusieurs fois dans la nuit. C'est ce que j'ai entendu dire.

— Mais je suis mariée !

— Moi aussi. En tout cas, théoriquement. Mon mari est incapable de satisfaire une femme. De toute façon, vu la tournure que prend la guerre, nous pourrions bientôt nous retrouver veuves. Tous les jours, des soldats meurent en combattant les Boches, les résistants sont soit tués, soit torturés par la Gestapo. Et toi tu t'inquiètes pour une ou deux nuits d'amour avec Thami el-Glaoui ?

D'une voix étranglée, le visage sillonné de larmes, Marie-Louise tenta de se défendre encore.

— Mais… j'aime mon mari. Nous nous aimons beaucoup, tous les deux.

Jeanine, alors, l'attira contre elle, et Marie-Louise éprouva l'étrange sensation d'autres seins contre les siens, de mains de femme qui lui caressaient le dos. Passé ce premier moment de surprise, elle s'abandonna et serra contre elle son amie. Lorsqu'elles s'écartèrent l'une de l'autre, les deux femmes essuyèrent les larmes de leurs yeux.

— Enlève-moi ces affreuses culottes, dit Jeanine avec un sourire féroce. Bien. Et maintenant tourne-toi. Encore. Bien, ça ira.

— Ce qui veut dire ?

— Que s'il te voyait nue, comme ça, il te demanderait aussitôt en mariage.

Marie-Louise éclata d'un rire nerveux. Elle n'avait jamais parlé de ce genre de choses auparavant.

— Comment peux-tu dire ça ?

— J'imagine. Avec les hommes, on n'est jamais sûre de rien. Mais tu as une belle silhouette. Si j'étais un homme, j'aurais envie de t'avoir dans mon lit.

L'espace d'un instant, Marie-Louise entendit autre chose dans les mots de son amie. Un univers nouveau se révélait à elle, où des femmes nues pouvaient s'étreindre. Gênée, elle prit son maillot de bain.

— Je crois qu'on devrait aller se baigner.

Jeanine enfila son maillot.

— Je ne voulais pas te gêner. Mon mari et moi… nous nous aimons beaucoup. C'est un grand bonheur de vivre ensemble, mais…

— Je préfère ne pas le savoir. Je ne désapprouve pas, c'est simplement que…

— Non, bien sûr que non. Bon, il faut encore qu'on parle. Le problème, c'est de savoir s'il faut t'envoyer dans son palais en ville, ou dans sa casbah, à Telouet. Et comment le faire sans éveiller de soupçons.

— Dois-je y aller seule ?

— Non, en tout cas pas la première fois. Ne t'inquiète pas, on trouvera un moyen.

32

Telouet, 10 août 1942.

Ce voyage à dos d'âne lui faisait mal aux fesses, et elle craignait que sa nouvelle culotte en soie ne fût déjà réduite en charpie. Pourtant, seul un âne pouvait parcourir ces étendues rocailleuses. Elle changea d'assise, et pendant quelques instants sa douleur disparut... avant de revenir.

Devant elle, Denis Bailey connaissait probablement les mêmes affres, quoiqu'il eût déjà chevauché à dos d'âne en Grèce, mais il avait l'air un peu plus endurci. Quant à leur guide, qui ne parlait que le berbère, il dirigeait ses ânes de la voix et du geste et semblait parfaitement compris de ses bêtes.

Denis, capitaine des services de renseignement britanniques, était arrivé par avion du Caire quelques jours auparavant. La quarantaine, mince et légèrement voûté, il portait des lunettes cerclées d'acier qui renvoyaient par brefs éclats la lumière du soleil.

Marie-Louise ne tarda pas à découvrir le malentendu qui avait présidé à son assignation, car, si on l'avait sans nul doute choisi parce qu'il parlait l'arabe, la pratique du tibétain lui aurait été à peu près aussi utile. Quelques années auparavant, il avait en effet suivi des études d'arabe classique, et se révélait capable de lire le Coran, la poésie du Moyen Âge et les timbres du Proche-Orient. En Égypte, il avait même appris le dialecte local, très différent de l'arabe classique mais incompréhensible pour un Marocain.

Néanmoins, il emmenait avec lui des papiers rédigés en plusieurs langues, garantissant au Glaoui l'aide pleine et entière des Alliés s'il s'engageait dans la guerre à leurs côtés. On lui promettait de l'argent, de l'or en lingots, des armes et des munitions à volonté, et le titre de chevalier qu'il convoitait depuis longtemps. En outre, le capitaine Bailey était autorisé à faire savoir au Glaoui qu'en cas de victoire alliée de profonds remaniements interviendraient à la tête du Maroc, et qu'il s'avérerait peut-être nécessaire de déposer le roi et de le remplacer par un souverain plus fiable.

Marie-Louise devait faire les présentations et servir d'interprète. Le capitaine, qui parlait un peu français, voyageait sous l'identité de son mari, tandis que Vital avait été habilement incité à prendre quelques jours de vacances à Casablanca.

Au départ de Marrakech, ils avaient suivi la route, relativement récente, qui passe par le col de Tizi n'Tichka. À Tadlest, ils avaient abandonné leur voiture pour les ânes envoyés par le pacha, et emprunté la piste étroite qui serpente le long du Tiz n'Telouet jusqu'à la casbah. Même au plus fort de l'été, il faisait froid dans ces montagnes.

Ils longeaient de profonds précipices surmontés par les sommets enneigés du Haut-Atlas, perpétuellement soulignés de fines plumes blanches soulevées par les vents violents qui y soufflaient.

Soudain, leur guide poussa un grand cri :

— *Casbah sidi el-Glaoui ! Casbah Telouet !*

Au loin, contre un ciel bleu ardoise, un spectacle époustouflant s'offrait à leurs yeux. Dar el-Glaoui, la maison du Glaoui. Tours, murs-rideaux et toits crénelés paraissaient s'étendre à perte de vue. On disait que le pacha faisait construire le plus grand palais que le monde ait jamais connu, et les deux voyageurs n'étaient pas loin de le croire. On eût dit un mélange de temple égyptien et de palais de Lhasa avec un soupçon de Bastille.

Ils poursuivirent leur route pendant plusieurs heures encore. Telouet se dressait à 1 800 mètres d'altitude, à la limite de la végétation, et, alors que les flancs des montagnes étaient dépourvus de verdure, les murailles du grand château s'ornaient tout autour de bouquets d'amandiers, de fleurs de toutes les couleurs. On apercevait même des palmiers, moins altiers toutefois que ceux des plaines de Marrakech.

Le guide les conduisit à une énorme porte qui devait faire plus de six mètres de haut, où ils purent enfin descendre de leurs montures. Dans le ciel tournoyaient des oiseaux de proie, vautours, corbeaux, milans et faucons. Marie-Louise ne put réprimer un frisson.

Après que leur guide eut frappé plusieurs coups, on entendit un bruit de serrure, et la porte s'ouvrit sur un grand Noir, une écharpe en soie autour du cou à laquelle pendaient une dizaine de clés. Telouet était bien gardé, et seuls les oiseaux de proie y avaient librement accès.

On leur fit traverser une vaste cour dallée descendant en pente douce le long d'un des murs d'enceinte.

Les tuiles vertes des toits brillaient comme de la pelouse, et l'ombre d'un aigle glissa lentement sur les remparts. Plus loin, en bas, on apercevait des fenêtres à treillage métallique, des moucharabiehs, derrière lesquels devaient guetter d'innombrables paires d'yeux.

Invisibles des passants, les femmes avaient tout loisir de regarder ce qui se passait au-dehors, ce monde auquel elles avaient autrefois appartenu. Une nouvelle fois, Marie-Louise frissonna, comme si elle était déjà happée par les lieux, sans espoir de retour si le Glaoui en décidait ainsi.

Leur guide, après les avoir confiés à l'esclave noir, s'était évanoui, et ils s'enfoncèrent alors dans les profondeurs de la casbah proprement dite, entrelacs de ténèbres et de lueurs vives. Lorsque cela était possible, on avait découpé de longues fentes dans les façades des maisons pour apporter la lumière du soleil dans les pièces et les couloirs. Ailleurs, torches et lampes à huile dispensaient un éclairage incertain.

Partout, ce n'étaient que plafonds finement sculptés, boiseries laquées, fins brocarts et tapis persans, lampes en cuivre, colonnes semblables à du verre poli, arcs en fer à cheval, armoires vitrées pleines d'objets précieux, vases chargés de roses rouges, chaises incrustées de nacre, tables mouchetées d'or, chandeliers attendant l'arrivée du courant électrique.

L'esclave les conduisit plus profondément encore à l'intérieur du bâtiment tentaculaire, jusqu'à une série de salons de réception, puis les abandonna, partant à la recherche de quelqu'un d'autre, sans leur adresser la parole. Ils en vinrent à la conclusion qu'il était muet. Mais où donc se trouvait leur hôte ?

Une demi-heure plus tard environ, une sorte de chambellan, plutôt âgé, fit son apparition et se présenta sous le nom d'Allal el-Mokri. Il parlait un excellent français et les invita à s'installer confortablement.

— Mon maître ne peut pas vous recevoir tout de suite, dit-il en s'excusant. Il a eu un empêchement de dernière minute. Vous allez devoir patienter. Je vais vous faire apporter du café et une collation. Ensuite, vous dînerez avec le Glaoui. Il sait que vous êtes là. Mettez-vous à votre aise et n'hésitez pas à demander si vous avez besoin de quoi que ce soit.

On servit du café et des pâtisseries, on alluma les lumières, et la fin d'après-midi laissa place au début de soirée. Ils échangeaient quelques mots de temps à autre, mais leur conversation ne tarda pas à languir, car la plupart des sujets leur étaient interdits pour des raisons de sécurité.

En milieu de soirée, un jeune homme les introduisit dans une salle à manger privée où la table était dressée pour trois. Puis on leur servit le dîner, mais le Glaoui n'apparaissait toujours pas. Ils dînèrent seuls. On débarrassa les assiettes et on les reconduisit dans la salle de réception où les attendaient d'autres cafés. Aucun des serviteurs qui s'affairaient autour d'eux n'avait répondu aux questions de Marie-Louise.

Le moment d'aller se coucher semblait venu lorsqu'un homme de haute taille, vêtu d'une djellaba, fit son entrée dans la pièce. Il se pencha pour baiser la main de Marie-Louise, mais sans la quitter des yeux, et elle crut discerner dans son regard une lueur amusée. Lâchant la main de la jeune femme plusieurs secondes après qu'il n'eut été de mise, il se tourna vers Denis et lui serra la main sans conviction.

— Je vous demande de m'excuser, dit-il en leur faisant signe de se rasseoir. La vie dans ces casbahs est souvent compliquée. À proprement parler, Telouet est la résidence de l'un de mes frères et de ses femmes, bien que j'en sois le propriétaire. En ce moment, il est parti inspecter ses autres casbahs et, comme je voulais m'éloigner un peu de Marrakech, je suis venu passer quelque temps ici. Naturellement, dès que le maître a tourné le dos, certains en profitent pour faire le mal ou pour réclamer une audience.

— Inutile de vous excuser, répliqua Marie-Louise. Nous savons que vous êtes un homme très occupé. La grandeur ne va pas sans responsabilités.

— Seul Dieu est grand, rétorqua le Glaoui, mais on voyait bien que la remarque l'avait flatté.

Elle savait que des discussions préliminaires avaient déjà eu lieu à Marrakech, mais en ignorait la teneur.

— Seigneur, pourriez-vous me préciser ce qui vous a été proposé lors de vos discussions avec nos représentants à Marrakech ?

— Vous ne perdez pas de temps, mademoiselle. Ou bien faut-il vous appeler madame ?

— Madame, répondit-elle en rougissant.

— Mes félicitations à votre mari. C'est un homme comblé. Mais vous avez raison, nous n'avons pas de temps à perdre en bavardages. Venons-en donc au fait.

Ils discutèrent longuement, mais il apparut vite que le Glaoui n'ignorait rien de la situation et que, maîtrisant le moindre détail, il n'avait nul besoin de conseillers. Il comprenait fort bien les risques qu'il encourait et voulait être assuré d'être pleinement récompensé au cas où la situation tournerait à l'avantage des Alliés. Une chose, cependant, lui semblait encore obscure : pourquoi renoncer à son allégeance sincère à la France de Vichy et opter pour une bande de rebelles sous les ordres de De Gaulle ? Il savait que Roosevelt émettait de sérieuses réserves à propos de ce dernier et de ses Français libres, ce qui ne laissait pas de le troubler. Quelle garantie avait-il que ce seraient eux qui hériteraient du pouvoir après la guerre ? Et si ce n'était pas le cas, il lui faudrait traiter avec des hommes qui le considéreraient comme un traître, ce qui pouvait signifier la chute de la famille Glaoui et la destruction de tout ce pour quoi ils avaient œuvré.

Ils argumentèrent, essayant de le rassurer, et lui faisant observer qu'en tout état de cause, le régime de Vichy ne survivrait pas à une victoire alliée.

Leur discussion prit fin après minuit. Le pacha proposa d'accompagner lui-même Denis jusqu'à sa chambre, et promit à Marie-Louise de revenir rapidement. Lorsque les deux hommes se levèrent, personne ne remarqua le léger frémissement du rideau au fond de la pièce, ni n'entendit le bruit étouffé des pas qui s'éloignaient.

33

Il revint dix minutes plus tard, souriant et empressé comme un Rudolph Valentino, s'assit à ses côtés et lui versa un grand verre de whisky. Lui-même n'avait pas bu une goutte d'alcool tout le temps qu'avait duré leur conversation.

— Ils ont dû vous choisir avec beaucoup de soin, dit-il.

— Je ne comprends pas ce que…

— Ils savaient qu'un homme n'aurait pas suffi à la tâche, qu'il fallait une femme pour me persuader.

— C'est curieux. Je ne pensais pas que l'opinion des femmes vous intéressait à ce point.

Il éclata de rire.

— Savez-vous qu'à une ou deux exceptions près, les femmes de ma maison sont illettrées ? Même les plus belles d'entre elles sont des créatures ignorantes. Au fond, elles m'ennuient. Voilà pourquoi je trouve si désirables les Européennes. Celles que je rencontre ne sont pas seulement attirantes physiquement, elles sont souvent intelligentes, et ont du caractère, ce qui est encore mieux. À mon sens, vous possédez ces trois qualités.

— Eh bien, je suis heureuse de faire sur vous une

telle impression, mais je ne suis pas venue ici dans cette intention. Les sujets dont nous avons discuté sont extrêmement graves, et il faut rassembler toutes nos énergies pour battre les Allemands.

— Croyez-moi, je tiens autant que vous à battre les nazis, et peut-être même plus. Regardez la couleur de ma peau. Du sang africain coule dans mes veines. Les nazis m'enverraient dans un de leurs camps parce qu'à leurs yeux je suis un être inférieur. Mais cela ne nous empêche pas d'utiliser nos énergies à d'autres fins.

— Par exemple ?

— À faire l'amour. Chez nous, c'est quelque chose qui est grandement mis en valeur, et je sais que vous autres Français vous enorgueillissez de vos dons en la matière.

— Monsieur el-Glaoui, cette conversation est déjà allée trop loin. Je vous ai dit que j'étais mariée. Mon mari…

— Oui ?

— Est un homme influent. Il me fait confiance, mais je ne crois pas qu'il apprécierait de vous voir ainsi me faire la cour.

— La cour ? lança le pacha en riant.

— Ne me faisiez-vous pas la cour ? Pourquoi donc toutes ces allusions à nos dons en matière d'amour ?

— Mais pourquoi ne m'y intéresserais-je pas, madame ? J'ai plus de femmes et de concubines que Salomon. La plupart de mes femmes ne sont pas seulement bêtes, mais laides, et je ne les ai épousées que pour des raisons politiques. D'autres, en revanche, ont été choisies pour leur beauté. Visages d'ange, seins comme de petits fruits mûrs, hanches minces, fesses rondes. Même à mon âge, je me sens rajeunir chaque fois que l'une d'entre elles se déshabille. Croyez-moi, je connais bien les choses de l'amour. Après notre brève conversation et le peu que j'ai vu de vous, je serais très honoré si vous acceptiez de partager mon lit. Et je veillerais à ce que vous soyez amplement récompensée.

— Je ne suis pas une prostituée, si c'est ce que vous suggérez.

— Pas le moins du monde. Mais nous perdons notre temps. Je dois me lever tôt demain matin.

— Si je réponds non à votre proposition, cela influera-t-il sur votre décision ?

— Mes plaisirs n'influencent jamais mes décisions politiques. Ma décision est déjà prise. Je déclencherai le soulèvement à la date qui vous conviendra, pour autant qu'à ce moment-là j'aie reçu l'argent et les armes.

— Soyez assuré que vous les recevrez. Je suis très flattée par votre proposition, et je ne doute pas que vous sauriez m'en remontrer dans les choses de l'amour, mais je dois la refuser. Mon mari est un homme bon et il m'aime. Moi aussi je l'aime, et je ne pourrais le retrouver avec cela sur la conscience.

— Je m'en voudrais si c'était le cas. Bonne nuit, madame. Dormez bien. J'enverrai une servante dans votre chambre. Nous ne nous reverrons plus.

Tard cette nuit-là, une silhouette se glissa furtivement par la porte principale de la casbah de Telouet. Personne ne la vit descendre le long chemin serpentant à travers les contreforts de l'Atlas ; personne ne la vit s'engager ensuite sur la nouvelle route de Marrakech, construite par les Français. Et même si quelqu'un avait remarqué cette silhouette, qu'aurait-il vu, sinon un simple paysan sur sa mule ?

(Traduit de l'arabe
SS Hauptamt, Marrakech
11 août 1942)

Au commandant de la mission allemande
Hôtel La Mamounia
Marrakech
11 août 1942

Monsieur,

Vous trouverez ci-joint un compte rendu complet de la réunion qui s'est tenue hier entre Son Excellence Thami el-Glaoui, pacha de Marrakech, une femme membre de la Résistance française, et un représentant des forces britanniques en Afrique du Nord. Ces propos se passent de commentaires.

En ce qui me concerne, je suis le grand chambellan du Glaoui, et je dispose d'une certaine influence. Depuis des années, j'apporte mon soutien à Son Excellence le mufti de Jérusalem, Hadj Amin el-Husseini, que Dieu lui apporte le succès. Vous connaissez bien évidemment son appui au Reich et sa guerre contre les conspirateurs juifs.

En échange d'autres informations concernant mon maître et ses activités, je formule une requête simple : que l'argent et les armes qui doivent être livrés au pacha me soient en fait remis à la casbah de Tifoultout, où réside ma famille. Cela brisera dans l'œuf le soulèvement prévu par le Glaoui. En outre, en cas de débarquement allié, ces armes et cet argent permettront à mes partisans d'attaquer les envahisseurs qui chercheraient à franchir la frontière entre le Maroc et l'Algérie.

Le porteur de cette lettre pourra m'apporter votre réponse. Que Dieu bénisse vos efforts et vous apporte le succès. *Al-hamdou li'llah.*

Allal el-Mokri,

grand chambellan du pacha el-Glaoui.

Note tapée à la machine annexée à la lettre ci-dessus, en allemand.

Faites en sorte que cette lettre parvienne immédiatement au haut commandement. Assurez-vous bien qu'elle ne soit pas interceptée, et que les réponses soient codées au plus haut niveau de sécurité. Nous recommandons qu'il soit fait droit aux demandes formulées dans cette lettre, dès que les contacts directs auront été pris avec son auteur.

SS Standartenführer von Hodenberg,

adjoint au chef de la Commission allemande à Marrakech.

DANS LE PALAIS DU SCORPION

34

Commission allemande
Hôtel La Mamounia
Marrakech, 3 novembre 1942.
— *Heil Hitler !*
— *Heil Hitler !*

Gérard laissa retomber son bras. Au mur, derrière lui, était accroché un long drapeau rouge arborant en son centre la croix gammée noire sur fond blanc. À sa gauche, un portrait de Hitler, et devant lui le Standartenführer Gustav von Hodenberg, chef adjoint de la Commission allemande et officier de liaison de la SS. Gérard et lui s'étaient déjà rencontrés plusieurs fois.

— Asseyez-vous, Gérard. Cela fait toujours plaisir de vous voir. Comment va votre charmante épouse ?

L'excellent français de von Hodenberg trahissait son éducation, et les années qu'il avait passées à Paris avant la guerre. De tous les Allemands en poste à Marrakech, il était de loin le plus policé, et le plus apte à entretenir des relations avec les autorités françaises. L'homme avait une haute opinion de lui-même, se flattait de sa naissance, de sa richesse, de sa culture et de son adhésion précoce au parti national-socialiste. En réalité, sous des dehors affables, le Standartenführer était un tortionnaire impitoyable, un personnage sournois, cynique et avide. Avec l'aide de Gérard Le Tourneau, il avait créé un petit labyrinthe de cachots où il jetait tous ceux qui étaient assez obtus pour ne pas voir dans quel sens soufflait le vent.

— Elle va très bien, *Herr* Standartenführer. Elle vous salue et vous fait parvenir une petite boîte de marrons glacés… je l'ai déposée chez votre secrétaire.

— Remerciez-la pour moi. Elle sait combien j'apprécie ses attentions. Et maintenant, vous m'avez dit que vous vouliez m'entretenir d'une affaire urgente. Il ne s'agit plus de rumeurs, j'espère ?

— Oh ! si, il y en a beaucoup.

Il était de notoriété publique que les Alliés préparaient un débarquement, mais personne ne savait ni où ni quand.

— Qu'avez-vous pour moi, aujourd'hui ?

— Quelque chose de très intéressant.

— Je vous écoute.

Gérard tira alors de sa serviette la photographie d'une femme et la tendit au colonel.

— Mmmm. Une très belle femme. Je l'ai déjà vue une fois ou deux à l'hôtel. Je présume qu'elle est française.

Gérard acquiesça.

— Et qui est-ce, exactement ?

— C'est l'émissaire française qui a persuadé le Glaoui d'accepter l'argent et les armes des Alliés.

Un silence suivit les paroles de Gérard.

— Je vois. J'imagine que vous avez les preuves de ce que vous avancez ?

— En grand nombre.

— Son nom ?

— Marie-Louise Guénaud. Son mari est…

— Oui, je sais qui est son mari. Est-il mêlé à tout ça ?

— Je le pense. Pas à l'affaire du Glaoui, mais à d'autres.

— N'est-ce pas votre belle-sœur ?

Gérard opina du chef. Son visage ne trahissait pas la moindre émotion.

— Et cela ne vous dérange pas ?

— Pas le moins du monde. Je la soupçonne depuis longtemps d'avoir des opinions politiques de gauche. Elle exerce une mauvaise influence sur mon neveu, et je m'inquiète pour lui.

— Et votre femme ?

— Oui ?

— Sait-elle que sa sœur est une résistante ? Le lui avez-vous dit ?

— Je n'ai pas pu lui dissimuler un tel secret. Elle le sait. Et approuve ma démarche.

— À votre avis, que devrions-nous faire ?

— J'ai des raisons de croire que demain elle recevra une visite. Ce ne sera qu'un messager, un garçon, qui apportera soit une lettre, soit un message oral.

— Un message pour qui ?

— Pour le Glaoui, lui annonçant que le moment du soulèvement est arrivé.

— Mais il a dû…

— Les Alliés sont persuadés qu'il a récupéré l'or et les armes.

— Et ce message doit confirmer que le débarquement allié aura bien lieu ?

— Je l'espère, oui.

— Que voulez-vous faire de votre belle-sœur ?

— Je vais proposer qu'on l'arrête et qu'elle soit jugée pour trahison. Mais si les événements se précipitent…

— Je comprends. Et son mari ?

— La même chose, bien sûr. J'ai tous les papiers nécessaires. Mes hommes connaissent leur travail. Mais, pour être franc, j'aimerais mieux ne pas être directement impliqué. Comprenez-moi bien : il s'agit avant tout pour moi de faire un exemple, mais on pourrait penser que je n'ai agi que pour des raisons familiales.

— Dans ce cas, je vais m'en occuper moi-même. En venant me rapporter ces faits, vous avez agi noblement. Je ne l'oublierai pas. Et maintenant, voyons tout cela dans les détails. Comment faudrait-il opérer, demain ?

Après une demi-heure de discussion, Gérard salua le Standartenführer et se dirigea vers la porte, mais au moment où il allait la franchir, le colonel le rappela.

— Mon cher Le Tourneau, j'ai réfléchi, et je me suis demandé comment vous remercier pour votre fidélité et pour les renseignements que vous m'avez communiqués. Je crois que vous devez connaître l'identité de celui à qui nous avons fait parvenir l'or destiné au Glaoui. Le mieux serait que vous parliez avec lui. Après tout, il va récupérer du matériel qui pourrait être utilisé contre les autorités françaises. Je crois que vous pourrez le persuader de vous en reverser une partie. Étant donné les circonstances, il vous faudra parvenir à une sorte d'arrangement privé avec lui. Vous me comprenez, n'est-ce pas ?

— Oui, je pense.

— Dans ce cas, revenez donc vous asseoir, que je vous raconte tout ce que vous devez savoir à ce sujet.

35

Marrakech, 4 novembre 1942.

Abd el-Krim hésita un instant avant de porter à ses lèvres le verre de thé à la menthe. Il était dans un état de tension extrême depuis qu'il avait appris, le matin même, qu'on lui refusait la main de Salima. C'était la faute de son père, qui lui avait préféré un juge religieux, veuf depuis cinq mois. Le juge avait soixante ans et Salima quatorze, alors qu'Abd el-Krim n'en avait que dix-sept. Mais il était pauvre, et trouvait injuste que le vieux bouc fût le premier à boire à ce qu'un de ses amis avait décrit comme « le calice de la beauté de Salima ». Il voulait dire que... en fait, il savait très bien ce que voulait dire cet ami, mais de telles pensées le faisaient rougir horriblement.

Peut-être devrait-il expliquer son affaire aux autorités françaises, qui désapprouvaient les mariages arrangés et n'appréciaient guère cet attachement aux traditions. Des hommes comme le vieux juge représentaient un obstacle sur leur chemin, c'étaient des opposants résolus aux chrétiens et à leurs plans sataniques. Peut-être enverraient-ils quelqu'un pour parler au juge. Ou peut-être pas.

Les Français qui patrouillaient aujourd'hui dans les

rues de Marrakech ressemblaient peu à ceux qu'il avait connus. Ils arrêtaient les gens sous le moindre prétexte, harcelaient les Juifs dans le Mellah ou faisaient des rafles pour les envoyer on ne savait où. On parlait de Paris, de l'île du Diable ou de l'Allemagne.

Il avala d'un coup le reste de son thé et reposa le verre sur la table. Le goût sucré demeura un instant sur sa langue avant de disparaître. Le mur en face de lui réfléchissait la lumière dorée du soleil, et l'air était lourd et chaud, oppressant et un peu poisseux, comme son thé.

Il était venu ici avant de se mettre en route. Le petit café était situé sur la place qui fait face à la mosquée Ben Youssef, et par la fenêtre on apercevait le dôme recouvert de tuiles vertes et le minaret également vert. Les murs de l'édifice étaient tapissés de longs draps de soie jaunes, rouges et bleus, qui se détachaient sur le vert de la façade.

Il avait la chance de travailler comme apprenti dans l'échoppe de son oncle Omar, réputé comme l'un des selliers les plus habiles de Marrakech. Pourtant, aujourd'hui que son oncle lui avait donné son après-midi, et où il ne peinait pas sur les cuirs durs, il en venait à se demander si sa vie se passerait toujours à travailler comme un esclave pour les riches.

Abd el-Krim devait bien reconnaître que son oncle n'était pas trop exigeant avec lui. D'abord, en cette période, il y avait peu de travail. Depuis le début de la guerre en Europe, les seuls touristes étaient français ou allemands, et même les riches cavaliers marocains y regardaient à deux fois avant de commander le harnachement nécessaire aux fantasias. Aussi s'échappait-il chaque fois qu'il le pouvait, et, muni de quelques dirhams en poche, on le retrouvait souvent dans ce petit café.

Ce matin, le professeur du quartier, Moustafa, lui avait donné de l'argent pour aller porter un message, et avait même rajouté quelques pièces en lui recommandant d'aller boire un café au Café de France, sur la Djemaa el-Fna. Abd el-Krim avait rêvé à maintes reprises de s'asseoir comme les touristes à la terrasse installée sur le toit de l'établissement pour contempler le spectacle de la place, mais il avait glissé les quelques dirhams de Moulay Moustafa dans le sac où il conservait ses économies, pour le jour où il se marierait.

La voix du muezzin de la mosquée Ben Youssef s'éleva soudain dans l'air, suivie d'une autre, appelant les fidèles à la prière. Une troisième ne tarda pas à lui faire écho, et bientôt toutes les mosquées de la ville se répondirent ainsi en un entrelacs de chants psalmodiés.

Comme poussé par cet appel, il se leva et tapota sa djellaba pour s'assurer qu'il portait encore à sa ceinture le petit paquet qu'on lui avait confié. Au même instant, les sirènes retentirent dans le quartier français, rauques, monotones, comme venues d'un autre monde. Presque tous les jours à présent, il y avait des problèmes par là-bas. Les nouvelles, ensuite, faisaient le tour de la ville arabe, de café en café, de hammam en hammam. Un jour, une fusillade, un autre, des coups de couteau, le lendemain, une femme hurlante que l'on jette d'un cinquième étage.

Au moment où il déposait quelques pièces sur la table, il aperçut Mbarak, de l'autre côté de la salle, qui le regardait avec insistance. Mbarak vivait dans le Der esh-Shems, une ruelle à quelques centaines de mètres de chez lui.

Mbarak et lui ne s'appréciaient guère : depuis des années, ils s'adressaient à peine la parole lorsque d'aventure ils se croisaient le vendredi sur le chemin de la mosquée. Il est vrai qu'ils ne fréquentaient pas les mêmes gens : les amis de Mbarak avaient mauvaise réputation, comme Masoud le boucher, ou d'autres voyous de son âge. À dix-neuf ans, Mbarak n'exerçait aucune profession définie, mais gagnait sa vie comme intermédiaire, capable de vendre de tout, depuis la fripe jusqu'aux femmes. On disait qu'il passait beaucoup de temps dans le quartier réservé, à présenter des touristes et des hommes venus d'autres villes du Maroc aux dames de certaines maisons.

On racontait aussi qu'il avait ses entrées dans la Ville Nouvelle, où certains Français l'accueillaient volontiers.

Abd el-Krim remercia le cafetier venu nettoyer la table. Tout en essuyant une tache de thé avec son torchon, l'homme indiqua Mbarak d'un coup d'œil oblique.

— Fais attention à celui-là, murmura-t-il. Tout à l'heure, il a demandé où tu étais. En sortant d'ici, va directement sur Djemaa el-Fna et perds-toi dans la foule. Avec ces gens-là, il vaut mieux éviter les ennuis.

Abd el-Krim eut envie de lui demander ce qu'il entendait par « ces gens-là », mais le patron s'était déjà éloigné et inspectait un bouquet de menthe fraîche que son garçon lui avait rapporté du marché.

— *Allah yhennik*, lança-t-il.

Le cafetier se retourna vers lui.

— *Thella frasik*, prends bien soin de toi.

Suivant les conseils du cafetier, il s'enfonça dans le dédale de ruelles reliant entre eux les différents souks. Habitué à flâner dans ce labyrinthe, il se sentait aujourd'hui comme étranger à cet assaut de bruits, d'odeurs et de couleurs qui façonnaient son univers quotidien.

Ayant atteint Djemaa el-Fna, il fut happé par l'activité frénétique qui y régnait. Le soir, la place serait encore plus animée après l'arrivée des acrobates, magiciens, charmeurs de serpents et montreurs de singes, avec la musique stridente des confréries de derviches qui se disputaient l'attention des passants.

Il fit le tour de la place, puis coupa par le coin sud-ouest, où une rangée de calèches attendaient patiemment les clients, tandis que les chevaux fatigués secouaient de temps à autre la tête pour chasser les mouches qui tourbillonnaient en nuages autour d'eux.

Traversant le Shari Fatima Zohra, il gagna la porte Bab Doukkala, gardée par une escouade de gendarmes français. On lui demanda ses papiers puis on le palpa pour s'assurer qu'il n'était pas armé. La fouille fut si sommaire qu'ils ne virent même pas le paquet glissé dans sa ceinture. Pour eux, il n'était qu'un de ces innombrables bons à rien, à mi-chemin entre le Juif et le chien. Ils le laissèrent passer, mais en s'éloignant, il remarqua de l'autre côté de la rue deux hommes en civil, vêtus d'imperméables, qui examinaient attentivement tous ceux qui franchissaient la porte Doukkala dans les deux sens.

Après avoir traversé la place el-Mourabetine, il gagna le boulevard Safi et se retourna pour vérifier qu'il n'était pas suivi. Il ne savait pas du tout ce que contenait le paquet et, de son destinataire, ne connaissait que le nom, M. Vert, et une brève description : la trentaine, le teint pâle, les cheveux blonds et une barbiche. Si on lui posait des questions en chemin, il devait répondre que M. Vert avait fait appel à lui pour arroser son jardin. L'explication était plausible.

Aucun Marocain ne pouvait se trouver dans ce quartier sans raison. Là, tout était conçu pour les Français : écoles, bureaux de poste, cinéma, cafés. Abd el-Krim les méprisait, comme il méprisait les Allemands, les Britanniques et les Juifs, tous ces infidèles. Qu'ils se déchirent entre eux, se disait-il, et les musulmans retrouveront leur indépendance.

De temps en temps, il sentait que des Français l'observaient. Ils devaient s'imaginer que tous les Marocains cherchaient à les poignarder dans le dos ou à jeter une bombe dans leurs clubs privés. Mais la plupart se contentaient de ne pas les voir. Si, dix minutes après le passage d'un Marocain, on demandait à l'un de ceux-là s'ils en avaient vu passer, il aurait sûrement répondu, d'un air étonné : « Non, je ne pense pas. Pourquoi ? »

Ici, dans la Ville Nouvelle, il était comme un chameau hors du désert. Au-delà des remparts, il pouvait se fondre dans son environnement, faire partie du décor pendant un moment, puis resurgir l'instant d'après. Là-bas, il pouvait gagner la main de Salima, vivre avec elle et fonder une famille. Une fois, elle avait laissé glisser son voile, et il avait entraperçu son visage, chez sa mère. Il n'avait pas su si elle l'avait fait exprès, mais il l'avait trouvée ravissante, et dans son souvenir, l'image de ce visage s'associait à ceux qu'il voyait parfois sur les affiches de cinéma dans le Guéliz.

Ayant appris par cœur les indications que lui avait données Moulay Moustafa, il parvint à se diriger dans le dédale de ruelles inconnues. Moulay Moustafa était directeur d'une petite école coranique dans la rue où vivait Abd el-Krim. Ses élèves l'aimaient, et ces dernières années, il avait tenté d'étendre son enseignement au-delà de la simple récitation du texte sacré : un peu de mathématiques, de l'arabe, de la géographie. Il avait encouragé Abd el-Krim à suivre ses cours, sans exiger de paiement en retour, mais l'oncle Omar avait refusé en expliquant à son neveu qu'un sellier n'avait besoin que de mains fortes, de doigts habiles et de bons yeux.

Parfois, Abd el-Krim rêvait d'autre chose. Non qu'il fût honteux de son métier ou de sa modeste condition sociale : il savait que pour Dieu tous les hommes sont égaux, et que c'était le destin qui avait voulu pour lui cette vie-là et pas une autre. Il savait aussi qu'aux yeux de Dieu la rébellion est le plus affreux des péchés, et que ce n'étaient pas des gens comme lui, ignorants et illettrés, qui pouvaient remettre en question l'organisation du monde.

Mais il lui arrivait de lever les yeux de son travail et d'apercevoir une Française, le visage découvert, l'air arrogant, effleurant du bout des doigts un objet d'artisanat qui avait exigé des jours, voire des semaines, de travail, et qu'elle se proposait d'acquérir pour trois fois rien. Ou bien il observait son mari, un Français en complet blanc et lunettes noires, laissant reposer nonchalamment sa main sur la taille de son épouse, sans imaginer qu'un passant pût la regarder et la désirer. En de tels moments, Abd el-Krim rêvait d'être riche ou français ou n'importe quoi d'autre qu'un pauvre apprenti sellier qui ne porterait jamais un complet blanc, ne toucherait jamais une femme en public ni ne conduirait une voiture avec des sièges en cuir et des phares chromés.

Au même instant, une voiture semblable à celle qu'il imaginait passa à côté de lui, le capot et les flancs d'un blanc luisant. Aucun de ses nombreux passagers ne tourna la tête vers lui : il ne méritait pas même un coup d'œil. Seules les intéressaient les véritables curiosités : Touaregs avec leurs voiles épais, à dos de chameau, Berbères de la vallée du Draa, parlant le tachelhit, Noirs d'au-delà du désert… tout ce qui pouvait évoquer *Les Mille et Une Nuits*, avec ses harems et ses filles parées de bijoux dansant pour un sultan enturbanné.

36

Il faillit manquer la plaque bleu et blanc portant les mots : rue du Docteur-Madeleine. Il ne savait pas lire, mais Moulay Moustafa lui avait écrit les lettres. Il tira le papier de sa poche et compara l'inscription : elle correspondait.

Il trouva facilement le numéro 15, avec sa façade peinte en bleu et ses grappes de bougainvillées. La petite villa était entourée d'un mur, mais par le portail métallique, il aperçut le jardin. Le portail était évidemment fermé, et il décida de faire le tour par la ruelle déserte. Tous les hommes étaient au travail, dans les bureaux, les commissariats ou les casernes. Il se dit alors que si on le surprenait à rôder comme ça derrière une maison de colon, il serait arrêté par les gendarmes, jeté à l'arrière d'une Jeep et envoyé en prison. Il fallait faire vite.

D'autres maisons donnaient sur l'arrière de celle-ci, et Abd el-Krim imaginait déjà une Française l'apercevant à travers ses persiennes et décrochant son téléphone (un appareil qu'il n'avait jamais vu mais dont il avait souvent entendu parler) pour prévenir le commissariat de police.

Mais le portillon s'ouvrit à la première poussée, et Abd el-Krim se retrouva dans un jardin plus grand que celui qu'il avait aperçu auparavant, avec des plantes et des fleurs qu'on venait d'arroser. La chaleur du soleil asséchait déjà feuilles et pétales, mais pour l'heure, l'humidité exaltait les senteurs de jasmin et de chèvrefeuille.

Il eut envie de s'attarder. C'était la première fois qu'il mettait les pieds dans un jardin privé, même s'il en avait aperçu dans la vieille ville, avec leurs fontaines entourées de fleurs rouges, bleues et jaunes dont il ne connaissait pas les noms, leurs arbres croulant sous les prunes et les nèfles, et leurs gracieux bambous frissonnant à la moindre brise.

La porte d'entrée s'ouvrit, livrant le passage à une Marocaine un peu grasse, sans son voile. Ce devait être la gouvernante.

— *Labesse.*

Il lui retourna sa formule de politesse.

— *Labesse, al-hamdou li'llah.*

— Vous cherchez quelqu'un ?

Il opina du chef.

— M. Vert.

— C'est tout ?

— J'ai un paquet pour lui.

Elle tendit la main, paume ouverte.

— Je le lui donnerai.

— Non, on m'a dit de le remettre en mains propres.

Elle le toisa, se demandant si elle pouvait ou non lui faire confiance.

— Bon, d'accord. Entrez.

Il la suivit à travers une vaste cuisine, puis le long d'un couloir où l'on entendait de la musique. Abd el-Krim avait déjà entendu de la musique occidentale, mais jamais comme celle-ci. C'était du piano, joué de façon admirable : il avait reconnu l'instrument mais l'air ne lui disait rien.

La gouvernante le fit entrer par une porte restée ouverte.

— Madame…

La musique s'interrompit instantanément.

En découvrant la Française, non voilée, vêtue d'une robe ajustée, les cheveux peignés de part et d'autre du visage, il crut que son cœur allait cesser de battre. Elle avait fait pivoter son tabouret et lui souriait de façon un peu crispée.

— *Al salam aleikoum*, dit Marie-Louise. Vous venez de la part de notre ami commun, c'est ça ?

— Oui, madame, Mou…

Elle posa un doigt sur ses lèvres et il crut presque qu'elle lui avait adressé un clin d'œil. Elle ressemblait à toutes les Françaises, mais son sourire était chaleureux, et il sentait dans son accueil quelque chose d'autre que la simple politesse.

— Vous avez un message pour moi ?

Son arabe était loin d'être parfait, mais jamais il n'avait entendu un étranger le parler aussi bien.

Il hésita. Il n'avait pas prévu de se retrouver seul avec une femme et se sentait embarrassé.

— Ce paquet est pour M. Vert. Un homme blond.

La femme sourit.

— Malheureusement, M. Vert n'est pas là aujourd'hui. Il avait une réunion importante à Fès. Mais je suis son adjointe, vous pouvez me donner le paquet.

Quelque chose lui disait qu'il pouvait lui faire confiance. Pourtant…

— Il est… sous ma djellaba.

— Et vous ne savez pas comment le récupérer ?

Son sourire s'était élargi.

Il acquiesça.

— Je comprends. Latifa va vous conduire à un cabinet de toilette où vous pourrez ôter votre djellaba. Mais faites vite, ce paquet est urgent.

Il lui fallut moins de deux minutes pour revenir avec un petit paquet enveloppé dans plusieurs couches de papier brun.

Elle lui demanda s'il avait soif. Il hocha la tête en signe d'affirmation.

— Latifa va vous donner une limonade. Ne vous inquiétez pas, elle n'est pas alcoolisée.

Latifa gagna la cuisine, et Abd el-Krim se demanda si c'était là son vrai nom.

Puis la Française tendit la main et il lui donna le paquet. Elle ne souriait plus, à présent. On était passé aux choses sérieuses. Cela avait-il un rapport avec la guerre qui se déroulait en France ?

Elle alla s'asseoir à un petit bureau, déchira l'emballage et se mit à lire les feuilles que contenait le paquet. Latifa revint avec un grand verre plein de glaçons et d'un liquide coloré. Il aurait aimé avaler le contenu d'un coup, mais, impressionné par l'environnement, il le dégusta à petites gorgées. La femme avait chaussé sur son joli nez de fines lunettes à monture d'écaille, et il se demanda quel âge elle pouvait avoir : vingt ans ? trente ? trente-cinq ? Elle portait autour du cou une écharpe bleu marine, attachée par une simple épingle en argent.

Lorsqu'elle eut fini de lire, elle posa ses lunettes sur les feuilles, se frotta l'arête du nez, puis lui adressa un faible sourire. Pour finir, elle prit du papier dans une boîte posée sur le bureau et un stylo dans un tiroir.

— Je voudrais que vous rameniez une lettre à notre ami. Je vous paierai votre course, bien sûr. Gardez-la sous votre djellaba et faites bien attention.

— Vous n'avez pas besoin de me payer, lança-t-il sans réfléchir.

Ses affaires ne le concernaient ni lui ni les musulmans en général, mais elle avait le cou si blanc et des yeux si bleus.

— Cette fois-ci, je tiens à vous payer, rétorqua-t-elle. Pour la prochaine fois, j'en parlerai avec notre ami. J'imagine que vous êtes d'accord pour revenir ?

Bien entendu. Sinon, comment revivre tout ceci, la maison, le jardin, la limonade glacée, la femme au sourire désarmant ? Il se voyait déjà amenant Salima ici avec son père et sa mère, pour leur montrer quels étaient ses amis, quels milieux il fréquentait désormais.

— Oui, dit-il en savourant le goût de citron qui s'attardait sur sa langue.

— Il faut que personne ne soit au courant de vos visites ici, en dehors de l'homme qui vous envoie. Vous me comprenez bien ? Pas un mot à personne : votre oncle, votre mère, vos sœurs, vos amis. Vous ne pouvez pas vous permettre de prendre le moindre risque.

En observant la pureté de ses traits, sa silhouette parfaite, il se dit que Dieu avait dû la pétrir dans une autre argile que lui.

— Que se passerait-il si quelqu'un savait que je viens ici ?

— Vous seriez certainement arrêté. Ensuite…

Elle haussa les épaules.

— Je serais tué ?

— Oui, sans nul doute.

— Et vous ?

— Ils m'exécuteraient aussi, répondit-elle sans hésiter. Oui, c'est sûr.

— Tant pis. Ils ne me font pas peur, dit-il sans bien savoir qui étaient ces « ils ».

Au même instant, on entendit le vrombissement de plusieurs voitures qui arrivaient en trombe.

Elle fut la première à réagir.

— Il faut que vous partiez !

Hurlements de freins, claquements de portières, suivis de bruits de pas précipités et d'ordres aboyés en français.

— Vite, fit la femme, repartez par où vous êtes venu. Latifa va vous montrer le chemin.

Mais il était déjà trop tard. Les hommes, dehors, ne perdaient pas de temps en formalités. À coups de pied, ils firent sauter de ses gonds la porte d'entrée, qui s'abattit sur le sol avec fracas.

Latifa l'entraîna dans le couloir puis dans la cuisine.

— Après avoir traversé le jardin, dit-elle, tournez à droite presque jusqu'au rond-point, puis encore à droite, et continuez jusqu'à l'église des Saints-Martyrs. Entrez dans l'église : personne ne vous remarquera. Restez caché jusqu'à la tombée de la nuit, puis retournez dans la médina.

— Mais…

— Ne posez pas de questions. Sauvez-vous ! Vite !

— Mais la dame…

— Elle saura se débrouiller. Allez, partez !

Elle le poussa dehors et referma la porte derrière lui. Il traversa le jardin en courant et ouvrit le portail.

Ils l'attendaient. Trois policiers français et un quatrième homme, en manteau de cuir trop lourd pour le climat. Celui-là aussi était étranger, mais pas français. Abd el-Krim en avait déjà vu de semblables, et entendu murmurer leur nom dans les souks : la Gestapo.

37

Ils prirent leur temps avec elle. Au début parce que les
informations en sa possession étaient de la plus haute
importance pour eux, et ensuite seulement pour lui faire
mal, pour se venger de son refus de parler.

À plusieurs reprises, ils emmenèrent Marie-Louise
dans la cellule où était enfermé son mari. Vital avait été
encore plus maltraité que sa femme, et chaque fois ils lui
disaient qu'ils l'épargneraient si elle parlait. Elle refusait, et ils poursuivaient donc les tortures sous ses yeux.
Souvent elle s'évanouissait, mais ils la ranimaient
aussitôt.

Elle chercha à leur donner des renseignements sans
importance : l'endroit où étaient dissimulés des livrets
de codes, un parachutage d'armes dans le Rif, une liste
de noms codés. Mais ils attendaient autre chose, et elle
le savait. Marie-Louise connaissait le lieu et la date des
débarquements des Alliés en Afrique du Nord.

Vital, lui, connaissait l'existence de l'opération
Torch, mais pas les dates ni les lieux. Toutes les fois où
on la conduisait auprès de son mari, elle se sentait sur le
point de tout avouer. S'il y avait eu une véritable chance
de le sauver, voire de diminuer ses souffrances, peut-
être aurait-elle cédé. Mais révéler ces secrets coûterait

des milliers, peut-être des centaines de milliers de vies, et prolongerait la guerre avec toutes ses horreurs, dont ces camps de concentration à propos desquels on racontait tant de choses.

Elle savait que leurs ravisseurs ne feraient jamais appel à des médecins pour panser leurs blessures, remplacer leurs dents brisées ou réduire leurs fractures. Comme ils en avaient l'intention depuis le début, ils finiraient par les abattre, et les révélations qu'elle pourrait faire n'y changeraient rien. Alors elle s'efforçait de tenir bon, d'ignorer les hurlements qu'elle entendait jour et nuit.

Trois enquêteurs français procédaient à ses interrogatoires, mais la plupart du temps il y en avait un quatrième, l'agent de la Gestapo. Le premier jour, ils la déshabillèrent, lui rasèrent les cheveux et les poils du pubis et l'assirent sur une chaise un peu semblable aux chaises électriques américaines.

Au début, ils s'étaient contentés d'insultes, mais dès la fin de la première journée, ils avaient commencé à lui administrer des gifles, puis des coups sur la tête, les seins ou le ventre. Avant de la frapper, ils l'avaient fait se redresser et s'étaient mis à hurler comme des déments.

— Tu connais les dates ! Dis-les-nous ! Dis-nous ce que tu sais et on te relâche ! Allez, salope, vas-y ! Juste quelques dates, tu te sentiras mieux quand tu les auras sorties, et puis on te laissera revoir ton mari. Après tout, tu n'as pas commis de crimes graves, tu n'as tué personne. On veillera à ce qu'ils vous condamnent à une peine légère, tous les deux, comme ça, après la guerre, vous pourrez vous retrouver. Allez, dis-nous quand ça doit se passer ! Fais comme si on n'était pas là, chuchote comme ça, pour personne, et tu te retrouveras dans les bras de ton mari.

Lorsqu'ils eurent épuisé tous les moyens de la persuasion, ils entreprirent de la torturer pour de bon. D'abord, ils apportèrent une grosse machine avec des cadrans et des boutons, qu'ils placèrent sur une table basse à côté d'elle. Ils attachèrent des électrodes à ses mamelons, et l'un des enquêteurs appuyait sur un bouton, une, dix ou trente secondes avant de poser la question suivante. Jamais elle ne parla, mais elle s'évanouit la première fois qu'ils prolongèrent la décharge au-delà de vingt secondes.

Elle croyait que rien ne pouvait être plus terrible que ça, mais elle se trompait. Sur le générateur pendait un autre fil, relié à un long cylindre métallique. On amena deux femmes, deux Françaises au visage dur, qui lui écartèrent les jambes, tandis que l'Allemand la violait avec l'appareil métallique. Puis on envoya les décharges.

Ils ne lui posèrent pas de questions, c'eût été inutile. Elle ne parvenait même pas à réfléchir. Le moindre recoin de son corps, la moindre terminaison nerveuse devenaient pure douleur. Elle s'entendit hurler… Vital se trouvait dans la pièce à côté et l'entendait parfaitement… Elle s'évanouit, tout devint noir autour d'elle, mais on la réveilla à coups de gifles.

— On ne le refera plus si tu nous dis les dates. Pense à ton mari ! Pense à ton enfant !

Elle ne cessait de penser à eux. On lui avait appris que, sur injonction du tribunal, son petit André avait été conduit chez sa sœur Béatrice, et qu'elle ne le reverrait que si elle parlait.

Mais il ne s'agissait pas seulement des dates. Elle connaissait le nom des plages où les débarquements devaient avoir lieu, la disposition des groupes de bataille, le nom des bateaux de guerre. Tout cela était destiné au Glaoui, de façon qu'il pût coordonner son action avec celle des Alliés. À présent, cela ne servait plus à rien, mais les débarquements auraient tout de même lieu, les Allemands seraient chassés d'Afrique du Nord et la reconquête de l'Europe pourrait commencer. Voilà pourquoi il fallait continuer de hurler sans rien avouer.

Le premier jour, elle aperçut un homme qui observait les interrogatoires depuis le seuil de la cellule, sans y prendre part. Le deuxième jour, elle reconnut son beau-frère, Gérard. Il ne s'avança jamais dans la pièce, ne lui parla jamais, ne lui posa aucune question, mais assista à tout, y compris aux séances de torture.

« *Écoutez, Yankee Robert arrive, Robert arrive.* »

Ces mots ne cessaient de tourbillonner dans ses pensées : dans quelques jours, la BBC les diffuserait, avertissant ainsi les patriotes du débarquement des premières troupes alliées en Afrique du Nord.

« Port Lyautey, Fedala, Safi. »

Les noms de ces points de débarquement étaient constamment au bout de sa langue : il aurait suffi qu'elle les prononce pour que tout s'arrête, pour qu'elle ait la paix.

« 8 novembre. » Cette date aussi lui brûlait la langue, deux petits mots qui lui auraient procuré un peu de sommeil.

Marrakech, dimanche 8 novembre.

— Réveille-toi, Marie-Louise, réveille-toi.

Elle jaillit de son sommeil comme un enfant se précipite vers sa mère mais découvre qu'elle s'est transformée en méchante sorcière, celle-là même qui la poursuit depuis le début. Elle se trouvait sur sa chaise, les lumières au plafond brûlaient encore et tout son corps lui faisait mal. Un homme la secouait par l'épaule. Combien de temps avait-elle dormi ?

— Debout, Marie-Louise. Tu t'es reposée suffisamment longtemps.

Elle regarda autour d'elle. Gérard. L'air grave.

— Gérard. Qu'est-ce que tu fais ici ?

— Ça ne te regarde pas. Appuie-toi sur mon bras et lève-toi. Tu crois que tu peux y arriver ?

— Mais… quel jour sommes-nous ?

— Samedi.

— Tu es sûr ?

— Évidemment que j'en suis sûr.

Encore une journée, se dit-elle. Si tout se passait comme prévu, les débarquements auraient lieu le lendemain matin.

Pourvu, se dit-elle, que certaines actions de soutien puissent quand même avoir lieu. Ou que le soi-disant M. Vert ait malgré tout reçu le message et l'ait transmis au Glaoui.

— Où suis-je, Gérard ? Qu'est-ce que c'est que cet endroit ?

Il l'aida à s'extraire de la chaise, mais elle tituba et il dut la soutenir.

— Peu importe. Maintenant, on s'en va. On va faire un petit voyage.

— Où est Vital ?

— On va aller le voir. Il est parti d'abord.

— Et mon petit André ? Il va bien ?

— Il est chez ta sœur. Ça vaut mieux. Tu as été déchue de tes droits maternels.

— Déchue ? Mais je suis sa mère. Béatrice ne l'aime pas comme moi je l'aime. Elle ne peut pas…

332

— Il est trop tard pour discuter. Pas le temps. Allez, viens.

Il la soutint tout au long du couloir qu'on lui faisait emprunter pour aller voir Vital dans sa cellule.

Dehors, une Renault noire les attendait dans une petite cour. Gérard la poussa sur le siège arrière et s'installa à côté d'elle. Un policier sortit du bâtiment et s'assit au volant.

Ils gagnèrent la rue, et Marie-Louise reconnut le commissariat de police derrière l'église, à deux rues seulement de chez elle.

Ils passèrent devant le cimetière musulman et Marie-Louise comprit alors qu'ils se dirigeaient vers la prison. Tout le long du chemin, ils croisaient des Jeep et des camions militaires qui semblaient tous se hâter vers un même endroit, comme s'ils montaient au front.

— Tu es sûr qu'on est samedi ? demanda-t-elle.

Gérard lui adressa un sourire sardonique. Pas question de lui offrir cette satisfaction, de lui faire savoir que le grand jour était arrivé, que les Alliés avaient débarqué, et que les combats faisaient rage à l'ouest parce que le général Noguès tentait de s'opposer à leur progression. Les mêmes événements se produisaient en Algérie et en Tunisie. Le vent tournait et Gérard s'apprêtait à tourner avec lui. Mais, avant de jeter sa défroque de collaborateur aux orties et de redevenir le viticulteur d'avant-guerre, il avait un travail à finir.

Ils croisaient de plus en plus de camions chargés de tirailleurs marocains, rares troupes sur lesquelles comptaient encore les autorités. Au loin, on apercevait le bâtiment de la prison.

Lorsqu'ils se furent garés à l'intérieur du bâtiment, Gérard la fit descendre de voiture et lui fit franchir une porte qu'elle connaissait bien depuis ses visites à Aziz.

La même puanteur la prit à la gorge, faite de peur et de solitude. Ils suivirent un long couloir, puis franchirent un passage entre deux rangées de cellules. Elle aperçut brièvement des hommes assis ou debout, le regard vide, l'air soumis.

Ils passèrent devant la cellule des condamnés à mort, celle où avait été enfermé Aziz, et elle sut où il la conduisait.

Gérard ouvrit une porte et la poussa dans une petite cour extérieure. Vital se tenait à quelques mètres d'elle, les mains liées derrière le dos. On avait coupé le col de sa chemise blanche tachée de sang.

Dans ce monde devenu fou, la guillotine paraissait le seul objet stable. Ses bois se dressaient dans le ciel bleu comme un arbre, comme un totem.

Vital tourna vers elle un visage tuméfié, bleu, noir et jaune, avec des yeux semblables à des braises rouges au fond d'orbites gonflées. Il parvint à lui sourire, et ses lèvres formèrent les mots « je t'aime ». Aussitôt, le bourreau s'avança vers lui et le poussa sur la bascule ; ses assistants et lui l'y attachèrent solidement.

À ce moment-là, Marie-Louise perçut un mouvement de l'autre côté de la guillotine et vit qu'un autre témoin assistait à l'exécution. Béatrice était assise sur un tabouret, livide, les yeux fixés sur Vital. Il n'aurait plus manqué qu'elle fût occupée à tricoter, un bonnet phrygien sur la tête. Pourtant, en l'observant avec attention, au lieu de la haine qu'elle s'attendait à lire dans les yeux de sa sœur, Marie-Louise n'y trouva que de la peur.

Elle n'eut même pas le temps de prononcer une prière. On bascula la planche, on introduisit le cou de Vital dans la lunette et la lame s'abattit brutalement. Béatrice frissonna et détourna les yeux.

Il fallut environ cinq minutes pour emporter le corps

et la tête de Vital. Marie-Louise n'avait plus de larmes à verser. Alors, au moment où le bourreau allait s'emparer d'elle, on entendit les cloches. Elle reconnut tout de suite celles de l'église des Saints-Martyrs, qui d'ordinaire appelaient les Français à la messe. Donc, on était dimanche, et elle avait tenu sa promesse. Les Alliés avaient débarqué.

— Dimanche, 8 novembre, dit-elle en souriant à Gérard tandis qu'on l'emmenait. Je vous souhaite de vivre à jamais en enfer, toi et ma sœur.

Le reste ne prit que quelques secondes. Sa dernière vision fut celle d'une flaque de sang, là où était tombée la tête de Vital quelques instants plus tôt.

AU CŒUR DES SABLES

38

Marrakech.

Monestier ouvrit lui-même la porte, de façon à laisser aux autres le soin de s'occuper de Nick. Il ne fut pas surpris de découvrir le petit policier, Laghzaoui, qu'il reconnut aussitôt grâce à la description que lui en avait faite Justine. Apparemment, l'homme s'était enivré avant de venir, car il titubait légèrement.

— Je veux la femme, dit-il en arabe.

— Elle n'est pas là.

— Je l'ai vue entrer. Elle était avec son frère. Si c'est bien son frère…

— C'était hier soir. Elle m'a parlé de vous. Vous feriez mieux d'être prudent : vous pourriez être dénoncé. Marcel est là, si vous voulez lui parler…

— Qui est Marcel ?

— Son frère. Je vous l'ai dit, elle n'est pas ici.

— J'ai un mandat.

— Un mandat ? Pour quoi faire ?

— Un mandat de perquisition. Elle cache l'Anglais ici, on en est sûrs. Vous devez me laisser entrer.

Sans attendre, il repoussa Monestier dans la cour. Le médecin le poursuivit, regrettant de ne pas savoir exactement ce qui se passait à l'intérieur.

Arrivé devant la porte ouverte donnant accès à la maison, Laghzaoui se retourna. L'homme n'était pas complètement ivre, ce qui le rendait d'autant plus dangereux.

— Je vous propose un marché, dit-il.

— Lequel ?

— Donnez-moi une demi-heure avec la femme, même vingt minutes, et l'Anglais peut aller se faire foutre.

— Il n'y a pas d'Anglais ici, rétorqua Monestier.

— Allez vous faire foutre. Qui êtes-vous, d'abord ? Je ne vous connais pas.

— Je suis le docteur Monestier, et c'est moi qui dirige le dispensaire gratuit. Ici, tout le monde me connaît. Je vous conseille de ne pas vous en prendre à moi. Ne me menacez pas et ne cherchez pas à me corrompre. Vous risqueriez de perdre votre travail, croyez-moi.

— Baissez d'un ton ! Je vais entrer dans la maison, et ne cherchez pas à m'en empêcher.

Au même instant, Justine apparut en bas des marches et s'avança vers eux.

— Ah ! inspecteur, enchantée. Je vois que vous avez déjà commencé à boire. Pourquoi ne pas venir prendre un autre verre ? J'ai un excellent whisky : je suis sûre qu'un homme comme vous saura l'apprécier.

Laghzaoui ne savait plus très bien que faire. Il se laissa conduire à l'intérieur, mais il y faisait très chaud, et le gros ventilateur qui tournait dans un coin n'y changeait pas grand-chose. Pour tenter de se rafraîchir, le policier alla se planter devant.

— Monsieur l'inspecteur affirme avoir un mandat de perquisition, avertit Monestier.

— Vraiment ? Et que cherchez-vous, inspecteur ?

— Je l'ai déjà dit au docteur. Il a menti en déclarant que vous n'étiez pas là. Mentir à un policier, c'est un délit. Je pourrais l'arrêter, et vous arrêter aussi, comme complice. Mais j'ai déjà dit au doc…

— Pourquoi ne pas vous asseoir ? proposa Justine.

— Je ne veux pas m'asseoir.

— Pas même pour prendre un verre ?

— Je boirai avec vous. J'ai dit au docteur qu'on peut conclure un marché. L'Anglais, je m'en fiche. Pour moi, ça ferait une belle arrestation, mais rien de plus. Mais vous, vous me plaisez. Je ne sais pas combien vous demandez à vos clients habituels, mais la liberté de votre ami vaut au moins ça. Dans mon rapport, je peux mettre que j'ai fouillé la maison et que l'Anglais n'y était pas.

Elle l'installa sur le divan.

— Vous me prenez pour une prostituée ? Vous croyez que je me vends pour de l'argent ?

— Vous ne l'êtes pas ? Pourquoi est-ce que vous vivez toute seule, alors, et qu'on vous voit dans des hôtels avec des étrangers, habillée comme ça ?

— En Europe, c'est un comportement tout à fait normal.

— Nous ne sommes pas en Europe.

— Mais pas très loin. Disons qu'ici, c'est une maison européenne. Ici, vous pouvez boire de l'alcool, personne n'y trouvera rien à redire. D'ailleurs, le Dr Monestier est un excellent barman. (Elle adressa un sourire complice au médecin.) N'est-ce pas, docteur ?

Monestier, qui n'avait jamais préparé un cocktail de sa vie, acquiesça d'un air obéissant.

— Ses cocktails sont célèbres, reprit Justine. Dites-moi, vous connaissez le margarita ?

L'air effaré, Laghzaoui secoua la tête en signe de dénégation.

341

— Dans ce cas, le docteur va vous en préparer un.

— Docteur, dit-elle en se tournant vers lui, prenez ce qu'il vous faut dans le placard et préparez votre potion dans la cuisine. Demandez à Marcel s'il peut vous aider.

Après son départ, Justine s'installa face à son visiteur. Elle tremblait de peur, mais parvint à dissimuler son trouble.

— Je crois que je vous propose un marché équitable, grommela le policier.

— Quels sont les termes du marché, exactement ?

— Je couche avec vous, et en échange votre ami anglais peut rentrer chez lui.

— Il sera libre de quitter le Maroc ?

— Là, je ne peux rien faire. Il est signalé dans tous les aéroports. Je ne peux pas intervenir.

— Vous connaissez quelqu'un qui pourrait ?

Il réfléchit un moment.

— Il faudrait aller beaucoup plus haut que moi. Il faudrait voir ça avec le commissaire Knidiri. Mais vous devrez lui proposer beaucoup. Plus que ce que je vous ai demandé. Lui, dans sa position, il peut avoir toutes les femmes qu'il veut, alors il va demander de l'argent, beaucoup d'argent. Si vous avez de quoi, votre ami pourra prendre n'importe quel avion.

— Je ne crois pas avoir autant d'argent. Et, bien que je ne doute pas de mes talents sexuels, j'imagine que je ne fais pas le poids face à tout le harem du commissaire. De toute façon, je vous l'ai déjà dit, je ne suis pas une prostituée, alors que puis-je faire ?

À cet instant, Marcel fit son apparition, tenant à deux mains un plateau sur lequel était posé un grand verre à cocktail rempli d'un liquide rose. Le jeune médecin le tendit à Laghzaoui avec un sourire crispé.

— Je vous présente mon frère Marcel, dit Justine. Vous vous êtes rencontrés hier soir.

Le policier hocha la tête. Il n'avait pas oublié Marcel.

La boisson avait un goût horrible. Monestier avait mélangé quelques alcools tirés du placard et y avait ajouté une dose copieuse du somnifère destiné à Nick.

Laghzaoui, qui ne tenait pas à perdre la face devant ces Européens, et désireux de prouver sa virilité à la femme, avala une grande rasade de cocktail.

— Ça décape, hein ? lança Justine.

Le policier acquiesça vigoureusement.

— On dit que c'est encore meilleur quand on avale tout d'un coup. Ça fait plus d'effet.

Laghzaoui hésita, mais, craignant de trahir son inexpérience en la matière, il prit une profonde inspiration et avala d'un trait le contenu du verre. Aussitôt, il crut avoir pris feu. Le goût était affreux, et jamais il n'avait éprouvé une telle sensation de brûlure dans la gorge et dans la poitrine. Les Européens aimaient-ils vraiment ce genre de choses ?

Elle vint s'asseoir à côté de lui en souriant, sans cesser de l'observer. Il y avait assez d'alcool dans le verre pour assommer quelqu'un qui n'y était pas habitué, et il se mit à regarder autour de lui en secouant la tête, puis tenta de la caresser. Elle repoussa ses mains doucement, mais elles revenaient avec insistance, quoique de moins en moins coordonnées.

Cela prit de longues minutes, mais il finit par s'écrouler sur le canapé.

Marcel, qui attendait derrière la porte, s'approcha du policier, prit son pouls, examina sa pupille et déclara qu'il avait perdu conscience.

— Qu'est-ce qu'on fait, maintenant ? demanda Justine. Je ne peux pas le garder ici.

Monestier apparut dans l'encadrement de la porte.

— Marcel et moi allons nous en occuper. Je vais louer un 4 × 4, et Marcel le conduira dans le Sud, dans le Sahara. Il lui faudra bien un jour ou deux pour récupérer après la dose de somnifère qu'il a ingurgitée, et il ne se souviendra plus de son escapade nocturne. S'il s'en souvient quand même, il sera trop gêné pour en parler.

— On ne peut quand même pas l'abandonner dans le désert !

Monestier haussa les épaules.

— Pourquoi pas ? Il vous aurait violée, et Dieu sait quoi d'autre. Mais Marcel ne l'abandonnera pas. J'ai une certaine influence dans le Sud, du côté de la frontière mauritanienne.

— Je croyais qu'il n'y avait aucun habitant, par là-bas. Sauf…

— Il y a quelques années, j'ai passé pas mal de temps dans cette région et j'y descends encore une ou deux fois par an. Ils me connaissent et me font confiance. Si je leur demande un service, ils me le rendront. Ils garderont M. Laghzaoui aussi longtemps que je le leur demanderai. Au besoin pour le restant de ses jours.

— Comme esclave ?

— Oui, bien sûr, c'est comme ça qu'ils font. Ils le traiteront comme un esclave. La vie sera dure pour lui, comme elle est dure pour eux. Mais ils ne sont pas cruels. Ils ne lui feront pas de mal. Ça pourrait même lui être bénéfique.

— Et Nick ? demanda-t-elle. Il est toujours recherché.

— Oui, je sais, dit Monestier. Mais occupons-nous d'abord de Laghzaoui. On s'occupera de Nick demain.

39

Marcel partit le lendemain matin avec son encombrant colis, bien que la météo eût annoncé que des vents s'étaient mis à souffler dans le Sahara : on signalait des tempêtes de sable le long de l'Erg Chech, du côté de Tris Zemmour, et même plus au nord, près d'Ain Ben Tili.

Nick, allongé dans son lit, écoutait le bourdonnement des mouches. Justine le prévint que l'harmattan se levait, transportant avec lui le sable rouge du désert. Marrakech semblait muette et assoupie.

— Ça n'est pas risqué, pour Marcel, de s'aventurer dans le désert alors que le vent se lève ? demanda-t-il à Monestier, venu panser ses blessures.

Le médecin sourit.

— Bien sûr. Mais il sera de retour avant que l'harmattan se soit vraiment installé.

— Vous en êtes sûr ?

— Pas vraiment. Le désert réserve toujours des surprises, mais enfin c'est probable.

— Et, d'après vous, combien de temps Laghzaoui mettra-t-il à s'échapper ?

Monestier utilisa une longue bande élastique pour maintenir le pansement.

— Voilà, si avec ça vous ne marchez pas d'ici un jour ou deux, je veux bien être pendu.

— Je vous ai demandé dans combien de temps ce type va pouvoir s'enfuir.

— Oh ! ne vous inquiétez pas, il ne s'enfuira pas. Les Marocains connaissent le désert et les mœurs des nomades. Il sait qu'une tentative de fuite équivaudrait à un suicide. Il restera là-bas jusqu'à ce que cette histoire soit terminée et que vous soyez rentré chez vous. Ensuite, on verra comment le ramener ici. Mais si je décide de le laisser là-bas, il y demeurera jusqu'à la fin de sa vie. Si j'estime qu'il représente encore une menace pour Justine, il ne reviendra pas. Mais à mon avis, une année passée chez les Hommes bleus devrait lui mettre du plomb dans la cervelle.

— Les Hommes bleus ?

— Ils ont des vêtements teints à l'indigo, et ce sont les hommes et non les femmes qui sont voilés. Ils sont très proches des Touaregs, et ce sont peut-être même des Touaregs, personne n'en est très sûr.

— Vous dites que ce sont des nomades ?

— Maintenant, des semi-nomades. Ceux à qui je rends visite vivent dans une ville nommée Khufra, en grande partie enfouie dans les sables. Mais ils préfèrent toujours voyager à dos de chameau. Ils sont musulmans mais adorent aussi d'autres divinités. Ne vous faites pas de souci, Laghzaoui sera en sécurité parmi eux.

Monestier parti, Justine revint de la cuisine, où elle avait préparé le déjeuner.

— Soit on fait l'amour, déclara-t-elle, soit je te frappe sur ta jambe blessée.

— Avant le déjeuner ?

— Ah, ces Anglais ! L'amour uniquement le soir, au

lit, et pas plus de cinq minutes. L'homme jouit en trente secondes environ, la femme, elle… qu'est-ce qu'elle fait, encore ?

— Elle reste allongée sur le dos et elle pense à l'Angleterre. Même si en ce moment c'est pas drôle. Catastrophes ferroviaires, maladie de la vache folle, la famille royale…

— Ta femme restait allongée sur le dos en pensant à l'Angleterre ?

— Elle était française.

— Si tu ne sais pas ce que c'est que l'amour avant le déjeuner, je veux bien être pendue !

— Je n'étais jamais à la maison à l'heure du déjeuner. Et les fins de semaine, nous avions les enfants. Là, même les Français n'y peuvent rien.

— La plupart des couples s'arrangent pour échanger les gardes d'enfants, les samedis et dimanches. Il y a aussi les baby-sitters, les grand-mères, les hôtels. Et il ne faut pas oublier non plus les débuts d'après-midi, les fins d'après-midi, les débuts de soirée… Écoute, Nicholas, ici il n'y a ni enfants ni policiers, l'un des deux médecins est parti dans le désert, l'autre soigne ses malades. Je peux être très méchante et m'en prendre violemment à ta jambe, ou bien être très gentille et te faire des choses à faire rêver tout Marrakech. Qu'est-ce que tu préfères ?

— Tu peux me redire les deux possibilités ?

— Votre fils aurait donc apporté au Maroc des photocopies de ces documents ?

Monestier était venu rendre visite à Nick avant ses consultations du soir. Nick avait demandé à pouvoir descendre, de façon à marcher un peu, mais le médecin s'y était opposé : les escaliers étaient trop étroits et il craignait une chute.

— Oui, répondit Nick, c'était dans une de ses lettres.

— Ce qui veut dire que les originaux sont…

— Chez moi, à Oxford. Peter a fait des photocopies de ce qui lui paraissait le plus important et a laissé les originaux en Angleterre.

— Est-ce qu'on pourrait les récupérer ? demanda Justine. Il doit y en avoir d'autres. Il faut savoir pourquoi Peter et Daisy se sont rendus à Ouarzazate.

— On ne trouvera peut-être pas la réponse dans ces documents, dit Nick. Dès son arrivée à Tanger, il a commencé à se renseigner, car les papiers ne le menaient pas beaucoup plus loin. C'est là-bas qu'on a dû lui parler de Ouarzazate.

— Ça, on n'en sait rien, fit observer Monestier. Si nécessaire, on peut essayer de retrouver certaines personnes à qui il a posé des questions.

— Est-ce que ton frère a une clé de ta maison ? demanda Justine.

Assise sur le rebord du lit, elle lui tenait la main. L'après-midi s'était mieux déroulé qu'elle n'aurait pu l'imaginer.

— Oui, il en a une. On n'a qu'à appeler.

Justine inscrivit le numéro qu'il lui donna et descendit téléphoner.

— Allô ?

— Excusez-moi, est-ce que vous êtes bien Tim Budgeon ?

— Oui. Qui est à l'appareil ?

— Je suis une amie de votre frère. Il m'a demandé de vous appeler.

— Que se passe-t-il ? Pourquoi ne peut-il pas téléphoner lui-même ?

— Il a eu un petit accident, il y a quelques jours. Rien de grave, seulement une fracture, mais il ne peut pas se déplacer jusqu'au téléphone.

— Bon, je vais venir. Où est-il ? Toujours au Maroc ? C'est bien de là que vous appelez, non ?

— Oui, mais je ne peux pas vous dire d'où, exactement.

— Il se passe quelque chose, n'est-ce pas ?

— Oui.

— Dans ce cas, je viens.

— Monsieur Budgeon, je vous en prie, écoutez-moi. Il ne faut à aucun prix que vous veniez au Maroc. Faites-moi confiance. Votre frère est en sécurité avec moi.

— Et Peter ? Et Daisy ? Que leur est-il arrivé ? Nick a-t-il trouvé quelque chose ?

— Ils ont eu des ennuis. Votre frère et moi nous efforçons de savoir ce qui s'est passé, mais nous avons besoin de votre aide.

— De mon aide ?

— Vous avez bien une clé de la maison de Nick, n'est-ce pas ?

— Oui, j'y suis allé pour arroser ses plantes. Au fait, vous ne m'avez pas dit votre nom.

— Justine. Croyez-moi, votre frère est en sécurité avec moi. Bon, maintenant voici ce que nous attendons de vous…

40

Il y avait plusieurs frontières dans cette région, mais pour les nomades elles ne signifiaient rien. Algérie, Mauritanie, Maroc, toute la partie occidentale du Sahara offrait les mêmes paysages de cailloux et de sables de diverses couleurs. Ils connaissaient le noms des mers de sable, des grandes dunes et des montagnes couvertes de neige qui surgissaient de temps à autre au milieu du désert. Ils savaient tracer leur route d'une oasis à une autre, d'un puits à moitié enfoui à un autre encore plus dissimulé par les dunes en constants déplacements.

Marcel avait appris à penser comme eux. Ignorant les principales pistes touristiques, où des étrangers blasés se donnaient à bon compte le frisson de l'aventure, il était capable de traverser la frontière mauritanienne à la recherche de ses Hommes bleus.

Il aperçut les premières traces en fin d'après-midi. Comme Laghzaoui semblait se réveiller de son sommeil, il songea à lui redonner une dose de somnifère, mais renonça et choisit de le ficeler solidement à l'arrière du 4 × 4. Au moment où il s'apprêtait à repartir, il aperçut un petit drapeau noir flottant dans le vent, qui devait marquer l'emplacement d'un puits. Il se dirigea dans cette direction.

Une demi-heure plus tard, une silhouette se profila au sommet d'une dune. L'homme était vêtu de bleu, le visage dissimulé par un long *litham* qui ne laissait apparaître que les yeux. Marcel descendit de voiture et s'approcha de lui à pied. Le Touareg le regarda venir sans faire le moindre geste. À côté de lui, un dromadaire accroupi, la tête tournée de façon à s'abriter du vent, gardait lui aussi les yeux fixés sur Marcel.

L'homme le reconnut. Marcel lui avait soigné un abcès à la jambe l'année précédente.

Ils parlèrent dans un arabe approximatif, mélange de dialecte algérien et de tamachek.

— Je m'appelle Ajeder. Je te connais. Tu m'as soigné la jambe, l'année dernière.

— Oui, je m'en souviens. Comment va cette jambe ?

— Bien. Je n'ai aucun problème, ni pour marcher ni pour m'asseoir sur mon dromadaire.

— Tant mieux. Le Dr Monestier m'envoie visiter les malades. Et j'ai aussi un service à vous demander.

La petite ville était pratiquement enfouie sous le sable. En dessous, celui-ci présentait différentes couleurs, bleu, rouge et vert, mais en surface il était uniformément ocre. Les modestes maisons d'argile, réunies par des passages couverts, ressemblaient à la carapace de gros animaux du désert qui se seraient enfouis sous la surface à la recherche d'un peu d'ombre ou de fraîcheur pour mourir.

Les Hommes bleus vivaient là, mais de temps en temps partaient voyager à travers les dunes. Certains s'aventuraient au nord, jusqu'à Marrakech : ils faisaient du commerce, ou bien les femmes dansaient la *guedra* pour les riches touristes ; d'autres choisissaient le sud ou l'est, à la rencontre d'autres Touaregs.

Les femmes, non voilées, souriaient à Marcel, les petits enfants trottinaient entre ses jambes. Laghzaoui, pas complètement réveillé, marchait derrière lui, houspillé de temps à autre par Ajeder, qui tenait à la main un long gourdin pour souligner ses injonctions.

On les conduisit à la maison du notable, un vieux Touareg du nom d'Awinagh, à la fois chef temporel et spirituel de la ville. Une fois encore, Marcel fut surpris par les yeux bleus du vieil homme, au-dessus de son voile étroitement enroulé.

Lui aussi se souvenait de Marcel, qui salua avec toute l'obséquiosité requise d'un homme de son rang, baissant le regard et adoptant l'attitude d'un serviteur. Ils devisèrent tandis qu'on apportait le thé, puis évoquèrent les maux qui avaient accablé certains membres du groupe au cours de l'année écoulée.

Le problème de Laghzaoui fut réglé en quelques minutes : l'intrusion des fonctionnaires avait de tout temps constitué un motif d'irritation pour les Touaregs habitués à la liberté, et de toute façon, Awinagh aurait fait n'importe quoi pour Monestier : il avait connu son père et en gardait un souvenir affectueux. On emmena le policier, qui serait désormais soumis à une vie d'esclave. Il serait attaché à la maisonnée d'Awinagh, ne serait ni battu ni maltraité, mangerait la même nourriture que la famille de son maître, porterait les mêmes vêtements, et l'on s'adresserait à lui avec bonté. Mais, pendant un an, il cesserait de nuire.

— Dans un an, il y aura une caravane, dit le vieil homme. Ils voyageront jusqu'à Marrakech, et là ils lui rendront sa liberté. Après ça, ils s'évanouiront à nouveau dans les sables.

— Je croyais que les caravanes appartenaient au passé.

L'*immerghar* acquiesça.

— Durant de longs siècles, nous avons été les maîtres de ces étendues de sable. Deux ou trois fois par an, nos caravanes apportaient des trésors du Sud, plumes d'autruche, ivoire, bois précieux, or et produits de luxe pour les villes du Nord. Et nos hommes revenaient avec du sel, de gros blocs de sel qu'ils avaient achetés avec de l'or. Et puis vos peuples sont arrivés avec leurs grands bateaux, leurs chemins de fer et leurs routes, et les caravanes ont commencé à péricliter au fil des ans. Je suis le dernier à avoir vu partir les grandes, avec plus d'un millier de dromadaires. À présent, quelques dizaines de dromadaires traversent encore les sables avec ce qu'il y a à vendre. Mon fils les verra disparaître, et les Hommes bleus ne parcourront plus le désert de part en part. Certains seront forcés d'apprendre l'arabe, d'autres d'enlever leur voile, et nos histoires vont mourir.

Marcel garda le silence. Rien de ce qu'il pourrait dire ne ramènerait les caravanes.

— Le Dr Monestier viendra-t-il, cette année ? s'enquit le vieil homme.

— Je l'espère. Pour l'instant, il est très préoccupé.

— Que se passe-t-il, là-haut ?

— Au Maroc, ou à Marrakech ?

— À Marrakech.

En utilisant les termes les plus simples, Marcel lui raconta ce qu'il savait, mais l'histoire paraissait étrangement éloignée des lieux où ils étaient. Un homme recherché qui connaissait le désert pouvait échapper à la capture pendant des années. Ou se perdre inexplicablement, décrire des cercles de plus en plus petits et mourir dans les lueurs sanglantes du soleil couchant.

Lorsqu'il en arriva à l'histoire de Marie-Louise et de Vital, le cheikh se raidit comme si Marcel avait évoqué des fantômes. Le Français poursuivit son récit, sous l'œil brillant d'excitation du vieil homme. Parvenu à la fin, il expliqua qu'il manquait encore quelque chose, que le dernier acte s'était joué quelque part dans l'ombre, et qu'il n'en savait pas plus.

— Je les ai connus, prétendit Awinagh.

— Vous voulez dire qu'ils sont venus jusqu'ici ?

L'*immerghar* secoua la tête en signe de dénégation.

— Non, c'est moi qui allais au-delà des sables, jusqu'à Marrakech. C'est là que j'ai connu le père du Dr Monestier, et une fois il me les a présentés. Je me souviens que le désert les intéressait beaucoup, et je me demandais à l'époque si c'était à cause de la guerre que menaient les Français. Je n'ai jamais compris cette guerre, comme toutes les guerres des *nasranis*. On m'a affirmé que des millions d'hommes et de femmes y ont trouvé la mort, mais il est difficile de concevoir que tant de gens peuplent le monde ; et plus encore que, après tant de morts, il reste toujours des habitants sur terre.

— Savez-vous en quelle année vous les avez rencontrés ?

— Nous ne considérons pas les années comme vous autres, les *nasranis*. Nous comptons les saisons et les générations qui viennent et qui passent. Il est triste que cet homme et cette femme soient morts. Ils semblaient être bons. Que va faire l'Anglais, maintenant ?

Marcel lui dit qu'il allait probablement chercher à rejoindre Ouarzazate, parce qu'il était persuadé que c'était là-bas et pas ailleurs que résidait l'explication de la mort de Peter.

Lorsqu'il eut prononcé ces paroles, l'attitude d'Awinagh se modifia brusquement, et le vieil homme bondit sur ses pieds. Il posa les deux mains sur les épaules de Marcel et le força à se relever.

— Quoi qu'il arrive, s'écria-t-il, vous devez empêcher cet homme d'aller à Ouarzazate. Il ne sait pas ce qui l'attend, là-bas. Dépêchez-vous. Il faut rentrer tout de suite à Marrakech !

Marcel ne savait que faire. Le soleil avait disparu, plongeant le désert dans l'obscurité. Dehors, on entendait les gémissements du vent. Déjà, des nuages de sable recouvraient le ciel, dissimulant la lune et les étoiles, effaçant toutes les traces de son périple.

— Dépêchez-vous, dit le vieil homme. Dépêchez-vous avant qu'il ne soit trop tard !

41

Le lendemain, Monestier apporta des armes. Il ne précisa pas leur provenance, et ils se gardèrent de lui poser des questions embarrassantes. Nick, qui connaissait bien les armes de poing, examina les pistolets.

— Impressionnant ! s'exclama-t-il. Celui qui vous a prêté ou vendu ce matériel connaissait son affaire.

Il y avait là deux Heckler & Koch MP-15 et un Browning Hi-Power qui semblaient sortir de leur emballage, un Luger datant de la Seconde Guerre mondiale et suffisamment de munitions pour équiper une brigade.

— Pourquoi tout cela ? demanda Nick.

— Nous allons à Ouarzazate, répondit le médecin. Inutile de se raconter des histoires, ces gens-là vont nous mener la vie dure. Nous allons retrouver les assassins de Peter, exercer quelques pressions et faire en sorte que vous soyez innocenté.

— Ça a l'air si simple quand vous dites ça, fit remarquer Justine.

Elle jouait avec le Browning, goûtant le poli de l'acier dans sa paume. C'était la première fois qu'elle tenait en main un pistolet.

Nick le lui reprit doucement.

— On ne joue jamais avec une arme chargée, dit-il.

— Mais comment sais-tu que…

— Ça se sent au poids. Le chargeur est encore dans la crosse, et le cran de sûreté est mis sur « *fire* ». Comme ça.

Il visa un vieux pot dans la cour et appuya sur la détente. La détonation retentit dans toute la petite maison et résonna dans les ruelles voisines.

Il baissa le pistolet et se tourna vers Monestier.

— Merci pour les armes. J'espère que nous n'aurons pas à nous en servir, mais dans une telle situation on ne sait jamais. Par simple curiosité, d'où vient le Luger ?

— Il est à moi. C'est mon père qui me l'a donné : il a dû le récupérer pendant la guerre ou peut-être après.

— Vraiment ? Il devait y avoir énormément d'armes en circulation, ici, après la guerre du Désert.

— Je crois que la plupart sont allées en Égypte, mais certaines sont arrivées jusqu'ici.

— Et votre père… qu'a-t-il fait, après la guerre ?

— Oh ! il est resté à Marrakech, mais il n'a jamais rouvert son dispensaire. C'est moi qui l'ai rouvert en 1964, après avoir terminé mes études de médecine à Montpellier.

— Votre père était encore vivant, à l'époque ?

— Oui, il… mais qu'est-ce que je raconte ? Il était mort depuis quelques années déjà. Il m'a légué le dispensaire par testament. Bon, que fait-on, pour Ouarzazate ?

— J'ai une idée, dit Nick en se tournant vers Justine. Tu parles bien arabe, non ?

— Tu veux dire le dialecte marocain ?

— Il y a une différence ?

— Bien sûr. Je t'expliquerai ça une autre fois. Qu'est-ce que tu veux que je fasse, que j'écrive ou que je parle ?

— Que tu parles. Je veux que tu passes un coup de téléphone.

— Dans ce cas, ce sera le marocain, que je parle mieux que le français. À qui veux-tu que je téléphone ?

— À Si Mohamed Abdellatif el-Mokri, le maire de Ouarzazate. Je crois que c'est lui qui a essayé de me faire assassiner quand j'étais là-bas.

— Et tu veux lui téléphoner ? demanda Justine, étonnée.

— Tu as une autre idée ?

Le désert changeait d'aspect. Les dunes s'élevaient ou s'aplatissaient, des points de repère se créaient, disparaissaient.

Les Touaregs, eux, qui avaient senti le vent se lever, se terraient dans leurs maisons en pisé et, malgré leur longue habitude, redoutaient les changements qu'il apporterait dans leur univers.

Dans sa maison, au milieu d'un groupe rassemblant ses meilleurs guerriers, l'*immerghar* évoquait ses souvenirs. Ils discutaient en tamachek, et Marcel, livré à ses inquiétudes, se demandait quand le vent cesserait de souffler.

Les hommes avaient entassé leurs armes contre le mur du fond : vieux fusils hérités de leurs pères ou de leurs oncles, du temps de la guerre du Désert, pistolets datant de la colonisation française, revolvers dérobés à la Légion étrangère. Toutes ces armes, entretenues avec soin, étaient aussi meurtrières qu'à l'époque de leur première utilisation.

Le vent hurlait. Les Touaregs parlaient. Au matin, le soleil se lèverait, et peut-être le vent retomberait-il.

Un peu plus tard, ce jour-là, le fax dans le bureau de Justine se mit à sortir du papier. Certains documents étaient dépourvus d'intérêt, d'autres valaient de l'or. Ils se passèrent les feuilles de main en main, lisant silencieusement ou parfois à haute voix, complétant peu à peu le tableau qu'ils s'étaient déjà construit.

À la fin, ils demeurèrent un long moment silencieux, perdus dans leurs pensées. Monestier, étroitement lié à ces événements passés, resta longtemps assis, comme frappé de stupeur.

— Je crois que le moment est venu de passer ce coup de fil, dit enfin Nick à Justine. Maintenant, nous pouvons aller à Ouarzazate. Tu sais quoi lui raconter ?

— Ce que tu m'as dit.

— Quand tu auras terminé, j'aimerais moi aussi donner un coup de téléphone, si ça ne te dérange pas.

— À ton frère ?

— Non, disons que c'est à un vieil ami.

42

Le rendez-vous avait été fixé à midi, en haut du Mansour Eddahbi Dam, un barrage en travers de la vallée de la Draa, à une vingtaine de kilomètres de Ouarzazate. L'endroit avait été choisi parce qu'il permettait de surveiller facilement les routes aux alentours.

Au moment de partir, Nick se tourna vers Justine.

— Comment être sûr qu'il mordra à l'hameçon ? Ou qu'il n'enverra pas des hommes de main ?

— Je lui ai expliqué les choses très clairement, répondit Justine. À la moindre entourloupe, c'est lui qui tombe le premier. Par exemple, s'il n'est pas à l'heure au rendez-vous. Ou si ses hommes de main sont présents, ou si je ne suis pas rentrée à Marrakech.

— Il sait ce qu'on attend de lui ?

— Non. Il ne sait pas qui je suis, mais je lui en ai dit suffisamment pour qu'il me prenne au sérieux. Il m'écoutera. Mais, pendant quelques heures, je tiens à ce qu'il reste dans le flou. Je veux qu'il s'inquiète et qu'il soit prêt à négocier.

Le voyage jusqu'à Ouarzazate se déroula sans incidents. Monestier avait à nouveau loué une ambulance, et Nick, étendu à l'arrière, les mains et le visage recouverts de pansements, feignait de respirer au travers des tubes dans les narines. Ils avaient franchi deux barrages de police, le premier dans les environs de Marrakech, et le second à l'embranchement de la route qui mène au col de Tizi n'Tichka. Chaque fois, Monestier avait exhibé des papiers indiquant que l'on ramenait son patient, M'Barek Bekkaï, à Ouarzazate pour qu'il meure au milieu des siens. Assise au côté de Nick, Justine, en blouse d'infirmière, jetait des regards menaçants sur les policiers qui auraient eu la mauvaise idée d'importuner un grand brûlé sur le point de mourir.

Ils arrivèrent en avance, et le soleil du matin était encore pâle dans le ciel d'un bleu sombre. La tempête de sable avait disparu, laissant une teinte ocre sur toute chose, hormis le lac du barrage. Même les palmiers offraient une nuance légèrement dorée, ainsi que le revêtement des routes, et les dômes blancs des tombeaux de marabouts, qui jaillissaient du paysage comme des vaisseaux d'une autre planète. Soulagés par le retour à la normale, plongeons et tourterelles chantaient, tandis que des faucons décrivaient des cercles dans le ciel. Une bande de passereaux s'envola bruyamment d'un palmier et traversa le lac, où une aigrette solitaire mouillait ses ailes pour célébrer cette journée sans vent ni sable.

Le haut du barrage formait une allée étroite, d'où l'on risquait de tomber soit dans la Draa, qui coulait en bas, soit dans le lac de réservoir. En bons ornithologues qu'ils feignaient d'être, Monestier et Nick, équipés de jumelles, se mirent en quête d'un endroit d'où ils pouvaient surveiller les deux extrémités du barrage. Pendant ce temps, Justine alla garer l'ambulance sous un bouquet de palmiers et en profita pour ôter son uniforme d'infirmière.

La tempête de sable avait chassé la plupart des touristes vers le nord : il n'y avait personne sur les rives du lac et de la rivière, et le parcours de golf, dont les pelouses vertes semblaient incongrues dans ce paysage désertique, paraissait peu fréquenté. Seuls des garçons équipés d'appareils ressemblant à des aspirateurs arpentaient le terrain pour entretenir sa verdure parfaite. Des oiseaux étaient perchés sur chaque drapeau, et un golfeur solitaire, accompagné d'un caddy au volant d'une voiturette, avançait de green en green.

Si Mohamed fit son apparition cinq minutes en avance, au volant d'une Mercedes dont il était le seul occupant. Il descendit de voiture, regarda autour de lui et haussa les épaules avant de se diriger vers le milieu du barrage. Même de loin, on voyait bien que c'était un homme de haute taille, capable, d'un seul geste, de précipiter un adversaire en bas, dans le lac ou la rivière.

Il avait été convenu entre eux que Justine entamerait les négociations, et que ses deux amis surveilleraient les environs pour s'assurer que le maire n'était pas venu accompagné.

Elle sortit du couvert des arbres, clignant des yeux dans le soleil. Apparemment, el-Mokri était bien venu seul. Il est vrai qu'elle l'avait clairement mis en garde contre toute tentative de jouer un double jeu.

— Monsieur el-Mokri ?

Elle lui tendit une main qu'il ne prit pas.

— J'espère que vous avez respecté les conditions que j'avais posées pour cette rencontre, dit-elle alors.

— Parfaitement. Et maintenant, pourriez-vous me dire de quoi il s'agit ?

— Dans quelques minutes, deux de mes compagnons vont nous rejoindre, ils pourront répondre à certaines de vos questions. En résumé, je peux déjà vous révéler que nous sommes au courant du détournement d'armes et d'argent que votre père a opéré au cours de la dernière guerre.

El-Mokri la considéra un instant, stupéfait, puis éclata de rire.

— Cet argent lui appartenait. Il avait tout à fait le droit de le conserver en lieu sûr. Qu'aurait-il pu faire d'autre ? Le donner aux Allemands ? Au sultan, peut-être ? Pour que ce salaud puisse aider les Juifs à s'enrichir à nos dépens ? Même si vous savez tout de cette affaire – ce dont je doute –, que pouvez-vous faire ? À qui allez-vous le dire ?

— D'abord aux gens qui ont perdu cet argent : aux Américains et aux Britanniques. Il y avait des sommes énormes. Et personne n'aime se faire rouler.

— Vous imaginez, j'espère, que même si on leur rendait cet argent, ce qui ne se fera pas, vos amis en haut lieu ne vous verseraient pas un sou pour votre aide. Moi, je peux vous récompenser bien mieux que cela. Mais je peux aussi faire en sorte que vous ne revoyiez jamais Marrakech, ni votre petite maison dans Derb el-Hajar.

— Comment savez-vous… ?

— Vous pensiez vraiment jouer au chat et à la souris avec moi ? Qu'il vous suffisait de venir jusqu'ici pour me menacer, et que j'allais vous donner l'argent que vous réclamiez ? Vous auriez dû vous renseigner un petit peu plus sur moi avant de lancer cette opération. Je suis un homme puissant. Un homme influent.

En entendant des pas derrière lui, il se retourna. Nick se trouvait à une dizaine de mètres.

— Qu'est-ce qu'il a dit ? demanda Nick.

— Qu'il est un homme influent.

Nick acquiesça, puis tira de sa poche l'un des Heckler & Koch.

— Écoutez-moi, dit-il en français. Je m'appelle Nicholas Budgeon. Nous nous sommes déjà rencontrés, il n'y a pas si longtemps. Vous m'aviez juré qu'il n'était rien arrivé à mon fils Peter et à sa fiancée Daisy, pendant leur séjour à Ouarzazate.

— Oui, oui, je sais tout ça. J'ai répondu à vos questions, et je suis surpris que vous ayez l'impertinence de revenir et de vous conduire de la sorte.

— Cette nuit-là, reprit Nick comme si el-Mokri n'avait rien dit, on m'a conduit à la casbah Tifoultout, où on m'a montré leurs corps. Ils avaient été poignardés. À ce moment-là, je ne savais pas pourquoi, mais maintenant, si. Et je vous en tiens pour personnellement responsable.

— Ça suffit, monsieur le policier ! Vous m'offensez devant Dieu. *La'anakallah.*

— Il a demandé à Dieu de vous maudire, traduisit Justine.

Monestier, qui venait d'arriver, jeta un coup d'œil en bas, des deux côtés du barrage.

— Ça donne le vertige, hein ? On pourrait glisser, passer par-dessus bord et se noyer. Il vaut mieux que personne ne fasse de geste brusque.

— Je demandais à M. el-Mokri des renseignements sur Peter. Je crois qu'il ne savait pas que j'avais vu les corps.

— Oh ! je n'en suis pas si sûr, fit Monestier. C'est moi-même qui le lui ai dit. N'est-ce pas, Mohamed ?

Sur ces mots, passant outre son propre avertissement, Monestier s'avança, passa vivement le bras autour du cou de Justine et lui braqua un pistolet sur la tempe.

Nick voulut se ruer sur lui, mais el-Mokri lui bloqua le passage.

— Il vaut mieux que vous donniez votre arme à notre ami, dit le médecin. Nous avons un petit voyage à accomplir, et je ne veux pas d'ennuis.

— Je ne comprends pas.

— Si j'ai le temps, je vous expliquerai. Pour le moment, donnez-lui votre pistolet, sans ça je vous pousse par-dessus bord. Je pourrais vous abattre tous les deux ici et jeter vos corps dans la rivière, mais ils remonteraient à la surface au bout d'une semaine ou deux.

Anéanti par cette inconcevable trahison, Nick tendit son arme au maire qui s'en saisit, la braqua sur sa tête et d'un geste du menton indiqua l'extrémité du barrage.

Lorsqu'ils atteignirent la rive, une longue voiture noire aux vitres fumées surgit de nulle part. Deux portières s'ouvrirent, ils grimpèrent à l'intérieur, et après un demi-tour sur place ils prirent la route de Ouarzazate.

43

À Marrakech, le collègue de Laghzaoui vint frapper à la porte de Justine. En entendant les coups, les voisins feignirent la surdité. Ils ne connaissaient ni son identité ni les raisons de sa visite mais, bien qu'ils fussent tous curieux de savoir ce qui se passait chez la Française, ils savaient aussi qu'il aurait été inconvenant de poser des questions. Leurs enfants jouaient dans la ruelle, les chiens errants maraudaient… le policier finit par renoncer et s'en alla, se demandant ce qu'avait bien pu devenir son adjoint.

À l'intérieur de la maison, Napoléon s'installa pour sa sieste, après avoir terminé le bol que lui avait laissé Justine. Il se lécha les pattes, se lissa le poil, puis se roula confortablement en boule.

Au même moment, la sonnerie du téléphone retentit. Quatre fois. Quelques instants plus tard, le fax se mit à sortir la première des six dernières pages tirées de la boîte de Nathalie Budgeon, six pages demeurées jusqu'à ce jour dans le tiroir du bureau de Peter. Tim Budgeon en avait rajouté une septième, sur laquelle il avait écrit :

Nick,
Voici pourquoi Nathalie s'est suicidée. Pas pour tout ce qui s'est passé avant, pas pour

la trahison de Gérard et de Béatrice, si effroyable qu'elle ait été, pas pour le destin tragique de Marie-Louise, mais pour ça. Appelle-moi, je t'en supplie. Ça ne peut pas continuer.

Tim

Ils avaient beaucoup d'essence, mais ne savaient où aller. Leurs provisions dureraient encore cinq ou six jours, plus s'ils se rationnaient. Les avions passaient-ils par ici ? En tout cas, Marcel n'en avait vu aucun de toute la journée. Pour économiser le carburant, ils avaient été obligés de couper le moteur, en sorte qu'ils n'avaient plus la climatisation. Les Touaregs avaient apporté des tissus pour ériger une tente, sous laquelle ils étaient à présent assis, attendant le coucher du soleil.

Après de longues discussions, et compte tenu de l'urgence de la situation, Marcel avait accepté de rejoindre directement Marrakech, en emmenant avec lui trois Touaregs armés. Au début, tout semblait simple. Les Touaregs savaient s'orienter dans le désert, tandis que la Jeep de Marcel leur procurait un moyen de transport infiniment plus rapide que leurs dromadaires. Le voyage promettait d'être sûr et vite expédié.

Ils ne s'étaient mis en route qu'une fois la tempête calmée. La visibilité était bonne, même si un vent léger soulevait encore le sable au sommet des dunes. Deux heures plus tard seulement, Marcel comprit ce que cela impliquait : ce petit vent avait effacé toutes leurs traces. Ils se retrouvaient, suivant le mot de ses amis arabes, dans Qalb el-Badiya, le cœur du désert.

Au début, il n'y avait pas prêté attention, mais comme ils n'entraient toujours pas dans la région de pierres et de buissons annonçant le sud du Maroc, Marcel avait commencé à s'inquiéter. Pis, il devint vite évident que ses compagnons touaregs étaient aussi perdus que lui. Aucun d'entre eux n'avait jamais voyagé dans un véhicule à moteur. Privés du trot lent de leurs dromadaires, grâce auquel ils avaient l'habitude de mesurer le chemin parcouru, ils ne savaient plus se repérer. En outre, la tempête de sable avait à ce point modifié le paysage qu'ils ne disposaient plus d'aucun repère. Ils étaient irrémédiablement perdus. Et, à l'horizon, les nuages noirs d'une nouvelle tempête s'avançaient peu à peu dans leur direction.

44

La masse de Tifoultout surgissait lentement de l'obscurité, mélange de cité magique du désert et de château de Sauron, le seigneur noir de Tolkien. Des tours crénelées griffaient les étoiles la nuit et le soleil dans la journée, et leurs hautes flèches déchiraient le sable ocre charrié par le vent. Sous les créneaux, de sombres fenêtres masquées par des grilles d'acier se dissimulaient plus encore derrière des rideaux immaculés. De hautes portes en bois hérissées de gros clous et défendues par d'énormes verrous défendaient l'entrée d'un monde souterrain.

Pour Nick, tout cela ne signifiait rien. Tifoultout était la tombe de son fils, et celle d'une ravissante jeune femme qui allait devenir sa belle-fille. Même de loin, cette cité sentait la mort et la pourriture. Des parties de ce vaste ensemble tombaient en ruine, d'autres étaient bien préservées, mais on avait le sentiment de se retrouver face à un château ténébreux hanté par des djinns et des fantômes.

Les gardes du corps d'el-Mokri les poussèrent à l'intérieur. Deux autres malfrats, que Nick avait déjà vus dans la maison du maire, se joignirent à eux au moment où ils franchirent la porte. El-Mokri lui-même et

Monestier fermaient la marche. Les deux hommes parlaient à voix basse tandis qu'ils suivaient de longs couloirs, dérangeant des araignées, et des groupes de chauves-souris qui tourbillonnaient sous les plafonds.

Ils prirent un chemin différent de celui que Nick avait emprunté la première fois, avec Djamil. Inutile de demander où on les conduisait : certainement un lieu propice pour leur exécution, peut-être un puits où on pourrait les jeter après leur avoir tiré une balle dans la tête.

Ce n'était pas un puits. Ils s'arrêtèrent devant une porte en bois de deux mètres de haut, ornées de gros clous en bronze et fermée par quatre gros verrous. Pendant que ses hommes surveillaient les prisonniers, el-Mokri déverrouilla la porte à l'aide de quatre clés différentes, puis s'effaça pour laisser un de ses gardes du corps l'ouvrir. L'homme entra et demeura à l'intérieur une minute environ pour allumer toutes les lampes.

Lorsque la pièce fut entièrement éclairée, el-Mokri y pénétra à son tour, suivi de Monestier, de Nick et de Justine. C'est à peine si ces derniers remarquèrent la présence de leurs gardiens tant le spectacle qui s'offrait à leurs yeux défiait l'imagination. El-Mokri, qui se tenait à présent derrière eux, leur raconta alors ce qu'il n'avait jamais révélé qu'à des membres de sa famille.

— Mon père se nommait Allal el-Mokri, et il était chambellan de Si Thami el-Glaoui. En 1942, il avait soixante-dix ans, et toute sa vie il avait servi la famille du Glaoui. Moi, j'avais cinq ans. Je me rappelle encore avoir été présenté au pacha cette année-là, avant les débarquements. Nous avons un peu parlé, puis il m'a envoyé distraire ses femmes. À l'époque, je ne savais pas exactement qui il était, mais à mes yeux d'enfant, il devait être le sultan de tout le Maroc, voire le calife de tout l'Islam, comme Omar ou Haroun al-Rashid.

» Mon père était le plus fidèle serviteur des Glaoui. Tout jeune, on l'avait envoyé servir Hadj Mohamed Tibbit. Peu de temps après, celui-ci devint caïd de Telouet et entreprit de transformer la casbah en ce vaste édifice qu'il est devenu. Puis il a servi son fils, Madani el-F'ki, et après lui son frère Thami, le pacha. Durant tout ce temps, mon père s'est conduit comme un fidèle serviteur, tandis que ses propres fils allaient d'oasis en oasis, de casbah en casbah servir les frères de Thami et ses alliés, et que ses filles étaient richement dotées. Il avait des petits-enfants, des arrière-petits-enfants, et avec eux ses soucis se multipliaient.

» Il s'inquiétait parce que, au cours de son existence, la situation n'avait jamais été très stable. Les Français avaient apporté une certaine paix, un certain ordre, mais leur influence n'avait gagné les territoires du Sud que très récemment. Il s'inquiétait parce que son maître, Thami, s'était entièrement voué à la cause des Français. Or, il existait au sein du peuple un mouvement souterrain, ignoré ou méprisé par Thami, en faveur de l'indépendance.

Justine et Nick semblaient l'écouter avec attention, mais le maire voyait bien qu'en réalité ils ne pouvaient détacher leur regard du spectacle déployé devant eux. Il avait vécu la même chose, lorsque son père l'avait amené pour la première fois dans cette salle.

— Quelque temps auparavant, mon père en était arrivé à la conclusion qu'il lui fallait une position de repli, de l'argent ou bien des terres, et il pensait l'avoir enfin trouvée. Mais il n'était pas idiot : si aucun des équipements prévus ne parvenait à Thami ou à ses agents, il y aurait une enquête, et le subterfuge serait découvert. Alors il donna des instructions pour qu'une partie des caisses destinées à Telouet parvienne à bon port, et il remplaça le contenu de celles qui manquaient par du matériel sans valeur.

» Personne ne vérifia. Les gens étaient trop occupés à rassembler une force armée capable de chasser d'Afrique du Nord les Allemands et les Français de Vichy. Rapidement, cette pièce accueillit des richesses dignes d'un roi. Mais mon père n'en resta pas là.

Il s'interrompit, et ils contemplèrent en silence les trésors accumulés autour d'eux : lingots d'or et d'argent, caisses de dinars d'or, fusils, bazookas, lance-flammes, mitraillettes, coupes pleines de diamants, d'émeraudes, de rubis, tableaux de Picasso, de Modigliani et de Klimt, vieux billets à ordre français, cartes d'état-major dressées en 1942, guides de conversation anglais-arabe… la salle était remplie du sol au plafond. On se serait cru dans la grotte d'Aladin… mais qui était le génie, et où était la lampe ?

— Je crois, dit alors el-Mokri, que votre ami le Dr Monestier devrait maintenant poursuivre à ma place.

Conscient des regards méprisants que lui jetaient Nick et Justine, Monestier hésita un peu avant de parler, mais il finit par en trouver le courage et reprit le cours du récit.

— Allal el-Mokri était un ami de mon défunt père. Lorsque le Glaoui et sa famille étaient à Marrakech, mon père allait fréquemment les voir, y compris Allal, le grand chambellan. Comme ce dernier résidait souvent à Marrakech pour s'occuper du palais du Glaoui en son absence, et qu'il souffrait de nombreux maux, il finit par très bien connaître mon père.

» Peu de temps avant les débarquements alliés, beaucoup de gens, des Allemands, des Français, avaient fait part de leurs inquiétudes à mon père. Ils craignaient pour leur vie s'ils restaient au Maroc, et cherchaient soit à quitter le pays, soit à se cacher en attendant la fin de la tourmente, pour pouvoir réapparaître ensuite sous une nouvelle identité. Mon père était disposé à leur rendre service, et un jour, alors qu'il soignait Allal el-Mokri, il lui demanda son aide. Celui-ci, aussitôt, comprit qu'il y avait là une chance à saisir : si ces malheureux – aujourd'hui, on les qualifierait de traîtres, ou de criminels de guerre – pouvaient rassembler suffisamment d'argent, ils auraient l'opportunité de recommencer une nouvelle vie à Ouarzazate ; d'abord ici, à Tifoultout, et ensuite dans la ville elle-même.

» Mon père avait une raison supplémentaire pour agir comme il l'a fait. Ma mère était soupçonnée d'appartenir à la Résistance, et il savait qu'un jour ou l'autre on viendrait l'arrêter. Quand il proposa à l'un de ses patients allemands, le SS Standartenführer von Hodenberg, d'organiser une filière d'évasion, il demanda en échange que ma mère soit épargnée.

— Et il n'a rien fait pour éviter la mort d'une femme comme Marie-Louise Guénaud ? s'écria Nick avec colère.

— Il ne pouvait rien faire pour elle, croyez-moi. Gérard Le Tourneau avait décidé de sa mort et de celle de son mari. Lorsque mon père a appris qu'elle allait être arrêtée, il était déjà trop tard.

» Au cours des mois suivants, des dizaines d'hommes et de femmes recherchés ont utilisé cette filière. Von Hodenberg a pu détourner de grosses sommes provenant des fonds allemands, et rapidement, comme vous le voyez, Tifoultout a disposé d'importantes richesses. Après la guerre, une partie de ces sommes a été investie aux États-Unis, où elles continuent d'assurer un revenu régulier. Certains réfugiés sont rentrés en Allemagne et en France, mais ceux qui étaient sous le coup de mandats d'arrêt sont restés, ont amené leurs familles ici ou en ont fondé. La plupart des gens de cette génération sont morts, à présent, mais leurs enfants vivent toujours ici.

» Mon père, lui, n'a jamais été obligé de quitter Marrakech, car il n'a jamais été soupçonné de collaboration. Sa principale justification à ses actes, c'était qu'il avait besoin d'argent pour faire fonctionner son dispensaire gratuit à l'intention des pauvres de Marrakech. Vous en avez bénéficié, vous savez donc les services qu'il rend. Voilà pourquoi moi aussi je suis resté, pour poursuivre son œuvre, pour faire amende honorable. Voilà pourquoi je vous ai conduits ici aujourd'hui. Je ne peux laisser personne tenter de détruire ce travail. Voilà pourquoi toute cette affaire doit se terminer ici. Votre enquête doit cesser, toutes les enquêtes doivent cesser.

— Mon fils…, commença Nick.

— Votre fils est venu espionner, poser trop de questions, coupa el-Mokri. Il devait mourir. Et ne demandez pas justice. Si l'Allemagne avait gagné la guerre, le monde aurait pu connaître la justice. Mais elle a été battue, et ce sont à nouveau les Britanniques, les Français et les Juifs qui commandent. Au moins, toutes ces richesses nous permettent de nous battre, d'effacer les grimaces de triomphe sur vos visages.

Il y eut un mouvement à la porte. Un jeune homme blond, à la peau claire, fit son apparition, et Nick fut surpris de l'entendre s'adresser à el-Mokri dans un arabe parfait.

— Tout est prêt, monsieur. Il préfère ne pas attendre, au cas où le temps se gâterait.

Justine chuchota rapidement la traduction à Nick.

— Vous avez vu tout ce que je voulais vous montrer, déclara alors le maire. L'heure est venue de mettre un terme à cette histoire insensée. Si vous connaissez des prières, c'est le moment de les réciter.

45

On les conduisit une nouvelle fois le long de couloirs baignés d'une grise lumière d'aquarium. Monestier marchait en tête, suivi d'el-Mokri. L'allant que Nick avait auparavant admiré chez le docteur avait fait place à un accablement qui le vieillissait d'au moins dix ans. Nick prit la main de Justine, l'embrassa et lui chuchota à l'oreille :

— Ne perds pas espoir. S'ils ne nous exécutent pas tout de suite…

Elle lui rendit son baiser.

— Ils ne nous garderont pas au fond d'un cachot.

— Il nous faut seulement un petit peu de temps. Fais-moi confiance.

— Tu as gardé un atout dans ta manche ?

— Non. Mais…

Ils arrivaient devant une porte étroite. Le blond, qui s'appelait Hamid, l'ouvrit avec une longue clé en cuivre, et aussitôt une chaleur de fournaise leur jaillit au visage et envahit le couloir qu'ils venaient de parcourir.

Ils pénétrèrent dans une cour poussiéreuse, blanchie par la constante exposition au soleil. La chaleur montait par vagues du sol craquelé, et la luminosité était éblouissante. El-Mokri, Monestier et leurs gardiens les rejoignirent.

Justine comprit alors que tout était fini. À quelques mètres de là se dressait une machine sinistre, dont la lame polie renvoyait des éclats de lumière : une guillotine.

— Non ! hurla Monestier, déchirant le silence de la cour. Ce n'est pas ce qui était convenu. Vous deviez les renvoyer une fois que les choses se seraient calmées.

El-Mokri ne répondit pas. À l'extrémité de la cour, on décela un vague mouvement. Une voix s'éleva, faible mais audible, qui s'exprimait en un français impeccable, mais teinté d'un accent étranger. Peut-être allemand, se dit Justine.

— Je ne sais pas ce qu'il vous a promis, mais soyez sûr qu'il vous a menti. Vous pensiez vraiment que nous allions laisser repartir cet Anglais, risquer de le voir à nouveau se mêler de nos affaires ? Ou la femme ? Vous avez accompli votre tâche, docteur Monestier, et vous recevrez votre récompense, comme d'habitude ; mais à partir d'aujourd'hui, faites très attention à ce que vous dites et à qui vous le dites.

Monestier ressemblait à un enfant grondé par un professeur redouté mais respecté. Quelques instants plus tard, on distingua mieux la silhouette qui s'avançait dans la lumière aveuglante du soleil. C'était un vieillard appuyé sur des béquilles, aux cheveux blancs épars sur un crâne de squelette, au visage de cadavre dans lequel brillaient des yeux extraordinairement vivants. Mais ce qui attirait surtout le regard, c'était l'uniforme de SS, un peu défraîchi, trop grand pour ce corps amaigri. Nick comprit tout de suite qui était cet homme.

Le SS s'approcha lentement des prisonniers, raclant ses semelles sur le sable du désert qui tapissait la cour, et s'arrêtant une fois pour reprendre haleine. Il devait avoir plus de quatre-vingt-dix ans. Il s'immobilisa à un mètre de Nick.

— Vous devez déjà connaître mon nom, commandant. SS Standartenführer Gustav von Hodenberg, à votre service. Et au vôtre, mademoiselle. Ce ne sera pas long : je n'ai aucune envie de vous torturer.

— Laissez partir la femme. Elle n'a rien à voir dans cette histoire, elle voulait seulement m'aider à sortir du pays. Elle ne parlera à personne de tout cela. Monestier peut s'en porter garant.

Hésitant, von Hodenberg toisa Justine. Depuis longtemps la vue d'une jolie femme ne le comblait plus d'aise.

— À vous de décider, dit l'Allemand. L'un de vous deux doit assumer les conséquences de ce qui s'est passé. L'autre sera libre de s'en aller après l'exécution.

— Aucun de nous deux ne partira, déclara Justine. Faites ce que vous avez à faire.

— Très bien, continua von Hodenberg avec un geste du menton à l'intention d'el-Mokri. Dites à vos hommes d'y aller.

On lia les mains de Justine et de Nick derrière leur dos.

— C'est ma faute, murmura Nick, incapable d'affronter la mort de Justine. Si je n'avais pas...

Elle lui sourit.

— Si tu ne m'avais pas demandé mon aide, à Taddert, je ne t'aurais pas connu, je ne serais pas tombée amoureuse de toi. On aurait pu mieux finir, mais je ne regrette rien.

Leurs gardiens les firent avancer vers la guillotine. Le mécanisme avait été essayé, la lame glissait à la perfection entre ses deux montants.

L'un des hommes saisit Nick et un deuxième l'attacha sur la bascule. Au même instant, un écho se répercuta dans la vallée : un hélicoptère, puis un deuxième. Des appareils militaires, à en juger d'après le bruit des moteurs. Le cœur de Nick bondit dans sa poitrine.

La veille, Nick avait fait appel à une de ses vieilles connaissances, un colonel des SAS avec qui il avait fréquemment mené des opérations antiterroristes.

— Vite ! s'écria von Hodenberg.

L'un des gardiens poussa la bascule, en sorte que la tête de Nick s'offrît à la lame de la guillotine. Il ne restait plus qu'à actionner le mécanisme.

— Nooooon ! hurla Justine. Vous ne voyez donc pas que c'est trop tard ? Il vaut mieux pour vous le laisser en vie !

Mais ses mots furent emportés par le rugissement des rotors. Les hélicoptères se tenaient en vol stationnaire au-dessus de la cour, interceptant la lumière du soleil.

Monestier se précipita pour sauver Nick de la guillotine et dut s'allonger sur lui pour le tirer en arrière. Derrière lui, el-Mokri fit signe à l'un de ses hommes, et la lame s'abattit à une vitesse prodigieuse, atteignant le médecin à hauteur des épaules et lui tranchant à moitié le torse. Nick fut inondé d'un flot de sang.

Les hommes de main d'el-Mokri ouvrirent le feu sur les silhouettes descendant des hélicoptères à l'aide de filins. La riposte venue des appareils fut instantanée, et ils s'écroulèrent un à un sous les balles des fusils d'assaut. Lorsque les commandos atteignirent le sol, seuls el-Mokri et von Hodenberg étaient encore debout. Justine se rua sur la guillotine en réclamant de l'aide.

Quelques instants plus tard, on dégageait Nick et on lui ôtait ses liens. Justine, enfin libérée elle aussi de ses liens, le serra dans ses bras, dégoulinant de sang, et l'embrassa avec fièvre. Nick se sentait épuisé, comme si c'était son sang qui s'écoulait pour former une flaque au centre de la cour, mais il répondit au baiser de Justine avec une égale passion.

Il fallut une demi-heure aux membres du commando pour se rendre totalement maîtres de la casbah. On conduisit Nick et Justine dans des appartements où ils purent se laver de tout le sang qui les recouvrait.

Peu de temps après, le colonel fit son apparition.

— Eh bien, Nick, on dirait que nous sommes arrivés juste à temps !

— Tu oublies tes bonnes manières, Ronnie. Je te présente Mlle Justine Buoy. Justine, je te présente le colonel Ronnie Manning, l'un des meilleurs officiers britanniques. J'imagine que tu as trouvé la salle aux trésors, non ?

— En tout cas, si ce que j'ai vu n'est pas un trésor… Dis donc, Nick, tu es allé les chercher.

— Non, ce sont eux qui m'ont cherché, Ron. Je n'ai jamais… écoute, rends-moi un autre service. Trouve mon fils. Trouve les corps de Peter et de sa fiancée. Je veux les ramener en Angleterre. Tu peux faire ça pour moi ?

— On laisse tomber tout le reste. Excuse-moi, j'aurais dû dire à mes gars de s'en charger tout de suite.

— Tes gars ont déjà fait un travail magnifique. Mais je ne veux pas rentrer sans Peter.

Ils découvrirent de nombreux corps, et de jeunes hommes qui ressemblaient à des vieillards, enfermés dans des cachots bâtis par les Glaoui. Peter et Daisy portaient encore les vêtements du jour de leur mort, et l'on retrouva leurs affaires personnelles. L'ambassadeur, sous le choc de ce qui venait de se passer, prit toutes les dispositions nécessaires pour rapatrier avec les honneurs les dépouilles des deux citoyens britanniques. Venu visiter Tifoultout, il abandonna ses dernières réticences lorsqu'il découvrit l'ampleur de ce qui avait été dérobé aux Alliés.

De retour en Angleterre, Nick et Justine assistèrent aux obsèques de Peter et Daisy. Nick éprouvait un violent chagrin ; un terrible sentiment de vide l'envahissait quand il songeait à son fils. Il étreignait alors la main de Justine pour reprendre pied dans le monde des vivants.

Incarcéré à Marrakech, Si Mohamed el-Mokri devait faire face à une multitude d'accusations. Son trésor disparu, son influence évanouie, ses partisans dispersés, il n'avait plus d'amis en haut lieu, et une tribu d'ennemis campait à sa porte.

Dans une cellule plus propre, à Berlin, un vieil homme à qui il ne restait plus que des souvenirs noircissait des feuilles pour justifier ses crimes, bien que selon toute vraisemblance il fût trop vieux pour vivre jusqu'à la date de son procès. Dans sa cellule aux murs trop blancs, les ombres de ses victimes se rassemblaient autour de lui pendant la nuit, aussi impitoyables qu'il l'avait été avec elles.

— Où vivrons-nous ?
— Hein ? Mais... à Oxford, bien sûr.
— J'ai une maison, à Marrakech.

Il l'attira à lui, sur le canapé.

— Tu peux la vendre et venir vivre ici. C'est une ville délicieuse. Il suffit d'ignorer les étudiants.
— Je ne veux pas vivre ici.
— Tu aimes bien la maison, non ?
— Bien sûr.
— Dans ce cas...

— Écoute, Nick, sans toi, Oxford serait une ville abominable, et cette maison serait des plus banales. Si je reste ici, c'est pour être avec toi.

— Eh bien…

— Mais tu en profites.

Il posa un doigt sur les lèvres de Justine.

— Bien sûr que j'en profite. Mais j'ai une meilleure idée. Pourquoi ne pas passer six mois à Oxford et six mois à Marrakech ? Ça t'irait ?

— Est-ce qu'on pourrait se le permettre ? Je n'ai plus de travail, là-bas.

— Figure-toi que, ce matin, j'ai reçu une lettre de France.

— D'où, exactement ?

— De Reims. La famille de Nathalie, là-bas, est dans tous ses états. Ils ont fait tout ce qui était en leur pouvoir pour empêcher qu'éclate la vérité à propos de Gérard et de Béatrice, mais à présent je suis en position de détruire leur petit jeu. Apparemment, Marie-Louise aurait dû bénéficier d'un gros héritage, et ils sont brusquement d'avis qu'il devrait me revenir, en hommage à Nathalie et à Peter. Eh bien, je ne vois aucune raison de ne pas accepter. Ça te dirait d'être directrice de l'agence de voyages Déjà Vu ?

— Ça te dirait de me déshabiller et de m'emmener jusqu'au lit ?

— Tu n'as pas écouté un mot de ce que je t'ai dit, hein ?

— Non.

Merci à Patricia Parkin, merveilleuse éditrice et amie fidèle.

Merci à mon excellent agent, Giles Gordon, pour tous ses efforts. Et surtout, merci à ma lumineuse et perspicace épouse, Beth.

Impression réalisée sur Presse Offset par

BRODARD & TAUPIN

GROUPE CPI

38412 – La Flèche (Sarthe), le 22-11-2006
Dépôt légal : décembre 2006

POCKET – 12, avenue d'Italie - 75627 Paris cedex 13

Imprimé en France